Peter Grau
Das Versteck

AF215440

Buch

Im Keller eines Wohnhauses werden zwanzig Waffen gefunden, die zum Teil als gestohlen gemeldet sind. Die Mieterin des Kellerabteils ist eine alte, alleinstehende Frau, die nach einem Unfall nicht mehr ansprechbar ist. Was hat die betagte Frau mit dem Waffendiebstählen zu tun? Wofür sollten die Waffen eingesetzt werden?
Bei seinen Nachforschungen findet Kommissar Markus Goldbacher überraschende Verbindungen zu einem ungeklärten Fall seines Vorgängers und stösst auf Verbrechen, die niemand in dem kleinen Schweizer Bergkanton für möglich gehalten hätte.

Autor

Peter Grau, Jahrgang 1965, kam erst als 50-Jähriger völlig zufällig auf die Idee, ein Buch zu schreiben. Als er im Urlaub vor dem Bahnhof Milano Centrale auf seine Frau wartete, konstruierte er in Gedanken eine Krimi-Idee, aus der sein erster Roman „Spurlos verschwunden" entstand. Sein neuer Roman „Das Versteck" ist der zweite Fall von Markus Goldbacher, dem Leiter der Kriminalpolizei in einem fiktiven Schweizer Bergkanton.
In seinem Hauptberuf ist Peter Grau Statistiker. Er lebt und arbeitet in der Region Zürich.

Peter Grau

Das Versteck

Der zweite Fall von
Kommissar Markus Goldbacher

Bibliografische Information der Deutschen Nationalbibliothek:
Die Deutsche Nationalbibliothek verzeichnet diese Publikation
in der Deutschen Nationalbibliografie; detaillierte bibliografische
Daten sind im Internet über dnb.dnb.de abrufbar.

Herstellung und Verlag:
BoD – Books on Demand, Norderstedt

ISBN: 978-3-7481-8042-5

Für meine Eltern

Danke!

Mein herzliches Dankeschön geht an Franziska Tschudin, Hansruedi Oetiker und Janine Dünner, die bei der Entstehung dieses Buches wertvolle Hilfe geleistet haben.

Die wichtigsten Personen

Markus Goldbacher	Leiter der Kriminalpolizei
Luca Bertoldi	Assistent von Markus Goldbacher
Claudia Weber	Kriminaltechnikerin, Mitglied Kripo-Team

Thomas Baumann	Kommandant der Kantonspolizei
Lea Zurkirchen	Empfang / Zentrale der Kantonspolizei
Dominic Bader	Streifenpolizist
Sarah Landolt	Streifenpolizistin
Hans Spörri	Pensionierter Leiter der Kriminalpolizei
Martin Läubli	Regionalpolizist in Tellingen
Roger Fuchs	Mitarbeiter der Bundeskriminalpolizei

Alexandra Egger	Staatsanwältin
Norbert Sommer	Gerichtsmediziner
Ursula Matzinger	Justizdirektorin

Jolanda Hebeisen	Rentnerin
Stefan Wicki	Ehem. Mitarbeiter des Seilbahnmuseums
Adrian Rickenbacher	Alt-Regierungsrat, ehem. Justizdirektor
Ernst Stadelmann	Pensionierter Unternehmer

Der Kantonshauptort und seine Umgebung

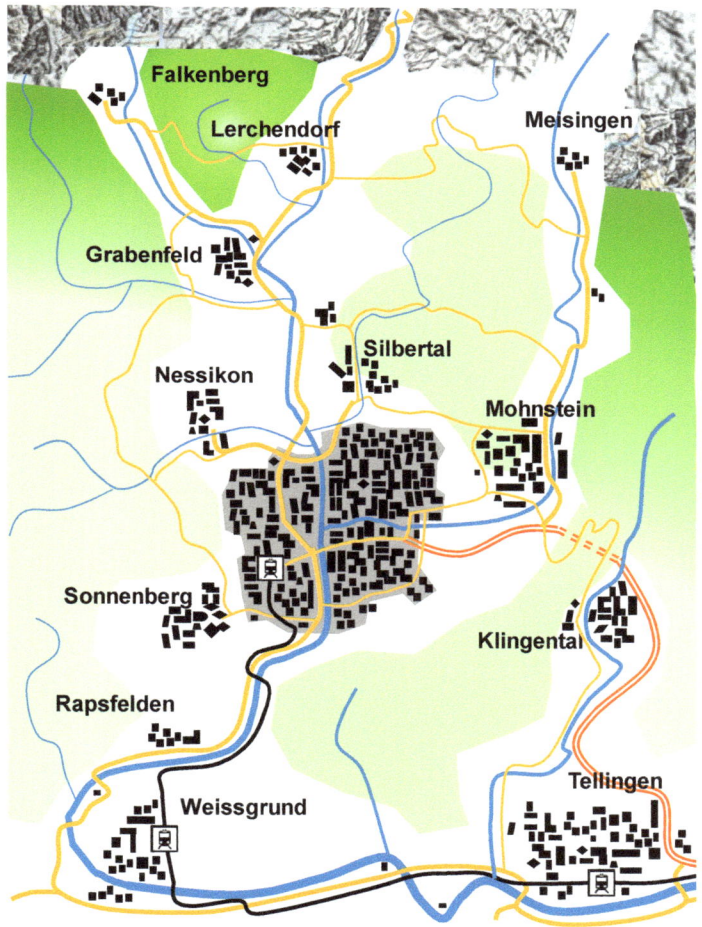

1

Donnerstag, 23. Juni

Als ich um 8:30 Uhr um die Ecke kam und auf das Gebäude blickte, seufzte ich kurz. Ich arbeitete noch keine zwei Monate hier und schon drohte es, langweilig zu werden. Mein erster Fall als Leiter der Kriminalpolizei, die Suche nach der verschwundenen Joggerin Ivana Gobec, war abgeschlossen und ein zweiter Fall war nicht in Sicht.

Der Mangel an sinnvoller Arbeit war auch der Grund, warum ich recht spät auf dem Arbeitsweg war. So erfreulich es an sich ist, wenn wenig Verbrechen verübt werden: Es bedeutete, dass auf mich und mein Team wenig motivierende Aufgaben zukommen würden. Beispielsweise die Unterstützung der Verkehrspolizei bei Geschwindigkeitskontrollen.

Wenig enthusiastisch brachte ich die letzten hundert Meter hinter mich, passierte das Schild mit der Aufschrift *Kantonspolizei* und öffnete die alte Holztür.

»Guten Morgen Lea«, begrüsste ich die junge Frau am Empfangsschalter.

»Guten Morgen Markus«, antwortete Lea Zurkirchen, strich sich durch ihre langen blonden Haare, rückte ihre Brille zurecht und fuhr dann fort: »Ihr habt Besuch bei der Kripo: Zwei Mitarbeiter der Kindes- und Erwachsenenschutzbehörde sind heute früh hierhergekommen, um einen Waffenfund zu melden. Luca hat sie empfangen.«

Luca Bertoldi war mein Assistent, mit 28 Jahren sechs Jahre jünger als ich und ebenfalls ganz neu bei der Kripo. Als die Pensionierung meines Vorgängers Hans Spörri näher gerückt war, wollte auch dessen jahrzehntelanger Assistent Martin Läubli die Kripo verlassen. Er wurde zur Regionalpolizei an seinen Wohnort Tellingen versetzt und Luca Bertoldi konnte von der Regionalpolizei zur Kripo wechseln, womit beide sehr zufrieden waren. Auch ich war froh darüber, denn ich schätzte die Zusammenarbeit mit Luca sehr.

Als ich das Büro der Kriminalpolizei betrat, fand ich dort nicht Luca, sondern Claudia Weber. Die Kriminaltechnikerin war das dritte Mitglied des Teams. Die 31-Jährige wirkte mit ihren leuchtend rot gefärbten Haaren, dem frech wirkenden Kurzhaarschnitt und den Tätowierungen auf beiden Oberarmen deutlich jünger. Sie arbeitete schon seit ein paar Jahren bei der Kantonspolizei und hatte auch schon unter meinem Vorgänger zum Kripo-Team gehört.

Da die Kriminalpolizei in unserem kleinen Kanton eine Kriminaltechnikerin nicht voll auslasten kann, unterstützte Claudia Weber auch die übrigen Abteilungen der Kantonspolizei in technischen Belangen. Sie hatte in unserem Teambüro ihren Büro-Arbeitsplatz, arbeitete aber vorwiegend in ihrem Labor im Keller.

»Sie sind da drin«, erklärte mir Claudia und deutete auf eines der Besprechungszimmer. Sie kannte Lea Zurkirchen gut genug, um zu wissen, dass diese mich bereits über den Besuch informiert hatte.

Nur wenige Sekunden später wurde die Tür des Besprechungszimmers geöffnet und Luca Bertoldi trat mit den beiden Besuchern hinaus.

»Guten Morgen Markus«, sagte er zu mir und wandte sich dann wieder an seine Gesprächspartner: »Jetzt ist Herr Goldbacher eingetroffen. Er ist der Leiter der Kriminalpolizei. Ich werde ihn über Ihren Fund informieren und das weitere Vorgehen mit ihm besprechen. Wir melden uns so bald wie möglich bei Ihnen.«

Ich begrüsste die Mitarbeiter der Kindes- und Erwachsenenschutzbehörde, KESB genannt. Danach begleitete Luca die beiden zum Ausgang.

»Wo haben die denn eine Waffe gefunden?«, fragte ich erstaunt, als Luca anschliessend begann, Claudia und mich über das Gespräch zu informieren.

»Nicht *eine* Waffe«, korrigierte Luca meine Überlegungen. »Du wirst staunen.« Dann erzählte er uns, was er soeben erfahren hatte: »Jolanda Hebeisen, eine 94-jährige alleinstehende Frau, ist letzte Woche im Treppenhaus zusammengebrochen. Eine Nachbarin hat sie dort gefunden und sie wurde ins Spital eingeliefert. Da sie seit dem Sturz nicht mehr ansprechbar ist, hat das Spital die Kindes- und Erwachsenenschutzbehörde eingeschaltet. Zwei Mitarbeiter der KESB haben gestern Nachmittag eine Bestandesaufnahme in der Wohnung gemacht und im Kellerabteil zwei grosse Stoffsäcke mit insgesamt zwanzig Waffen gefunden. Bis in den Abend hinein haben sie in der Wohnung und im Keller nach Belegen dafür gesucht, dass die Waffen Jolanda Hebeisen gehören. Weil sie keinerlei

Hinweise auf die Herkunft der Waffen finden konnten, entschieden sie, sich an uns zu wenden.«

Luca, Claudia und ich fuhren sofort zur Wohnung von Jolanda Hebeisen. Mit den Schlüsseln, welche die KESB-Mitarbeiter Luca gegeben hatten, verschafften wir uns Zutritt zur Wohnung und zum Keller. Das Kellerabteil von Frau Hebeisen war dicht gefüllt mit allem möglichen Ramsch und roch entsprechend modrig.

Der Keller erinnerte mich an meine Grossmutter. Als wir nach ihrem Tod ihre Wohnung räumen mussten, fanden wir den Keller in einem ähnlichen Zustand vor. Im Keller meiner Grossmutter fanden wir zwar keine Waffen, dafür aber etwa ein Dutzend Geweihe von Wildtieren sowie einen verschimmelten Hirschsalami.

Die KESB-Mitarbeiter hatten sich offensichtlich bemüht, das Kellerabteil von Frau Hebeisen möglichst so zu hinterlassen, wie sie es angetroffen hatten. Deshalb lagen die beiden Stoffsäcke nicht gleich bei der Tür, sondern etwas versteckt hinter einer alten, verstaubten Kommode.

Claudia zog Handschuhe an und öffnete die verschnürten Säcke. Nachdem ich einen kurzen Blick in die Säcke geworfen hatte, schlug ich vor, die Säcke nach oben in die Wohnung zu nehmen. Ich wollte die Waffen nicht im Keller ausbreiten, wo jederzeit andere Hausbewohner herkommen konnten.

In der Wohnung legten wir eine Decke auf den Wohnzimmerteppich und breiteten darauf den Inhalt der Säcke aus. Zwölf Gewehre und acht Pistolen kamen zum Vorschein. Es waren unterschiedlichste Fabrikate. Ich erkannte einige Gewehre der Schweizer Armee, und zwar sowohl das *Sturmgewehr* 90 als auch das Vorgängermodell *Sturmgewehr 57*. In einem der Säcke fanden wir auch noch einige Kartonschachteln mit Munition.

»Entweder ist Frau Hebeisen eine leidenschaftliche Waffensammlerin oder ihr Keller wird noch von jemand anderem benutzt«, überlegte ich mir.

»Am einfachsten wäre, wenn wir sie fragen könnten. Aber die Männer von der KESB haben mir gesagt, dass das nicht möglich sei. Und es ist auch nicht damit zu rechnen, dass sie sich bald so erholt, dass man ein richtiges Gespräch mit ihr führen kann«, meinte Luca.

»Gut, aber davon müssen wir uns noch persönlich überzeugen. Wir fahren im Verlauf des Tages noch zu ihr ins Spital. Ehrlich gesagt, glaube ich nicht so recht, dass eine alleinstehende 94-jährige Frau selbst so eine Waffensammlung anlegt. Deshalb möchte ich zuerst herausfinden, mit wem Frau Hebeisen regelmässig Kontakt hatte und wer Zugang zum Keller hatte.«

»Fangen wir doch bei der Nachbarin an, die Frau Hebeisen im Treppenhaus gefunden hat«, schlug Luca vor.

»Gute Idee. Und du, Claudia, schaust mal, ob du brauchbare Spuren in der Wohnung, im Keller, an den Stoffsäcken oder an den Waffen findest.«

»Mache ich. Allerdings wird da kaum viel Brauchbares dabei rauskommen, wenn die Typen von der KESB gestern alles in die Hand genommen haben.«

Gabriela Odermatt wohnte ein Stockwerk tiefer als Jolanda Hebeisen. Sie war glücklicherweise zuhause und bot uns einen Tee an. Ich schätzte sie auf 55 bis 60 Jahre. Mit ihren langen, leicht gewellten Haaren und auffallend grossen und breiten Ohrringen machte sie einen lebhaften und fast Hippie-haften Eindruck.

»Was ist denn mit Frau Hebeisen los?«, wollte sie wissen, etwas erstaunt darüber, dass die Polizei wegen der verunfallten Nachbarin vorbeikam.

Ich wollte nicht, dass der Waffenfund früher als nötig bekannt wurde und antwortete deshalb zurückhaltend: »Sie liegt noch immer im Spital. Es geht ihr leider nicht so gut. Wir wissen nicht, ob sie sich erholen wird. Darum möchten wir die Personen kontaktieren, die in Kontakt mit Frau Hebeisen stehen. Können Sie uns da weiterhelfen?«

Wirklich viel weiterhelfen konnte uns Gabriela Odermatt nicht. Nach ihren Angaben lebte Jolanda Hebeisen völlig zurückgezogen und es schien, dass Gabriela Odermatt die einzige Person war, mit der die betagte Frau regelmässig Kontakt hatte.

»Ich habe regelmässig Einkäufe für sie gemacht und wir haben mindestens einmal pro Woche zusammen Tee getrunken. Manchmal hat sie von Leuten erzählt, die sie früher kannte, aber seit Jahrzehnten nicht mehr gesehen hat. Aber ich erinnere mich nicht, dass sie erzählt hat, dass sie mit jemandem in Kontakt steht. Ausser vielleicht mit dem Hausarzt.«

»Sie haben Frau Hebeisen im Treppenhaus gefunden?«, erkundigte sich Luca.

»Ja, letzte Woche. Ich war auf dem Balkon und habe die Blumen gegossen. Sie hat von oben gerufen, ob ich da sei und ob ich kurz Zeit hätte. Ich habe geantwortet, dass ich

14

noch rasch die Blumen fertig giesse und dann zu ihr kommen würde. Als ich mich fünf Minuten später auf den Weg machte, lag sie im Treppenhaus. Ich vermute, sie wollte nicht länger warten und war auf dem Weg zu mir. Vielleicht fühlte sie sich nicht wohl.«

Nach der Mittagspause brachte Claudia die Waffen in ihr Labor im Untergeschoss der Kantonspolizei, um sie näher zu untersuchen. »Und ich versuche natürlich noch, etwas über die Herkunft der Waffen herauszufinden«, versprach sie.

Luca und ich fuhren zum Kantonsspital, sprachen mit der zuständigen Ärztin und konnten danach noch kurz Jolanda Hebeisen sehen. Wie aufgrund der Angaben der KESB-Mitarbeiter erwartet, brachte der Besuch im Spital nichts. Jolanda Hebeisen war zwar bei Bewusstsein, aber völlig teilnahmslos. Sie schien uns gar nicht wahrzunehmen.

»Ich befürchte, dass das nicht mehr besser wird«, dämpfte die zuständige Ärztin meine Hoffnung, in ein paar Tagen mehr von Frau Hebeisen erfahren zu können.

Zurück im Büro informierte ich kurz meinen Chef Thomas Baumann, den Kommandanten der Kantonspolizei. Ich musste mir Mühe geben, mir nicht allzu fest anmerken zu lassen, dass ich mich über den neuen Fall freute. Endlich gab es wieder eine sinnvolle Aufgabe für mein Team und mich!

Die Langeweile, mit der ich und mein Team bis zur Meldung des Waffenfundes gekämpft hatten, hatte mir mein

Chef Baumann bereits bei meinem Vorstellungsgespräch und am ersten Arbeitstag angekündigt. »Bei uns auf dem Land ist es ganz anders als in der Grossstadt, in der sie bisher gearbeitet haben», hatte er mir damals gesagt und ich wusste nicht so recht, ob das ein Versprechen oder eine Drohung sein sollte.

Bezüglich des Waffenfundes teilte der Kommandant meine Meinung, dass wir versuchen sollten, etwas über das Umfeld von Jolanda Hebeisen herauszufinden, ohne jemandem von den gefundenen Waffen zu erzählen. Da es sonst ruhig war im Kanton, ordnete Baumann an, eine Polizeistreife zu unserer Unterstützung einzusetzen.

Eine Viertelstunde später waren die beiden Streifenpolizisten Sarah Landolt und Dominic Bader bei mir im Büro. Ich hatte die beiden bei meiner Einarbeitung und auch beim ersten Fall bereits kennengelernt. Dominic Bader war etwas älter als ich. Er war mir nicht so sympathisch, da er überaus von sich überzeugt und selbstzufrieden auftrat. Sarah Landolt war gut zehn Jahre jünger und eindeutig die Zurückhaltendere des Teams. Während man im Gesicht von Bader recht gut lesen konnte, was er dachte, wirkte Landolt bisher etwas unnahbar auf mich.

Wir beschlossen, dass ich alle Bewohner befragen würde, die im gleichen Mehrfamilienhaus wohnten wie Jolanda Hebeisen. Dominic Bader und Sarah Landolt würden sich in den umliegenden Häusern erkundigen, wer Frau Hebeisen kannte oder wusste, wer Kontakt zu ihr hatte. Luca Bertoldi kontaktierte den Hausarzt und versuchte herauszufinden, ob es wirklich keine Verwandten gab. Ausserdem überprüfte er, ob Jolanda Hebeisen einen

Waffenerwerbsschein besass. Und Claudia Weber war weiterhin mit der Spurensicherung und der Klärung der Herkunft der Waffen beschäftigt.

2

Die Ermittlungen zum Waffenfund bei der 94-jährigen Jolanda Hebeisen standen seit Donnerstagabend still. Wir hatten am Freitagmorgen von der polnischen Polizei Neuigkeiten erhalten, die den ersten Fall betrafen, den ich nach meinem Stellenantritt hier bearbeitet hatte. Die neuen Erkenntnisse zum Fall der spurlos verschwundenen Joggerin *Ivana Gobec* hatten uns den ganzen Freitag beschäftigt.

Ich fand es nicht schlimm, dass der neue Fall etwas warten musste. Bisher war ja nicht einmal klar, ob es irgendwelche strafbare Handlungen gab. Deshalb hatte ich auch noch keinen Anlass gehabt, die Staatsanwaltschaft über den neuen Fall zu informieren.

Auch der Montagmorgen stand zunächst noch im Zeichen des Falls *Ivana Gobec*. Ich hatte die zuständige Staatsanwältin Alexandra Egger und den Gerichtsmediziner Norbert Sommer zu uns ins Kripo-Büro eingeladen. Gemeinsam mit ihnen und meinem Team wollte ich besprechen, wie die Zusammenarbeit in unserem ersten gemeinsamen Fall verlaufen war, um daraus Lehren für die Zukunft ziehen.

Norbert Sommer war eine gross gewachsene, etwas übergewichtige Frohnatur. Der Mittfünfziger hatte häufig einen Scherz auf den Lippen, über denen er einen grauen Schnurrbart trug. Der Schnurrbart war fast das Einzige, was an Haaren am Kopf übriggeblieben war, denn abgesehen von ein paar Stoppeln am Hinterkopf war Norbert Sommer kahl.

Ganz anders die Staatsanwältin: Die attraktive Alexandra Egger trug ihre dichten, langen, blonden Haare offen. Sie war mit 35 Jahren ein Jahr älter als ich. Wie bisher immer, wenn ich sie gesehen hatte, war sie elegant gekleidet. Heute, mit einer hellblauen Bluse, schwarzen Hosen und einem schwarzen Blazer, gefiel sie mir besonders gut.

Sowohl von Alexandra Egger als auch von Norbert Sommer hatte ich in den ersten Wochen der Zusammenarbeit einen sehr positiven Eindruck gewonnen. So verlief auch die Sitzung am Montagmorgen sehr angenehm. Alle sprachen offen darüber, wie sie die ersten gemeinsamen Ermittlungen erlebt hatten, was sie irritiert hatte und was man im Nachhinein hätte besser machen können.

Es war zwar offensichtlich, dass es solche Nachbesprechungen unter meinem Vorgänger Hans Spörri nicht gegeben hatte. Aber alle liessen sich gut darauf ein.

Nach der Besprechung machten wir noch gemeinsam Kaffeepause. Bei dieser Gelegenheit informierte ich Alexandra Egger und Norbert Sommer kurz über die Ereignisse vom Donnerstag.

Norbert zeigte jedoch nur mässiges Interesse: Einerseits gab es keine Leiche, die der Gerichtsmediziner hätte untersuchen müssen, andererseits hatte ich noch zu wenig Informationen über die gefundenen Waffen, um bei ihm Interesse am Fall zu wecken. Ich nutzte die Gelegenheit aber, um nach seiner Einschätzung bezüglich des Gesundheitszustands von Jolanda Hebeisen zu fragen. Nachdem ich ihm erzählt hatte, was mir die Spitalärztin gesagt hatte, meinte Norbert: »Mach dir da nicht grosse Hoffnungen. Auch wenn die Frau bis zum Sturz in guter Verfassung war. Sie ist 94 Jahre alt. Wenn sie jetzt seit einer Woche nicht ansprechbar ist, dann ist zu befürchten, dass sie sich kognitiv nicht mehr richtig erholt. Wahrscheinlich müsst ihr ohne ihre Hilfe herausfinden, woher die Waffen kommen.«

Er grinste und fügte an: »Ist doch gut, dass ihr nicht einfach die alte Frau fragen könnt: So habt ihr wenigstens etwas zu tun.«

Alexandra Egger betrachtete unseren neuen Fall aus der Optik, ob sie als Staatsanwältin aktiv werden musste. »Im Moment betrifft mich das noch nicht«, war ihre Schlussfolgerung. »Meld' dich einfach bei mir, falls es konkrete Hinweise auf ein Verbrechen gibt.«

Nachdem Norbert und Alexandra gegangen waren, setzte ich mich zusammen mit Luca und Claudia an den grossen Besprechungstisch in unserem Teambüro.

»Also«, sagte ich, »machen wir weiter mit dem Waffenfund. Claudia, was weisst du schon über die Waffen?«

»Wie ihr bereits wisst, sind es zwölf Gewehre und acht Pistolen. Es ist eine bunte Mischung verschiedenster Fabrikate und Modelle.

Bei den Gewehren haben wir drei Exemplare des *Sturmgewehr 90* und zwei Exemplare der älteren Version *Sturmgewehr 57*. Der Rest sind ausländische Waffen, vorwiegend Marke *Kalaschnikow*. Auffallend ist, dass drei *AK-12* dabei sind. Das ist ein neues Kalaschnikow-Modell, das erst seit wenigen Jahren von der russischen Armee eingesetzt wird.

Bei den acht Pistolen sind es fünf verschiedene Modelle und drei verschiedene Hersteller, nämlich *Walther*, *Glock* und *Star*.

Es gibt Fingerabdrücke an den Waffen, den Munitionspaketen und den Säcken. Ich muss sie noch mit den Fingerabdrücken der beiden KESB-Mitarbeiter abgleichen und dann sehen, was übrig bleibt. Wahrscheinlich nicht allzu viel, denn die Waffen wurden offensichtlich gut gepflegt und regelmässig gereinigt.«

»Weisst du schon etwas über die Herkunft der Waffen?«, fragte ich.

»Nein, noch nicht. Aber fast alle Waffen haben noch lesbare Seriennummern. Ich will heute herausfinden, welche Waffen irgendwo registriert sind. Zumindest bei den Sturmgewehren der Schweizer Armee dürfte das keine grosse Sache sein.«

»Wenn Frau Hebeisen die Waffen gesammelt hat«, meldete sich Luca, »dann hat sie es nicht auf legale Art und Weise gemacht. Die Frau besitzt nämlich weder einen Waffenerwerbsschein noch einen Waffentragschein.«

»Ich kann mir auch nicht vorstellen, dass man die *AK-12* legal beschaffen kann«, meinte Claudia.

»Was hast du sonst noch über Frau Hebeisen herausgefunden?«, erkundigte ich mich bei Luca.

»Es scheint wirklich keine Angehörigen zu geben, zumindest nicht in der Schweiz. Sie war verheiratet. Der Mann ist aber schon vor fast 50 Jahren an einem Herzinfarkt gestorben. Sie hatten keine Kinder. Frau Hebeisen hatte einen Bruder und eine Schwester, die vor Jahren ebenfalls verstorben sind. Es gibt zwei Nichten und einen Neffen, die aber alle nicht in Europa leben. Ich bin daran, die aktuellen Adressen herauszufinden.

Der Hausarzt hat Frau Hebeisen vor ein paar Jahren darauf angesprochen, ob sie jemanden hat, der ihr bei Bedarf helfen kann, aber sie hat gesagt, dass sie ausser der Nachbarin niemanden habe.«

»Was hat der Hausarzt sonst noch gesagt?«, wollte ich wissen.

»Dass sie keine besonders gute Kundin war. Sie sei zwar jeweils zuverlässig zur jährlichen Kontrolle gekommen, aber abgesehen von einem etwas tiefen Blutdruck und einem leicht erhöhten Cholesterinwert immer gesund gewesen. Dem Alter entsprechend sei sie nicht mehr so gut zu Fuss gewesen. Ich glaube, er sagte, sie hätte Arthrose. Sie sei wahrscheinlich jeweils mit dem Auto zu ihm in die Praxis gefahren worden, aber Genaueres weiss er nicht.«

»Also grundsätzlich wäre sie wohl in der Lage gewesen, die Waffen selbst im Keller zu deponieren?«

»Ja, wahrscheinlich schon. Auch wenn ich mir das nicht so recht vorstellen kann«, antwortete Luca. »Ich meine, allzu kräftig war sie ja wohl seit Jahren nicht mehr. Da hätte sie wohl fast jede Waffe einzeln in den Keller tragen müssen.«

Leider hatte Luca kaum etwas erfahren, was uns weiterbrachte. Nun war es an mir, über meine Erkenntnisse zu berichten: »Ich konnte bis Donnerstagabend mit den meisten Hausbewohnern reden. Und Sarah und Dominic haben sich in der Nachbarschaft umgehört. Es scheint wirklich so, dass Jolanda Hebeisen ausser mit der Nachbarin Gabriela Odermatt mit fast niemandem regelmässig Kontakt hatte. Die Hausbewohner kennen Frau Hebeisen zwar, man grüsst sich im Treppenhaus, aber damit hat es sich.

Ausser Frau Hebeisen wohnen alle weniger als zehn Jahre im Haus und kennen sie nur als alte, zurückgezogen lebende Frau. In den umliegenden Häusern gibt es ein paar Alteingesessene. Sarah hat sogar mit einem Ehepaar gesprochen, das noch den Mann von Frau Hebeisen gekannt hat. Diejenigen, die schon lange im Quartier wohnen, erinnern sich noch an Zeiten, wo Frau Hebeisen häufig im Quartier unterwegs war und mit etlichen Leuten in der Stadt Kontakt hatte. Aber das ist offenbar viele Jahre her.«

Wir notierten die Namen der relevanten Personen sowie die wichtigsten Erkenntnisse auf farbige Blätter und hängten diese an eine Pinnwand.

»Im Moment sieht es sehr danach aus«, erläuterte ich meine Überlegungen, »dass es sich um eine illegale Waffensammlung handelt. Und mein Bauchgefühl sagt mir, dass die Waffen nicht von Jolanda Hebeisen im Keller deponiert wurden. Vielleicht wurden die Waffen ohne ihr Wissen dort deponiert. Vielleicht hat sie davon gewusst und jemandem den Keller zur Verfügung gestellt.

Für mich haben im Moment zwei Sachen Priorität: Claudia, du versuchst – wie du schon gesagt hast – herauszufinden, woher die Waffen kommen. Und Luca und ich fühlen der Nachbarin nochmals auf den Zahn. Vielleicht weiss sie mehr, als sie gesagt hat. Ich möchte wissen, ob sie oder sonst jemand Zugang zum Kellerabteil hatte.

Aufgebrochen wurde es nicht, also hatte derjenige, der die Waffen dorthin gebracht hat, einen Schlüssel.«

Am Nachmittag führten Luca und ich das zweite Gespräch mit der Nachbarin Gabriela Odermatt. Sie trug wieder ihre riesigen, klimpernden Ohrringe. Leider ergaben sich kaum neue Erkenntnisse. Frau Odermatt bestätigte das, was sie schon im ersten Gespräch gesagt hatte und was wir auch von anderen Hausbewohnern und Personen aus den umliegenden Häusern erfahren hatte: Jolanda Hebeisen lebte seit Jahren äusserst zurückgezogen.

Um konkretere Angaben zu bekommen, musste ich etwas direkter werden: »Frau Odermatt, der Grund dafür, dass wir nachfragen, ist: Wir haben im Kellerabteil von Frau Hebeisen etwas gefunden, von dem wir glauben, dass es nicht Frau Hebeisen gehört.«

»Was denn?«

»Das darf ich Ihnen leider im Moment nicht sagen. Ich muss Sie auch bitten, diese Information für sich zu behalten.«

»Ja, selbstverständlich, Sie können sich auf mich verlassen, Herr Kommissar. Ist es Geld, das Sie gefunden haben? Vielleicht die Beute von einem Banküberfall?«

»Wie gesagt, ich darf Ihnen leider keine Auskunft geben«, antwortete ich und war nicht unglücklich, dass sie auf einer falschen Fährte war. Von dieser wollte ich sie nicht abbringen.

»Also, Frau Hebeisen war das nicht. Die ist ja immer so nett. Abgesehen davon: Ich habe sie schon seit Jahren nicht mehr im Keller gesehen. Aber ich habe auch nie jemand anderen im Kellerabteil von Frau Hebeisen gesehen.«

»Wer hätte denn Zugang zum Kellerabteil von Frau Hebeisen?«

»Das habe ich mir gar nie überlegt, aber ich würde meinen, niemand. Zumindest gehe ich davon aus, dass man mit seinem Kellerschlüssel nur den eigenen Keller öffnen kann.«

Davon ging ich auch aus. Trotzdem testeten wir es sicherheitshalber. Und es war so, wie es zu erwarten war: Mit dem Kellerschlüssel von Gabriela Odermatt liess sich der Keller von Jolanda Hebeisen nicht öffnen. Und umgekehrt auch nicht. Das Gleiche galt auch für die Wohnungsschlüssel und die Briefkastenschlüssel.

»Sie haben gesagt«, fragte ich anschliessend bei Frau Odermatt nach, »dass Sie Frau Hebeisen schon lange nicht mehr im Keller gesehen haben: Wissen Sie, warum sie nie in den Keller ging?«

»Früher ging sie schon regelmässig in den Keller. Aber in den letzten Jahren hatte sie immer mehr Schmerzen beim Gehen. Insbesondere wenn sie die Treppe hinunter musste. Ich habe vor drei Jahren dafür gesorgt, dass sie eine kleine Waschmaschine im Badezimmer erhielt. Danach hatte sie eigentlich keinen Grund mehr, in den Keller zu gehen.«

Und nach einigen Sekunden Pause fügte sie an: »Wenn ich mal so alt werde, möchte ich unbedingt in einem Haus mit Lift wohnen.«

»Aber Frau Hebeisen musste ja doch regelmässig die Treppe runter, beispielsweise um einzukaufen oder wenn sie zum Arzt ging«, fragte ich nach.

»Wenn es sein musste, schaffte sie es schon, die Treppe runter und wieder rauf zu gehen. Aber sie tat es einfach nicht häufiger als nötig. Einkaufen ging sie in letzter Zeit nur noch selten. Ich habe ihr ein- bis zweimal pro Woche ein paar Lebensmittel mitgebracht. Mehr brauchte sie nicht.«

»Und wenn sie zum Arzt musste?«

»Frau Hebeisen ist nicht eine Frau, die ständig zum Arzt rennt. Man muss sie schon fast zwingen, mal ein Aspirin zu nehmen. Früher ging sie immer mit dem Velo oder zu Fuss zum Arzt. Aber Velo fährt sie seit Jahren nicht mehr und als sie mir vor ein paar Jahren mal sagte, zu Fuss sei es ihr langsam zu anstrengend, bot ich ihr an, sie mit dem Auto hinzubringen. Das habe ich zwei oder drei Mal gemacht. Und sonst hat sie jeweils ein Taxi kommen lassen.«

Als wir das Gespräch beendeten, konnte Gabriela Odermatt ihre Neugier nicht mehr zügeln: »Mir können Sie es ja sagen, Herr Kommissar: Ist es viel Geld, das Sie gefunden haben?«

Ich blickte sie schmunzelnd an und antwortete: »Auf Wiedersehen, Frau Odermatt. Vielen Dank für Ihre Hilfe. Falls Ihnen noch etwas einfällt, dann rufen Sie uns doch bitte an.«

Zurück im Polizeigebäude rief ich den Vermieter an und liess mir bestätigen, dass jeder Mieter nur seinen eigenen Keller aufschliessen konnte. Selbst der Hauswart hatte keinen Schlüssel, mit dem er eine Wohnung, ein Keller-abteil oder einen Briefkasten hätte öffnen können.

3

Dienstag, 28. Juni

Kaum war ich am Morgen an meinem Arbeitsplatz angekommen, rief mich die Sekretärin des Kommandanten an: »Markus, der Chef will dich sehen.«

Zwei Minuten später stand ich im Büro von Thomas Baumann.

»Goldbacher«, sagte er ohne weitere Begrüssung, »mir scheint fast, als hätten Sie das Verbrechen aus der Grossstadt zu uns aufs Land gebracht. Jetzt war es jahrelang ruhig bei uns. Aber seit sie hier sind, ist ja die Hölle los!«

Ich kannte meinen neuen Chef schon ein wenig und wusste, dass man solche Aussagen nicht für bare Münze nehmen durfte. Insbesondere glaubte er zweifellos nicht ernsthaft, dass ich Schuld am Waffenfund hatte. Aber im Kern war seiner Aussage zweifellos ernst gemeint: Er betrachtete unseren kleinen Kanton durchaus noch als einen Flecken, in dem noch viel *heile Welt* übriggeblieben war. Und er sah es als seine Aufgabe, das so zu bewahren.

»Wieso meinen Sie«, fragte ich absichtlich etwas naiv. »Etwa wegen dem Waffenfund?«

»Natürlich!«

»Aber wir wissen ja noch nicht einmal, ob es da überhaupt strafbare Handlungen gegeben hat. Wir wissen noch nicht, woher die Waffen stammen und wer sie dort deponiert hat.«

»*Sie* wissen noch nicht, ob es strafbare Handlungen gegeben hat. *Ich* schon. Ihre Frau Weber versucht ja anhand der Seriennummern herauszufinden, ob die Waffen als gestohlen gemeldet wurden…«

Ich blickte ihn fragend an.

»Soeben hat mich *fedpol* angerufen«, begann er mit der Erklärung.

Allzu erstaunt war ich nicht darüber, dass sich die Polizei des Bundes, kurz *fedpol* genannt, einschaltete, wenn es um eine grössere Zahl von gestohlenen Waffen ging. »Das heisst, die Waffen sind gestohlen?«, fragte ich Baumann.

»Mindestens ein Teil. Die drei Exemplare des *Sturmgewehr 90* sind als gestohlen gemeldet. Und offenbar muss das irgendeine grössere Sache sein, denn der *fedpol*-Typ wollte mir keine Auskunft darüber geben. Scheint, dass sie da etwas unter dem Deckel halten wollen. Typisch Bundespolizei…«

Er zögerte einen Moment, dann explodierte seine Stimme fast: »Was meinen die bei *fedpol* eigentlich? Sie wollen alle Informationen über unsere Ermittlungen und verweigern mir die Auskunft über ihren Fall. Das lasse ich mir nicht bieten! Schliesslich bin *ich* der Polizeichef in diesem Kanton!«

Seine Pupillen hatten sich während der letzten Sätze geweitet und Röte war in sein Gesicht geschossen. Er stand von seinem Bürostuhl auf, wahrscheinlich um der aufgestauten Energie etwas Raum zu geben. Wenn Baumann aufstand, umherging und fast schrie, wirkte er noch gewaltiger als er es aufgrund seiner beachtlichen

Körpergrösse ohnehin schon war. Meist war er sehr ruhig und sachlich, aber in solchen Momenten konnte er einen ziemlich erschrecken. Ich hatte mich in meinen ersten zwei Monaten hier schon an seine Ausbrüche gewöhnt. So blieb ich gelassen und hatte gar etwas Mühe, ein Schmunzeln zu unterdrücken.

»Und was machen wir jetzt?«, fragte ich.

Er überlegte einen Moment und antwortete dann mürrisch: »Es bleibt uns ja nichts anderes übrig, als *fedpol* Auskunft zu geben. Aber wir liefern Ihnen nur so viel wie nötig. Gerade genug, damit wir keinen Ärger kriegen, aber nicht mehr. Verstanden?«

»Alles klar.«

»Und damit die sich nicht zu wichtig nehmen, verschieben wir den Kontakt in der Hierarchie nach unten. Wir machen es so, dass die Informationen nicht von mir oder von Ihnen geliefert werden, sondern von Frau Weber. Ich schicke Ihnen eine Mail mit den Kontaktangaben. Die können Sie dann an Frau Weber weitergeben.«

Zurück im Teambüro informierte ich Luca und Claudia darüber, dass ein Teil der Waffen als gestohlen gemeldet war. Die Anweisung von Baumann, nur das Nötigste weiterzugeben, unterdrückte ich dabei.

Danach rief ich die Staatsanwältin an, um sie zu informieren, dass nun klar war, dass es sich zumindest teilweise um gestohlene Waffen handelte. Alexandra Egger versprach, nach der Mittagspause bei uns vorbei zu kommen.

Den Rest des Vormittags brauchte ich, um mit Luca und Claudia einen Bericht für *fedpol* zu machen. Kurz vor dem Mittagessen schickte Claudia die Informationen per E-Mail nach Bern.

Nach der Mittagspause kam Alexandra Egger zu uns ins Teambüro. Wir gaben der Staatsanwältin den für *fedpol* verfassten Bericht und erläuterten ihr den Stand der Ermittlungen.

»Wissen wir, was *fedpol* mit diesen Informationen macht?«, wollte Alexandra wissen. »Stimmen wir uns mit ihnen ab oder ermitteln wir im Moment einfach weiter?«

»Bis jetzt haben sie nicht mehr verlangt, als über den Stand der Ermittlungen informiert zu werden. Ich denke, die Haltung von Baumann ist, dass wir normal weiter machen, solange die sich nicht melden.«

Wir diskutierten die Schlussfolgerungen aus den bisherigen Ermittlungen und das weitere Vorgehen. Weil drei der Waffen in der Schweiz gestohlen worden waren und man zudem wohl auch die *AK-12* nirgends legal beschaffen konnte, schlossen wir, dass wir auf etwas mit ziemlich viel krimineller Energie gestossen waren.

»Frau Hebeisen traue ich das nicht zu«, überlegte ich. »Und nach dem, was uns Frau Odermatt und andere Nachbarn gesagt haben, müsste man fast vermuten, dass Frau Odermatt wohl beinahe als Einzige genügend Kontakt hatte, um Zugang zum Keller von Jolanda Hebeisen zu bekommen. Aber auch Frau Odermatt traue ich das nicht zu. Ich vermute, Frau Hebeisen hatte zu Leuten Kontakt, von denen wir bisher nichts wissen.«

»Meinst du Kontakte, von denen auch die Nachbarin nichts weiss? Oder meinst du, dass uns die Nachbarin etwas verheimlicht?«, wollte Alexandra wissen.

»Ich glaube nicht, dass uns Frau Odermatt absichtlich belügt. Vielleicht gibt es Leute, die Frau Hebeisen besucht haben, ohne dass die Nachbarin davon erfahren hat. Oder sie hat es wieder vergessen.«

»Ich möchte mir selbst ein Bild machen«, sagte Alexandra. »Kannst du mir die Wohnung und den Keller zeigen? Und vielleicht haben wir ja noch Gelegenheit, kurz mit der Nachbarin zu sprechen.«

Gabriela Odermatt war nicht zuhause, aber ich erreichte sie auf dem Handy und konnte sie am späteren Nachmittag zusammen mit Alexandra kurz am Arbeitsplatz besuchen.

Die Nachbarin versicherte uns noch einmal, dass sie nie im Kellerabteil von Jolanda Hebeisen gewesen war und nie jemand anderen als Jolanda Hebeisen dort gesehen hatte. Und dass es Jahre her sei, seit sie Jolanda Hebeisen letztmals im Keller gesehen hatte.

»Wissen Sie«, fragte Alexandra, »ob noch jemand anders als Sie für Frau Hebeisen eingekauft hat?«

»Ich weiss nicht. Aber ich glaube nicht.«

»Und wenn Sie in den Ferien waren?«

»Wissen Sie, ich bin nie lange weg. Ich habe es Frau Hebeisen immer vorher gesagt und dann vorher mehr eingekauft. Sie braucht eigentlich nicht viel. Ich glaube, wenn man so alt ist, dann isst man viel weniger.«

»Hat Frau Hebeisen ihren Briefkasten selbst geleert?«, fragte ich. »Oder haben Sie das gemacht?«

Gabriela Odermatt riss die Augen auf und starrte mich an. Nach einigen Sekunden schlug sie sich die Hand an die Stirn. »Wie kann man so blöd sein! Dass ich daran nicht gedacht habe! Natürlich, der Mahlzeitendienst. Frau Hebeisen hat ja nicht nur das gegessen, was ich für sie eingekauft habe. Das Mittagessen hat ihr meist der Mahlzeitendienst gebracht. Und ab und zu habe ich gesehen, dass die auch den Briefkasten für sie geleert haben.«

»Wissen Sie, was für ein Mahlzeitendienst das war?«

»Keine Ahnung. Wenn ich mich richtig erinnere, waren auf dem Lieferwagen so schöne Sterne aufgedruckt. Ich glaube, Frau Hebeisen hat es mir mal erzählt, wie die Firma heisst, aber ich kann mich nicht erinnern.«

Es kostete uns nicht viel Zeit, den Namen des Mahlzeitendienstes zu erfahren, denn Frau Odermatt hatte sich bezüglich der Sterne nicht getäuscht. Luzia Bürgin, die Ehefrau des bekanntesten Catering- und Mahlzeitendienst-Betreibers der Stadt, bestätigte mir am Telefon, dass Jolanda Hebeisen seit Jahren zu ihren Kunden gehörte. Sie versprach mir, bis zum nächsten Morgen eine Liste der Mitarbeiter zu machen, die Jolanda Hebeisen beliefert hatten.

4

Mittwoch, 29. Juni

Um 7:30 Uhr trafen Luca und ich bei der Firma *Sternenkoch* ein. Luzia und Silvio Bürgin empfingen uns im Pausenraum ihres kleinen Betriebs, der in einem Industriegebäude am Stadtrand untergebracht war.

Der *Sternenkoch* Silvio Bürgin, ein kräftig gebauter, etwa 60 Jahre alter Mann mit kurzen grauen Haaren, war der Chefkoch des Betriebs und zusammen mit drei Angestellten für Küche und Einkauf verantwortlich. Seine Frau Luzia, noch etwas beleibter, war für die Auslieferung des Essens, Personal, Administration und Buchhaltung verantwortlich.

Mir als Neuzuzüger war Silvio Bürgin kein Begriff, aber Luca hatte mich im Voraus informiert, dass Bürgin im Kanton eine gewisse Bekanntheit hatte. Er hatte mehr als zwanzig Jahre lang als Koch im *Restaurant Sternen* gearbeitet und war deshalb vielen als »der Koch vom Sternen« bekannt gewesen. Nach einem Besitzerwechsel war er entlassen worden, weil sich der neue Restaurant-besitzer nicht mit Bürgin über die Speisekarte einigen konnte. Danach gründete der Koch zusammen mit seiner Frau eine eigene Firma, die er *Sternenkoch* nannte.

»Der Name ist ein Wortspiel«, erklärte mir Bürgin. »Spitzenköche bezeichnet man ja als *Sterneköche*, wegen der Sterne, die von Gastrokritikern verteilt werden. Ich bin zwar kein *Sternekoch*, aber immerhin der ehemalige Koch des Restaurants Sternen, also der *Sternenkoch*. Selbstverständlich will ich damit auch ein wenig den neuen Sternen-Chef ärgern.«

Es klang, als wäre Bürgin auch nach Jahren noch ein wenig verbittert über seine Entlassung. Und als würde er bei jeder Gelegenheit von der Entstehung seiner Firma und über den Grund der Namenswahl erzählen.

Sternenkoch war primär ein Cateringbetrieb für Private und Firmen. Luzia Bürgin erklärte uns aber, sie hätten von Anfang an auch einen Mahlzeitendienst für Seniorinnen und Senioren angeboten: »Das ist enorm wichtig für uns, weil es eine schöne Grundauslastung über die ganze Woche gibt. Beim Catering gibt es grosse Schwankungen. Da kann man viel weniger planen und braucht viel mehr Aushilfskräfte. Ausserdem sind einige frühere Stammkunden aus dem Sternen heute in einem Alter, wo sie froh sind, wenn wir ihnen ein gutes Essen nach Hause liefern. Beim Mahlzeitendienst zahlen die Kunden zwar viel weniger als beim Catering, aber wir bekommen dafür Subventionen von der Stadt. Ausserdem sind es nicht normale Angestellte, die beim Mahlzeitendienst ausliefern.«

»Sondern?«, fragte Luca.

»Leute, die Freiwilligenarbeit machen. Häufig Pensionierte, die noch fit und aktiv sind. Aber auch jüngere Leute, die zum Beispiel arbeitslos sind und etwas machen müssen, damit ihnen die Decke nicht auf den Kopf fällt. Die Freiwilligen bekommen keinen Lohn, nur kleine Aufmerksamkeiten. Zum Beispiel können sie hier gratis essen.«

So interessant die leidenschaftlichen Erzählungen der beiden über ihr Unternehmen waren - ich musste auf den

Punkt kommen und fragte Frau Bürgin: »Jolanda Hebeisen ist seit Jahren ihre Kundin?«

»Ja genau. Seit etwa zweieinhalb Jahren. Am Anfang drei Mal pro Woche, später haben wir jeden Tag das Mittagessen gebracht. Bis sie jetzt ins Spital gekommen ist.«

»Von wem haben Sie erfahren, dass Frau Hebeisen im Spital ist und sie nicht mehr liefern müssen?«

»Unser Mitarbeiter wollte ihr grad das Essen liefern, als der Krankenwagen da war. Ich habe dann bei meiner Tochter nachgefragt, ob sie länger im Spital bleiben muss. Wissen Sie, Herr Goldbacher, meine Tochter arbeitet im Spital. Und wenn man ältere Leute beliefert, kommt das halt ab und zu vor, dass mal jemand plötzlich ins Spital muss und uns nicht Bescheid geben kann. Da bin ich natürlich froh, dass mir meine Tochter Auskunft geben kann.«

Ich musste innerlich schmunzeln über den pragmatischen Umgang, den die Tochter von Frau Bürgin mit dem Datenschutz pflegte. Aber ich sagte nichts dazu, sondern fragte weiter:

»Haben Sie die Liste der Mitarbeiter, die Essen an Frau Hebeisen geliefert haben?«

»Ja. Warum brauchen Sie die Liste?«

»Das darf ich Ihnen leider im Moment nicht sagen. Nur so viel: Es wäre möglich, dass Ihre Mitarbeiter etwas beobachtet haben, was uns in einer Ermittlung weiterhilft.«

Luzia Bürgin gab mir eine Liste mit zwölf Namen sowie den dazu gehörenden Adressen und Telefonnummern. Vier davon hatte sie mit Leuchtstift hervorgehoben. »Die gelb markierten sind diejenigen, die über längere Zeit regelmässig bei Frau Hebeisen waren. Für welchen Zeitraum interessieren Sie sich?«

»Das wissen wir nicht genau.«

»Sie sehen ja: ich habe ihnen mit Bleistift hinge-schrieben, wer von wann bis wann für Frau Hebeisen zuständig war. Die anderen auf der Liste sind diejenigen, die Ferienablösungen auf der Tour gemacht haben, zu der das Quartier gehört, in dem Frau Hebeisen wohnt.«

»Das heisst, auf der Liste sind sämtliche Personen, die irgendwann einmal Essen an Frau Hebeisen ausgeliefert haben.«

»Nein, ganz sicher nicht«, antwortete Frau Bürgin. »Wenn zum Beispiel jemand krank ist und ich kurzfristig einen Ersatz brauche, dann schreibe ich natürlich nicht auf, wer eingesprungen ist. Muss ich ja auch nicht. Die Freiwilligen bekommen ja keinen Lohn. Es gibt sicher noch ein paar andere Personen, die ein oder zwei Mal bei Frau Hebeisen waren. Aber ich kann Ihnen beim besten Willen nicht sagen, wer das war. Spielt denn das eine Rolle?«

Ich war enttäuscht, dass die Liste nicht vollständig war, denn ich war überzeugt, mit dem Mahlzeitendienst auf der richtigen Fährte zu sein. Aber ich versuchte, meine Enttäuschung zu verbergen, und bedankte mich bei ihr.

Luca und ich waren uns einig, dass es sich lohnen konnte, diese Spur weiter zu verfolgen. Wir beschlossen, zuerst die vier auf der Liste farbig markierten Personen zu befragen. Und danach, falls uns das nicht weiterbrachte, die weiteren acht Personen.

Drei der vier konnten wir sofort telefonisch erreichen und einen Befragungstermin noch am gleichen Tag vereinbaren. Das erste Gespräch fand noch im Verlauf des Vormittags statt:

Fabian Hunkeler, 40 Jahre alt und stark übergewichtig, arbeitete Teilzeit in einer Brockenstube. An diesem Tag musste er erst am Nachmittag anfangen und war deshalb am Vormittag zuhause.

Die kleine Wohnung von Fabian Hunkeler war so dicht mit Möbeln zugemüllt, dass man das Gefühl hatte, dass er aus einer grösseren Wohnung umgezogen war. Ausserdem war er wohl ein Mensch, der sich schwer tat, Dinge wegzuwerfen. Irgendwie wirkte seine Wohnung fast wie eine Brockenstube, so dass er sich wahrscheinlich recht wohl fühlte an seinem Arbeitsort.

Es war irgendwie ein sonderbares Bild: Dieser gross gewachsene, korpulente Mann passte eigentlich nicht in diese kleine, vollgestopfte Wohnung. Ausserdem hatte er einen eher kleinen Kopf, der auf dem voluminösen Oberkörper irgendwie eingeschrumpft wirkte. Und sein Poloshirt mit weissen und schwarzen Querstreifen, das so eng war, dass sich die Brustwarzen deutlich abzeichneten, schien mir auch nicht unbedingt vorteilhaft gewählt.

»Ich war mehrere Jahre lang arbeitslos«, erklärte er uns. »Mein Betreuer beim RAV hat mir empfohlen, Freiwilligenarbeit zu machen, um nicht aus dem Rhythmus zu kommen. Das verbessere die Chancen, wieder einen Job zu finden. Darum habe ich fast ein Jahr lang für den Mahlzeitendienst gearbeitet. Jetzt habe ich zum Glück diesen Job in der Brockenstube. Ist zwar nur Teilzeit und schlecht bezahlt, aber ich komme einigermassen durch.«

Wenn Luca und ich gemeinsam Befragungen durchführen, führe ich normalerweise das Gespräch und Luca protokolliert. Diesmal hatte ich mit ihm vereinbart, dass wir die Rollen tauschen, damit ich ihm später Feedback zur Gesprächsführung geben konnte. Denn Luca war noch jung und erst seit wenigen Monaten bei der Kripo.

»Jolanda Hebeisen gehört zu den Kundinnen, die sie regelmässig beliefert haben?«, fragte Luca.

»Ja genau. Eigentlich jeden Tag. Die ganze Zeit, in der ich das gemacht habe. Andere Kunden sagen ja immer mal wieder für ein paar Tage ab. Zum Beispiel, wenn sie im Spital oder in einer Kur sind. Oder wenn zum Beispiel am Wochenende Verwandte für sie kochen. Aber bei Frau Hebeisen kann ich mich nicht erinnern, dass es mal einen Tag gab, an dem ich nicht bei ihr war.«

»Frau Hebeisen ist gestürzt und im Spital. Wir suchen Personen, die Kontakt mit ihr hatten. War mal jemand bei ihr, als sie das Essen gebracht haben?«

Fabian Hunkeler überlegte kurz, sagte dann aber sehr überzeugt: »Nein, ich glaube, daran würde ich mich erinnern. Es war nie jemand bei ihr.«

»Hat sie Ihnen erzählt, mit wem sie Kontakt hatte?«

Wieder dauerte es eine Weile, bis Hunkeler antwortete: »Ja, doch. Sie hat ab und zu von einer Frau erzählt, die für sie einkauft. An den Namen kann ich mich nicht erinnern, aber ich glaube, sie wohnt im gleichen Haus. Und ab und zu hat sie von ihrem verstorbenen Mann erzählt.«

»Und sonst«, fragte Luca nach.

»Hm, ich weiss nicht. Ich kann mich nicht erinnern.«

»Worüber haben Sie denn mit ihr gesprochen, wenn Sie bei ihr waren?«, mischte ich mich in die Befragung.

»Über Roger Federer«, antwortete Hunkeler schmunzelnd. »Sie schaut viel Sport im Fernsehen. Vor allem Fussball und Tennis. Sie hat immer gesagt, Fussball sei ein toller Sport, aber die meisten Fussballer seien dumm. Tennis interessiert sie als Sport weniger. Sie hat gesagt, dass es ihr mit ihren Augen manchmal schwer fällt bei Tennisübertragungen den Ball zu sehen. Aber von Roger Federer ist sie begeistert.«

»Haben Sie nur das Essen gebracht«, übernahm Luca wieder, »oder haben Sie noch andere Sachen für Frau Hebeisen gemacht?«

»Ich war meistens zwischen elf und zwölf Uhr bei ihr und sie hat dann gleich gegessen, sobald ich wegging. Darum habe ich das Essen immer gleich in der Mikrowelle gewärmt für sie. Und in der Zeit bis das Essen bereit war noch den Tisch gedeckt und etwas mit ihr geredet.«

»Und sonst?«, fragte Luca nach.

»Ja, natürlich den Briefkasten geleert. Sie hat mir immer den Briefkastenschlüssel gegeben und ich habe noch rasch den Briefkasten geleert.«

»Haben Sie sonst noch Sachen im Haushalt gemacht?«

»Sie stellen vielleicht Fragen«, antwortete Fabian Hunkeler etwas verwundert. »Nur selten. Ab und zu mal eine Glühbirne ersetzt. Oder einmal bei einem Regal eine Schraube, die sich gelöst hatte, wieder festgemacht. Die alten Leute hätten es ja am liebsten, wenn man sich noch eine Viertelstunde hinsetzen und mit ihnen plaudern würde.

Aber dafür hat man natürlich keine Zeit, sonst schafft man seine Tour nicht. Warum wollen Sie denn all das wissen?«

Luca ging nicht auf die Gegenfrage ein, sondern fragte weiter: »Waren Sie mal im Kellerabteil von Frau Hebeisen?«

»Nein.«

Nach dieser Antwort beendete Luca das Gespräch ziemlich rasch. Als wir uns verabschiedeten gab ich Fabian Hunkeler noch meine Visitenkarte und bat ihn, uns anzurufen, falls ihm noch jemand einfalle, mit dem Jolanda Hebeisen Kontakt hatte.

Als wir im Auto sassen, fragte ich Luca: »Was für einen Eindruck hast du?«

»Erschiess mich, falls ich meine Wohnung mal so vollstopfe wie dieser Hunkeler«, antwortete Luca schmunzelnd. Dann fügte er an: »Nein, musst du gar nicht. Das würde meine Freundin lang vor dir machen. Im Ernst: Ich glaube nicht, dass er uns etwas verheimlicht. Und wenn es seine Waffen wären, hätte er in seiner Wohnung sicher noch einen Platz dafür gefunden.«

Ich stimmte Luca zu. Die Befragung hatte uns nicht viel weitergebracht. Ausser dass sie bestätigt hatte, dass Jolanda Hebeisen in den letzten Jahren ein sehr einsames Leben geführt haben musste.

In der Mittagspause erreichten wir noch die letzte Person, die über längere Zeit Essen an Jolanda Hebeisen ausgeliefert hatte. Im Verlauf des Nachmittags konnten wir die drei Befragungen durchführen. Es gab aber keine neuen Erkenntnisse. Alle gaben an, sie hätten regelmässig den

Briefkasten geleert, seien aber nie im Keller gewesen. Und niemand konnte uns über weitere Kontakte von Jolanda Hebeisen berichten.

Als wir ins Büro zurückkamen, berichtete mir Claudia, dass sie die Untersuchung der Fingerabdrücke an den Waffen, Munitionsschachteln und anderen Gegenständen im Keller abgeschlossen hätte: »Einen grossen Teil der brauchbaren Fingerabdrücke kann ich den beiden KESB-Mitarbeitern zuordnen. Die haben sich nur bei den Waffen zurück-gehalten. Sonst haben sie wirklich alles angefasst. Auf den Waffen hat es nur wenige Fingerabdrücke. Diejenigen, die nicht den beiden Männern von der KESB gehören, habe ich mit den Datenbanken abgeglichen: leider ohne Erfolg.«

Ich war ein wenig frustriert. Weder die Befragungen noch die Spurenanalyse hatten uns weitergebracht. Etwas geknickt rief ich die Staatsanwältin Alexandra Egger an und informierte sie über den Stand der Ermittlungen.

Donnerstag, 30. Juni, Vormittag

Am Donnerstagmorgen teilte ich die restlichen acht Personen, die als Ferienvertretungen bei Jolanda Hebeisen Essen ausgeliefert hatten, zwischen Luca und mir auf. Demotiviert begann ich mit meinen Befragungen, denn ich hatte wenig Hoffnung, dass sie uns weiterbrachten.

Nachdem ich die Zweite meiner vier Befragungen beendet hatte, leider ohne neue Erkenntnisse, sah ich, dass die Telefonzentrale der Kantonspolizei versucht hatte, mich auf meinem Handy zu erreichen.

»Ein Herr Hunkeler hat dich gesucht«, berichtete mir Lea Zurkirchen, die heute Dienst in der Telefonzentrale hatte. »Wenn ich ihn richtig verstanden habe, habt ihr ihn gestern befragt.«

»Sie haben mich ja gebeten, anzurufen, falls mir noch etwas einfällt«, sagte mir Fabian Hunkeler als ich ihn zurück rief.

»Ja, vielen Dank. Was ist Ihnen denn noch eingefallen?«

»Also wahrscheinlich hilft es Ihnen nicht. Aber mir ist eingefallen, dass ich ein Mal zusammen mit Stefan Wicki bei Frau Hebeisen war. Stefan hat Frau Hebeisen von früher gekannt. Wissen Sie, er ist ja nur zwei Häuser entfernt aufgewachsen.«

Ich verstand nicht recht, was er mir sagen wollte, und fragte nach: »Wer ist Stefan Wicki?«

»Stefan Wicki ist ein Kollege von mir. Wir haben das gleiche Schulhaus besucht. Er war eine Klasse unter mir, aber wir haben in der Freizeit viel zusammen gemacht.«

»Und er hatte regelmässig Kontakt mit Frau Hebeisen?«

»Nein, das nicht. Er kennt sie einfach, weil er gleich nebenan aufgewachsen ist. Aber seit er nicht mehr dort wohnt, hatte er keinen Kontakt mehr zu ihr.«

»Und warum war er bei ihr?«

»Ich habe ihn zufällig getroffen, als ich daran war, Essen auszuliefern. Er hat mich begleitet, weil er nichts Besseres zu tun hatte. Und als wir dann vor dem Haus standen, hat er mich begleitet, weil er sie ja von früher kannte.«

Er zögerte einen Augenblick. Dann fuhr er fort: »Ich glaube nicht, dass Ihnen das hilft. Aber ich habe gedacht, ich rufe trotzdem an.«

»Doch, auf jeden Fall. Ich bin froh, dass Sie mir das noch gemeldet haben. Ich rede gern noch mit diesem Herrn Wicki. Vielleicht kennt er ja noch Leute, die Kontakt mit Frau Hebeisen hatten.«

Fabian Hunkeler reagierte etwas verwirrt: »Ich glaube, das dürfte etwas schwierig sein. Wissen Sie, das ist *der* Stefan Wicki, der letztes Jahr als vermisst gemeldet wurde. Soweit ich weiss, ist der doch nicht wieder aufgetaucht. Mir hat mal jemand gesagt, er sei depressiv gewesen und habe wahrscheinlich irgendwo in einem Wald Selbstmord gemacht.«

6

Vorletztes Jahr, im August

Als er aus dem Haus auf die Strasse trat, fiel ihm der Mann auf der gegenüberliegenden Strassenseite sofort auf. »Den Typen mit der blauen Baseballmütze kenne ich doch«, sagte Fabian Hunkeler halblaut zu sich selbst. Es war fast zwanzig Jahre her, seit er ihn zuletzt gesehen hatte, und er musste einige Sekunden überlegen, bis er sich an den Namen erinnerte.

»Stefan«, rief er über die Strasse. Der kleine, dürre Typ mit verwaschenen Jeans, dunkelbrauner Lederjacke und blauer Baseballmütze hob sofort den Kopf und sah sich mit suchendem Blick um. Als er in Hunkelers Richtung blickte, hob dieser die Hand und winkte seinem Jugendfreund zu.

Auch Stefan Wicki erkannte Fabian Hunkeler sofort wieder, auch wenn Hunkeler inzwischen mindestens doppelt so schwer war wie im Teenageralter.

»Wohnst du wieder hier in der Gegend?«, fragte Hunkeler nachdem sich die beiden begrüsst hatten.

»Ja, schon seit einem Jahr. Ich bin zurückgekommen, weil ich hier im Kanton einen Job gefunden habe. Und du? Du lebst immer noch hier?«

»Ja«, antwortete Hunkeler, »ich bin nie von hier weggezogen.«

»Und?«, wollte Wicki wissen. »Familie? Kinder? Was machst du beruflich?«

»Nein, keine Familie, ich bin allein. Und Beruf ist auch nicht so erfreulich: ich bin seit über einem Jahr arbeitslos.«

»Das tut mir leid! Hast du Zeit für ein Bier?«, fragte Wicki und fügte dann an: »Oder einen Kaffee?« Schliesslich war es noch nicht mal elf Uhr am Vormittag.

»Sorry, keine Zeit«, antwortete Hunkeler. »Weisst du, ich mache Freiwilligenarbeit. Mein RAV-Berater hat mir gesagt, es sei wichtig, jeden Tag ein Programm zu haben. Das helfe bei der Stellensuche.«

»Ja und? Hilft es?«

»Bis jetzt nicht. Aber es ist schon in Ordnung. Wenn ich am Morgen einen Grund habe, aus dem Haus zu gehen, dann fällt mir die Decke nicht auf den Kopf.«

»Und was für Freiwilligenarbeit machst du?«

»Ich bin bei einem Mahlzeitendienst. Ich bringe alten Leuten vorgekochtes Essen nach Hause.«

Fabian Hunkeler hatte Lust, weiter mit Stefan Wicki zu reden. Andererseits fühlte er sich etwas unter Zeitdruck. Deshalb schlug er vor: »Willst du mich auf meiner Tour begleiten? Ich muss noch drei Auslieferungen machen. Und wenn ich fertig bin, dann gehen wir ein Bier trinken.«

»Warum eigentlich nicht? Ich habe heute frei. Ich komme mit.«

Hunkeler führte Wicki zum mit *Sternenkoch* beschrifteten Fahrzeug des Mahlzeitendienstes und räumte den Beifahrersitz frei. Gemeinsam fuhren sie zur nächsten Kundin. Als sie dort ankamen, meinte Fabian Hunkeler: »Wart doch hier im Auto. Ich bin in fünf Minuten zurück. Nachher habe ich noch zwei weitere Adressen. Dann ist für heute Feierabend.«

Eine halbe Stunde später hatten sie die letzte Adresse auf der Liste erreicht. Hunkeler beobachtete, wie Stefan Wicki sich plötzlich in alle Richtungen umschaute. Da fiel es ihm ein: »Gell, du bist in dieser Strasse aufgewachsen, oder?«

»Ja«, antwortete Wicki. »Ich war fast zwanzig Jahre nicht mehr hier. Obschon ich jetzt schon seit einem Jahr wieder im Kanton wohne, bin ich noch nie auf die Idee gekommen, hierher zu kommen.«

Hunkeler deutete auf eines der alten, grauen Mehrfamilienhäuser: »Hier muss ich hin. Frau Hebeisen. Kennst du die? Ich glaube, die wohnt schon ewig hier.«

»Was, Frau Hebeisen? Lebt die immer noch? Die war ja schon uralt, als ich noch als Kind hier gewohnt habe.«

»Ja, die lebt noch. Sie ist schon über 90, aber eigentlich noch ganz fit.«

»Ja, natürlich kenne ich die. Die kannte jeder hier in der Strasse. Sie war immer sehr nett. Vor allem zu uns Kindern. Sie hatte immer Süssigkeiten dabei, die sie an uns verteilt hat.« Er blickte etwas verträumt zu dem Haus und dann zwei Häuser weiter zu dem Haus, in dem er aufgewachsen war.

»Komm doch mit nach oben«, schlug Fabian Hunkeler vor.

Stefan Wicki zögerte. »Ich weiss nicht so recht…«

»Komm schon! Die freut sich sicher.«

Jolanda Hebeisen freute sich tatsächlich. »Ach wie schön, dich wieder mal zu sehen«, sagte sie zu Stefan Wicki. »Ich habe mir grosse Sorgen um dich gemacht, nachdem das mit deinen Eltern passiert ist. Schön zu sehen, dass es dir gut geht. Was hast du denn die ganze Zeit gemacht?«

Stefan Wicki freute sich auch, die alte Frau Hebeisen zu sehen. Er hatte aber keine Lust, über die Vergangenheit zu reden und antwortete nur: »Ich arbeite jetzt beim Seilbahnmuseum.«

»Ah, beim Seilbahnmuseum…« Es war offensichtlich, dass Jolanda Hebeisen nicht wusste, wovon er redete. Das war auch nicht weiter verwunderlich, denn das Museum existierte erst seit wenigen Jahren.

Deshalb erklärte Wicki: »Wissen Sie, ausserhalb von Silbertal, an der Strasse nach Grabenfeld. Dort wo früher die Seilbahnfabrik war. Die ist jetzt nicht mehr. Dort ist jetzt ein Seilbahnmuseum.«

»Dort wo die Fabrik vom Stadelmann war?«

»Ja, genau dort. Der Herr Stadelmann hat dort ein Seilbahnmuseum gemacht. Dort arbeite ich jetzt.«

Hunkeler hatte das Essen inzwischen bereitgemacht und sagte: »Ich hole noch schnell die Post.«

Jolanda Hebeisen trat zum Schlüsselbrett und übergab Hunkeler den Schlüsselbund mit dem Briefkastenschlüssel und dem Kellerschlüssel. Während Hunkeler die Post holte, sagte Jolanda Hebeisen zu Stefan Wicki: »Also das hat mich jetzt wirklich gefreut, dich zu sehen. Weisst du, wenn man alt und allein ist, bekommt man ja nicht so oft Besuch. Du würdest mir eine riesengrosse Freude machen, wenn du wieder mal vorbeikommst.«

7

Donnerstag, 30. Juni, Nachmittag

Als ich zurück ins Gebäude der Kantonspolizei kam, beschaffte ich mir zuerst die Akten zum Fall Stefan Wicki. Gerade als ich sie fertig gelesen hatte, kam Luca ins Büro. Seine Befragungen hatten nichts Neues ergeben. Ich informierte ihn über das Telefongespräch mit Fabian Hunkeler und den seit über einem Jahr vermissten Stefan Wicki.

»Ich kann mich nicht erinnern, davon schon gehört zu haben«, sagte Luca. »Hast du Claudia schon gefragt?«

»Das wollte ich eben tun«, antwortete ich. Aus den Akten war nämlich ersichtlich, dass Hans Spörri und Martin Läubli - also mein Vorgänger und der Vorgänger von Luca - damals ermittelt hatten. Claudia, unsere Kriminaltechnikerin, arbeitete als Einzige des damaligen Kripo-Teams immer noch bei der Kriminalpolizei. Hans Spörri war inzwischen pensioniert und Martin Läubli hatte sich zur Regionalpolizei an seinem Wohnort Tellingen versetzen lassen.

Ich fand Claudia Weber in ihrem Labor im Keller.

»Und? Haben die Befragungen der Mitarbeiter des Mahlzeitendienstes etwas gebracht?«, fragte sie mich.

»Vielleicht. Ich bin mir noch nicht sicher. Sagt dir der Name Stefan Wicki etwas?«

»Stefan Wicki? Nein. Müsste ich den Namen kennen?«

»Er wohnte hier im Kanton. Wurde letztes Jahr als vermisst gemeldet.«

»Letztes Jahr?«

»Im Februar. Ich sehe aus den Akten, dass Spörri und Läubli sich damit beschäftigt haben.«

»Februar sagst du… Ah, genau, da war ich in den Skiferien in Laax. Ich glaube, Hans Spörri hat mir nach meinen Ferien mal etwas von einer Vermisstmeldung erzählt. Aber ich kann mich nicht genau erinnern. Wieso? Was ist damit?«

»Man hat damals angenommen, Stefan Wicki habe entweder Selbstmord begangen oder er sei untergetaucht. Er hatte vor seinem Verschwinden seiner Ex-Freundin ein SMS geschickt, das auf so etwas hindeutet. Er ist bis heute nicht wieder aufgetaucht, aber man hat auch nie eine Leiche gefunden.«

»Und was hat das mit unserem Waffenfund zu tun?«, fragte Claudia.

»Fabian Hunkeler, einer der Männer, die Frau Hebeisen regelmässig das Mittagessen gebracht hatten, ist ein Jugendfreund von Stefan Wicki. Und Stefan Wicki hat ihn einmal zu Frau Hebeisen begleitet. Stefan Wicki kennt Frau Hebeisen, weil er nebenan aufgewachsen ist.«

Claudia blickte mich erstaunt an: »Ok, das tönt tatsächlich interessant.«

»Weisst du vielleicht noch etwas über die damaligen Ermittlungen?«, fragte ich sie.

Sie las die Akten kurz durch, bevor sie antwortete: »Nein. Als die Vermisstmeldung eintraf, war ich schon in den Ferien. Und bei meiner Rückkehr waren die

Ermittlungen schon abgeschlossen. Soweit ich mich erinnere, hat mir Hans nur in ein, zwei Sätzen erzählt, dass es eine Vermisstmeldung gab. Und ich glaube, Martin hat nie etwas über den Fall erzählt. Zumindest erinnere ich mich nicht.«

Natürlich hätte ich mich gerne meinen Vorgänger Hans Spörri über die damaligen Ermittlungen erkundigt. Doch ich zögerte, ihn zu kontaktieren, da er pensioniert war und wir noch keine wirklich konkreten Hinweise hatten, dass der verschwundene Stefan Wicki etwas mit den gefundenen Waffen zu tun haben könnte. Bei Martin Läubli, Spörris damaligem Assistenten war es einfacher: Er hatte lediglich innerhalb der Kantonspolizei die Abteilung gewechselt, von der Kriminalpolizei zur Regionalpolizei. Ich hatte Läubli schon ein paar Mal gesehen und einmal kurz mit ihm gesprochen.

Ich rief bei der Regionalpolizei in Tellingen an und hatte Glück: Martin Läubli nahm meinen Anruf entgegen und erinnerte sich sofort an den Fall Stefan Wicki:

»Ja, klar erinnere ich mich. Ich wusste doch, dass da etwas faul ist!«

»Was meinst du damit?«

Er zögerte einen Moment. Dann sagte er: »Ich weiss auch nicht. Mir kam das Ganze damals einfach sonderbar vor.« Und nach einer weiteren kurzen Pause ergänzte er: »Pass auf, Markus, dass du dir da nicht die Finger verbrennst. Ich glaube, es gibt einflussreiche Leute, die nicht wollen, dass man da ermittelt.«

Ich fragte nach, aber Martin Läubli gab sich verschlossen: »Mehr sage ich nicht dazu. Kannst du mich da raushalten?«

Es war nicht mehr aus ihm herauszukriegen. Also versuchte ich mein Glück bei meinem Chef, dem Kommandanten der Kriminalpolizei. Thomas Baumann konnte sich nicht an den Namen Stefan Wicki erinnern, aber als ich ihm die Akten zeigte, fiel es ihm wieder ein: »Ach ja, genau, dieser Drogensüchtige, der seiner Freundin ein Abschieds-SMS schickte und danach verschwand.«

»Richtig, um diesen Fall geht es. Hier steht, dass es nicht die Freundin, sondern die Ex-Freundin war, die das SMS erhalten hat. Und offenbar hatte Wicki nach langer Drogensucht erfolgreich einen Entzug gemacht.«

»Wie auch immer. Wenn einer so lange drogensüchtig war, dann weiss man ja nie, ob er nicht wieder rückfällig wird.«

Ich erläuterte Baumann kurz, dass Stefan Wicki die alte Frau Hebeisen gekannt hatte. Dann kam ich auf das Thema zu sprechen, das Martin Läubli angedeutet hatte: »Ich habe gehört, dass es Beschwerden gegen die Ermittlungen gab.«

»Wer erzählt denn so etwas?«, fragte Baumann erstaunt.

»Stimmt es nicht?«, fragte ich zurück, ohne seine Frage zu beantworten.

»Es hat schon eine kritische Rückmeldung gegeben. Aber die war wohl berechtigt. Ernst Stadelmann, dem die ehemalige Seilbahnfabrik gehörte, hatte diesem Drogensüchtigen einen Job im Seilbahnmuseum verschafft. Nicht weil die dort einen Mitarbeiter brauchten, sondern wohl mehr als sozialer Akt. Soweit ich gehört habe, hat dieser Drogensüchtige dann halt häufig bei der Arbeit gefehlt. So etwas gibt natürlich ein Gerede unter den Angestellten. Und Läubli hat sich darin verbissen. Er hat da irgendetwas Illegales vermutet und wollte alle Angestellten verhören. Ich weiss nicht, was er für Hirngespinste hatte. Auf jeden Fall hat sich Ernst Stadelmann dann bei Adrian Rickenbacher, dem damaligen Justiz- und Polizeidirektor, beklagt.«

»Adrian Rickenbacher ist der Vorgänger von Frau Matzinger«, fragte ich nach.

»Ja genau. Er war damals noch Justiz- und Polizeidirektor. Später musste er aus gesundheitlichen Gründen zurücktreten. Frau Matzinger ist seine Nachfolgerin.«

Baumann überlegte kurz, dann fuhr er fort: »Jedenfalls verstehe ich, dass sich Stadelmann über Läubli geärgert hat. Wir müssen unsere Arbeit ja schon sorgfältig machen. Aber es braucht auch Augenmass. Wenn wir alle Leute verärgern, dann wird unser Budget immer mehr gekürzt.«

8

Letztes Jahr, im Februar

»Grüezi, was kann ich für Sie tun?«, fragte der dienst-habende Polizist, als sich die Frau zögernd dem Schalter des Polizeipostens näherte. Der Polizist musterte die Besucherin kurz. Sie war in einem schwarzen Kleid für den Alltag eher überdurchschnittlich gekleidet, dezent geschminkt und hatte eine gepflegt wirkende Frisur mit glatten, halblangen, blonden Haaren. Es war offensichtlich, dass sie sich unsicher fühlte. Ein Besuch auf dem Polizeiposten schien nicht alltäglich für sie zu sein. Der Polizist konnte sich auch nicht erinnern, sie schon einmal hier gesehen zu haben.

»Grüezi. Ich mache mir Sorgen. Mein Ex-Freund ist seit einer Woche verschwunden. Er hat mir ein sonderbares SMS geschickt. Dass er seine Ruhe brauche und so. Und ich solle nicht nach ihm suchen. Aber jetzt ist er schon eine Woche weg. Ich mache mir Sorgen, dass er sich etwas angetan hat.«

Der Polizist bat die Frau in ein Besprechungszimmer und begann mit der Protokollierung. Die Frau hiess Anita Stadelmann, der Vermisste Stefan Wicki.

»Und Sie haben gesagt, Stefan Wicki ist ihr Ex-Freund?«

»Ja. Also… Es ist lange her, seit wir zusammen waren. Wir haben uns danach lange aus den Augen verloren. Aber seit einiger Zeit haben wir wieder regelmässig Kontakt.«

»Und er hat Ihnen ein SMS geschickt?«

»Ja, ich kann es Ihnen zeigen. Sehen Sie hier: *Mir geht es nicht gut. Muss einen Ort finden, wo ich zur Ruhe komme. Bitte suche mich nicht. Und sag deinem Vater, dass ich nicht zur Arbeit komme. Danke.*«

»Was bedeutet das? Arbeitet er für Ihren Vater?«

»Ja. Wissen Sie, mein Vater ist Ernst Stadelmann. Ihm gehört das Seilbahnmuseum. Und Stefan ist dort angestellt.«

»Und wann haben Sie das SMS erhalten?«

»Vor einer Woche.«

»Und seither ist er nicht mehr zur Arbeit gekommen?«

»Ja genau. Zuerst habe ich gedacht, dass er in ein paar Tagen wieder zurück kommt. Aber jetzt mache ich mir langsam Sorgen.«

»Wissen Sie, ob er zuhause ist? Haben Sie versucht, ihn anzurufen?«

»Ja, aber erst heute. Er hat ja geschrieben, ich solle nicht nach ihm suchen. Aber heute Morgen habe ich trotzdem angerufen. Es kommt aber nur die Combox.«

»Vielleicht ist er ja einfach krank und zuhause.«

»Ich habe vorhin bei ihm geklingelt. Aber er hat nicht aufgemacht. Jetzt mache ich mir Sorgen. Vielleicht hat er sich ja etwas angetan. Wissen Sie, er machte in letzter Zeit häufig einen deprimierten Eindruck auf mich.«

»Wir gehen dem natürlich sofort nach, Frau Stadelmann. Ich habe ja ihre Adresse und ihre Handynummer. Wir melden uns bei Ihnen, sobald wir mehr wissen.«

Unter normalen Umständen hätte man eine Polizeistreife zur Wohnung von Stefan Wicki geschickt. Weil die

Kriminalpolizei aber gerade wenig zu tun hatte, landete dieser Auftrag beim damaligen Kripo-Chef Hans Spörri.

»Ja, ist in Ordnung. Wir verschaffen uns Zugang zur Wohnung und sehen nach, ob er dort ist… Ja, ich gebe nachher Bescheid.«

Hans Spörri, der Leiter der Kriminalpolizei, beendete den Anruf und wandte sich an seinen Assistenten Martin Läubli: »Wäre mal wieder Zeit für ein richtiges Verbrechen! Was wir immer für Mist machen müssen, wenn wir zu wenig zu tun haben.«

»Was gibt es denn?«

»Ein Mann ist seit einer Woche verschwunden. Wir sollen nachschauen, ob er nicht tot in seiner Wohnung liegt.«

»Falls der Mann seit einer Woche tot in seiner Wohnung liegt, dann wird das kein erfreulicher Ausflug. Besonders jetzt, wo Claudia in den Ferien ist.«

Martin Läubli sprach von Claudia Weber, der Jüngsten im Kripo-Team. Als Kriminaltechnikerin hatte sie unter anderem die Aufgabe, Spuren am Tatort zu sichern und zu dokumentieren, was in gewissen Situationen keine angenehme Aufgabe war. Aber Claudia Weber war gerade in den Skiferien und hätte ihren Kollegen deshalb keine unangenehmen Aufgaben ersparen können.

In diesem Fall gab es aber keine unangenehme Spurensicherung: keine Leiche, keine Blutspuren, gar nichts. Kripo-Chef Hans Spörri und sein Assistent Martin Läubli fanden die Wohnung von Stefan Wicki leer vor. Die Wohnung war ziemlich unordentlich: die Küche voll mit schmutzigem Geschirr, Chips auf dem Fernsehtisch im Wohnzimmer, an mehreren Orten in der Wohnung herumliegende Kleider. Eigentlich so unordentlich, dass man fast vermuten konnte, dass der Bewohner hektisch ein paar Sachen zusammengepackt hatte, bevor er die Wohnung verlassen hatte. Sie sahen sich ein paar Minuten lang in der Wohnung um, fanden aber auf die Schnelle keine Hinweise auf den Aufenthaltsort von Stefan Wicki oder den Grund seines Verschwindens.

»Stadelmann.«

»Grüezi Frau Stadelmann«, meldete sich der Polizist. »Sie waren ja heute Vormittag bei mir auf dem Polizeiposten und haben Stefan Wicki als vermisst gemeldet.«

»Ja genau. Und? Wissen Sie, wo er ist?«

»Nein, noch nicht. In seiner Wohnung ist er nicht. Und wir haben auch sonst keine konkreten Anhaltspunkte. Niemand, der irgendwo in ein Spital eingeliefert wurde oder etwas Ähnliches. Ich wollte Sie fragen, ob Sie uns noch etwas mehr erzählen können, das uns bei der Suche hilft. Haben Sie eine Idee, wo er hingegangen sein könnte? Wissen Sie, mit wem er regelmässig Kontakt hatte?«

»Nein, ich befürchte, ich kann Ihnen da nicht viel helfen. Wissen Sie, Stefan Wicki war viele Jahre drogensüchtig. Ich glaube, er hatte da auch ab und zu Probleme mit der Polizei. Aber ich weiss das nicht so genau, denn wir hatten lange Zeit keinen Kontakt. Er ist erst vor ein paar Monaten wieder hierher gezogen. Seither haben wir uns ein paar Mal getroffen und ich habe ihm die Stelle im Seilbahnmuseum verschafft. Aber ich weiss nicht, was er in der Freizeit macht und mit wem er Kontakt hat. Ich hoffe, er hat nicht wieder Kontakte in der Drogenszene und ist dort irgendwie in Schwierigkeiten geraten.«

»Gut, ich habe mir das notiert«, sagte der Polizist. »Vielen Dank für Ihre Hilfe, Frau Stadelmann.«

»Gern geschehen. Und was passiert jetzt?«

»In erster Linie versuchen wir herauszufinden, ob Herrn Wicki etwas zugestossen ist. Aber das glaube ich nicht, sonst hätte man ihn sicher längst gefunden. Im Moment sieht es eher danach aus, dass er irgendwo untergetaucht ist. Und da können wir nicht allzu viel machen.«

»Verstehe«, antwortete Anita Stadelmann. Und nach ein paar Sekunden fügte sie an: »Dann hoffen wir doch, dass er bald wieder auftaucht.«

»Ja genau. Bitte geben Sie uns Bescheid, falls sich Herr Wicki bei Ihnen meldet. Nochmals vielen Dank. Auf Wiederhören Frau Stadelmann.«

Aber Stefan Wicki tauchte nicht wieder auf. Bereits nach ein paar Wochen wurde seine Wohnung geräumt. Da Stefan Wicki keine Angehörigen hatte, hatte sich sein Arbeitgeber Ernst Stadelmann freundlicherweise bereiterklärt, die Kosten für die Räumung der Wohnung zu übernehmen. Die Möbel und die Habseligkeiten von Stefan Wicki wurden eingelagert. Ernst Stadelmann hatte die Einlagerungskosten für fünf Jahre übernommen, damit alles aufbewahrt werden konnte. Für den Fall, dass Stefan Wicki zurückkehren würde.

9

Freitag, 1. Juli

Um halb acht Uhr morgens rief ich die Staatsanwältin Alexandra Egger an: »Hast du heute Vormittag ein paar Minuten Zeit«, fragte ich sie. »Ich brauche einen Durchsuchungsbefehl für das eingelagerte Mobiliar von Stefan Wicki.«

»Heute ist es schwierig. Ist es dringend?«

»Kommt darauf an. Wahrscheinlich nicht besonders. Andererseits ist die Durchsuchung wahrscheinlich das Sinnvollste, was wir in diesem Fall im Moment tun können.«

»Also gut. Kannst du jetzt gleich zu mir ins Büro kommen? Später ist es schwierig. Ich habe einen Gerichtstermin.«

Als ich kurz darauf in ihrem Büro angekommen war, informierte ich Alexandra über den aktuellen Stand der Ermittlungen.

»Für einen Durchsuchungsbefehl ist das noch etwas dünn«, meinte sie zögernd. »Ihr wisst lediglich, dass Stefan Wicki ein Mal in der Wohnung von Jolanda Hebeisen war. Und das offensichtlich rein zufällig. Nur weil Hunkeler ihn mitgenommen hat. Das ist noch wenig Grundlage für einen Verdacht gegen Wicki.«

»Du hast ja Recht«, stimmte ich zu. »Wenn Stefan Wicki nicht verschwunden wäre, sähe ich auch keinen Grund für eine Durchsuchung. Dann würde ich ihn zuerst mal befragen. Aber er ist verschwunden, wahrscheinlich tot. In dieser Konstellation sehe ich keine Alternative zu einer Durchsuchung. Zudem finde ich, dass in diesem Fall die Durchsuchung kein besonders gravierender Eingriff in seine Privatsphäre ist.«

Sie überlegte einen kurzen Moment, bevor sie antwortete: »Ja, das ist für mich nachvollziehbar. In dieser speziellen Konstellation kann ich der Durchsuchung zustimmen.«

Sie füllte das entsprechende Formular aus und überreichte es mir: »Du hast jetzt Glück gehabt. Wenn du eine Viertelstunde später angerufen hättest, hättest du mich erst am späteren Nachmittag wieder erreicht.«

»Ich habe gestern Abend noch versucht, aber du hattest schon Feierabend.«

»Es ist ja nicht nötig, dass du mit deiner Arbeit blockiert bist, wenn ich nicht im Büro bin. Du kannst mich in so einem Fall ruhig aufs Handy anrufen.«

»Oh, danke«, antwortete ich etwas überrascht. Von meiner früheren Stelle war mir eine viel formellere Zusammenarbeit zwischen Polizei und Staatsanwaltschaft gewohnt. »Ich werde mir Mühe geben, dich nicht zu häufig in der Freizeit zu stören.«

»Das weiss ich«, antwortete Alexandra lächelnd. »Ich bin gespannt, ob ihr in den Sachen von Wicki etwas findet.«

Mit dem Durchsuchungsbefehl in der Tasche holte ich Luca und Claudia ab. Die Habseligkeiten von Stefan Wicki waren bei der Umzugs- und Möbeleinlagerungsfirma *da Silva* untergebracht. Die Firma hatte ihren Sitz in einem Hochhaus im Industriegebiet im Nordosten der Stadt. Ein grosses Areal, das an diesem regnerischen Vormittag grau und trostlos wirkte.

Wir fanden Geschäftsführerin Carmen da Silva gleich im Erdgeschoss beim Firmenempfang. Sie empfing uns freundlich und zeigte sich sehr hilfsbereit.

»Die Möbeleinlagerungs-Räume befinden sich im zweiten Stock«, erklärte sie uns. »Möchten Sie die Sachen von Herrn Wicki mitnehmen oder nur hier anschauen?«

»Um Himmels Willen«, antwortete ich, »wir können keine Möbel mitnehmen. Wir haben keinen Lastwagen dabei. Nein, nein, wir möchten die Sachen hier sichten.«

Sie suchte kurz im Computer, holte dann den Schlüssel B17 aus dem Safe und führte uns in den zweiten Stock. Dort öffnete sie den entsprechenden Raum. Der Raum war etwa so gross wie das zu meiner Wohnung gehörende Kellerabteil. Da aber alles im Raum war, was sich in der Wohnung und im Kellerabteil von Stefan Wicki befunden hatte, war der Raum praktisch vom Boden bis zur Decke gefüllt.

Frau da Silva lachte, als sie meinen etwas ratlosen Blick sah. »Sorry, aber das sieht bei uns überall so aus. Die Leute haben viel Ramsch und wollen möglichst wenig für die Einlagerung zahlen. Dann muss man halt alles dicht zusammenstellen und hoch stapeln. Anders geht das nicht. Sie können die Sachen natürlich nicht direkt hier drin durchsuchen. Und auch nicht hier vor der Tür – da kommen immer wieder Leute vorbei. Aber ich kann Ihnen einen leeren Raum zur Verfügung stellen. Ganz am Ende des

Gangs, der letzte Raum auf der rechten Seite. Und wenn Sie etwas brauchen, dann melden Sie sich einfach.«

Sie drückte mir den Schlüssel B17 sowie den Schlüssel des leeren Raums in die Hand und verschwand wieder.

Der Durchsuchung war recht mühsam, da wir die meisten Sachen zuerst aus dem vollbepackten Raum in den leeren Untersuchungsraum transportieren mussten. Und am Ende musste alles wieder zurück und in dem engen Raum verstaut werden. Luca, Claudia und ich waren fast den ganzen Tag mit der Durchsuchung der Habseligkeiten von Stefan Wicki beschäftigt.

Erschwerend kam hinzu, dass wir nicht genau wussten, wonach wir eigentlich suchten. Von Interesse war alles, was Hinweise darauf gab, dass Stefan Wicki mehr Kontakt mit Jolanda Hebeisen hatte als den einen zufälligen Besuch gemeinsam mit Fabian Hunkeler. Und natürlich jeder Hinweis darauf, dass Stefan Wicki Waffen besass oder mit Waffen handelte. Das konnten beispielsweise Kaufverträge, aber auch Utensilien zur Reinigung von Waffen sein, Fachzeitschriften oder ähnliches.

Wir fanden aber nichts dergleichen. Allgemein war auffällig, wie wenig Persönliches wir fanden. Als ich Luca und Claudia darauf ansprach, meinte Luca: »Er war ja jahrelang drogensüchtig, zeitweise ohne festen Wohnsitz. Da sammelt sich nicht so viel Ramsch an wie bei Leuten, die ein sogenannt *normales Leben* haben.«

»Klingt plausibel«, pflichtete ich bei.

Wir fanden den Arbeitsvertrag von Stefan Wicki mit dem Seilbahnmuseum sowie die Lohnabrechnungen. Ausserdem einige Bankkonto-Auszüge. Ausser dem Lohn sahen wir in der Zeit vor seinem Verschwinden keine nennenswerten Einnahmen. Die Bezüge zeigten auf den ersten Blick nichts Auffälliges und gaben kaum Hinweise auf Lebensweise oder Hobbies. Auch sonst fanden wir nichts, aus dem ersichtlich war, wie oder mit wem Stefan Wicki seine Freizeit verbrachte.

Wir packten den Computer von Stefan Wicki ein und hofften, dort später noch Hinweise auf Kontakte zu finden. Ein Handy fanden wir nicht.

In einer Schreibtischschublade entdeckte Claudia mehrere CDs, USB-Sticks sowie eine externe Festplatte. Ausserdem ein kleines Notizbuch mit lediglich einer Handvoll Einträge. Es sah so aus, als hätte sich Stefan Wicki in diesem Notizbuch die Benutzernamen und Passwörter für verschiedene Internetseiten notiert.

»Das nehmen wir auch mit«, schlug Claudia vor. »Ich überprüfe im Büro mal, ob etwas dabei ist, das uns weiterbringt.«

Kurz nach 15 Uhr kamen wir mit dem Material zurück ins Büro. Da der Computer mit einem Passwort geschützt war, das nicht im Notizbuch zu stehen schien, widmete sich Claudia zuerst dem übrigen Computer-Zubehör. Sie schloss die externe Festplatte an ihren Computer an, fand dort aber keine gespeicherten Dateien.

»Wahrscheinlich nie benutzt«, sagte sie. »Weder die externe Festplatte noch das Verbindungskabel weisen irgendwelche Gebrauchsspuren auf.«

Auf zwei CDs waren Installationsdateien für Computerspiele gespeichert. Wahrscheinlich illegale Kopien, aber das interessierte uns nicht besonders. Die übrigen CDs waren leer.

Nun hatten wir nur noch zwei USB-Sticks. Als Claudia den ersten Stick an ihren Computer anschloss, startete sich ein Internet-Browser und es öffnete sich eine Internet-Seite. Die Seite war schlicht gehalten. Es war nicht erkennbar, welcher Firma oder Organisation die Seite gehörte. Nur zwei Felder, in die man den Benutzernamen und das Passwort eintragen konnte.

Auch die Internet-Adresse verriet nicht mehr. Es handelte sich um nicht um einen Firmennamen oder eine Buchstabenfolge, die eine Abkürzung sein konnte. Vielmehr war es eine lange Kombination von Buchstaben und Zahlen. Eine Internet-Adresse, auf die man zweifellos nicht zufällig gelangte.

Was um Himmels Willen war das? Ich hatte keine Ahnung, was ich hier vor mir hatte, aber in erster Linie war ich froh, dass wir überhaupt auf etwas gestossen waren, das interessant aussah.

»Falls es im Mobiliar von Stefan Wicki irgendetwas gibt, das uns weiterbringen kann, dann das hier«, sagte ich zu Claudia und Luca, die mir beide zustimmten.

Wir nahmen das Notizbuch, da wir hofften, dort die Login-Informationen zu finden. Auf den ersten zwei Seiten waren je eine Handvoll Wörter und Zahlenkombinationen notiert, bei denen es sich vermutlich um Passwörter handelte. Der Rest des kleinen Notizbuchs war leer.

»Fangen wir einfach mal oben auf der ersten Seite an«, schlug Luca vor.

»Würde ich nicht machen«, wandte Claudia ein. »Wahrscheinlich werden wir gesperrt, wenn wir ein paar Mal falsche Angaben eintippen. Wir sollten nur probieren, wenn wir überzeugt sind, den richtigen Code zu haben.«

»Tönt vernünftig«, antwortete Luca. »Aber wie sollen wir wissen, welches der richtige Benutzername und welches das richtige Passwort ist.«

Ich schaute mir die beiden Seiten nochmals an, war aber etwas ratlos. Ohne grosse Hoffnung blätterte ich die restlichen, leeren Seiten einzeln durch, um ja nichts zu übersehen. Als ich schon fast resigniert hatte, stiess ich auf der zweitletzten Seite doch noch auf einen Eintrag: zwei mit Bleistift eingetragen Zeilen. Oben eine Kombination von Buchstaben; kein Wort, sondern acht scheinbar beliebige Buchstaben. Unten eine Zahlenkombination.

»Das ist es!«, sagte Claudia laut. »Gezielt so versteckt, dass man es nicht so rasch findet. Ich wette, hier sind wir richtig!«

Weder Luca noch ich wollten dagegen wetten. Claudia tippte den Benutzernamen und das Passwort ein. Und tatsächlich – es funktionierte.

Was wir nun sahen, erinnerte an bekannte Internet-Shops wie Amazon oder eBay. Mit dem Unterschied, dass die Gestaltung sehr schlicht gehalten war. Und, wie wir auf den zweiten Blick sahen, mit einem noch viel wichtigeren Unterschied: Hier wurden keine Bücher, Möbel oder Haushaltgeräte angeboten, sondern Drogen, Waffen, Munition und ähnliches.

»Krass«, entfuhr es Luca, der neben mir stand und ebenfalls über die Schultern von Claudia auf den Bildschirm blickte.

»Ich glaube, wir sind im Darknet«, sagte ich, als ich verstanden hatte, was ich vor mir sah. Ich hatte schon oft über den verborgenen Teil des Internet gelesen, aber noch nie eine Darknet-Seite gesehen.

Im Gegensatz zu den gängigen Online-Marktplätzen gab es kein auffälliges Logo mit dem Namen des Marktplatzes. Nur eine kleine, schlichte Titelzeile mit einem Symbol, das aus zwei senkrechten und einem waagrechten Strich bestand. Es sah aus wie ein Tisch. Daneben standen die drei Buchstaben PCM.

»Bevor wir hier allzu viel machen«, überlegte ich, »sollten wir jemanden beiziehen, der eine Ahnung von Darknet hat.«

»Ich war vor zwei Jahren mal an einer Weiterbildung über Online-Kriminalität«, meldete sich Claudia. Da war ein Typ von *fedpol* als Referent. Ich glaube, der kennt sich ziemlich gut aus.«

»Dann fragen wir doch mal in Bern an. Weisst du seinen Namen noch?«, fragte ich.

»Wenn ich mich richtig erinnere, war es irgendein Tiername: Vielleicht Wolf. Ich bin aber nicht ganz sicher. Ich muss nachschauen.«

Claudia brauchte einen Moment, bis sie in ihrem Computer die Kursunterlagen gefunden hatte. Sie öffnete das PDF-Dokument mit dem Kursprogramm und fand dort, was sie suchte: »Da: Fuchs, Roger Fuchs, fedpol, Bereich Bundeskriminalpolizei.«

»Kennst du ihn näher? Beziehungsweise: kennt er dich?«

»Ich glaube, ich habe mal in der Pause kurz mit ihm gesprochen. Aber ich nehme nicht an, dass er sich an mich erinnert.«

»Willst du ihn anrufen oder soll ich?«

»Mir ist lieber, wenn du das machst. Du bist ja auch der Chef hier«, meinte Claudia.

Ich rief bei *fedpol*, dem Bundesamt für Polizei, an und liess mich mit Fuchs verbinden. Nachdem ich mich vorgestellt hatte, erläuterte ich ihm den Grund meines Anrufs: »Wir sind bei einer Durchsuchung auf Login-Informationen für eine Internet-Plattform gestossen. Wir vermuten, dass es sich um einen Zugang zum Darknet handelt. Da wir damit keine Erfahrung haben, wären wir froh um kompetente Unterstützung. Und unsere Kriminaltechnikerin Claudia Weber war mal bei Ihnen in einer Weiterbildung und hat mir empfohlen, Sie anzurufen.«

»Gut. Und wie kommen Sie darauf, dass es sich ums Darknet handelt?«, fragte Fuchs skeptisch.

»Wir haben uns eingeloggt. Es sieht aus wie ein normaler Onlineshop. Nur werden hier keine Handys oder Bücher angeboten, sondern Waffen, Drogen und solche Sachen.«

Das schien ihn erst halbwegs zu überzeugen: »Tönt interessant. Gibt es irgendwo Hinweise auf den Betreiber des Marktplatzes? Ein Impressum oder ähnliches?«

»Nein. Nur eine ganz schlichte Titelzeile. Die besteht aus einem Zeichen, das aussieht wie ein Tisch, zwei senkrechte Linien und eine waagrechte Linie oben darüber. Und daneben die drei Buchstaben PCM.«

Ich merkte sofort, dass mit diesen Angaben das Interesse von Fuchs sprunghaft gewachsen war: »Ich habe eine Vermutung, was das sein könnte. Wenn es wirklich das ist, was ich vermute, dann wäre das genial. Können Sie mir die Login-Angaben geben?«

»Moment, ich würde Sie gerne an Frau Weber weitergeben. Ist es in Ordnung, wenn ich Sie auf Lautsprecher schalte? Wir sind hier zu dritt: Unsere Kriminaltechnikerin Claudia Weber, mein Assistent Luca Bertoldi und ich.«

»In Ordnung.«

Nachdem Fuchs Claudia und Luca begrüsst hatte, übernahm Claudia das Ruder: »Wir haben einen USB-Stick sowie ein Heft mit Benutzernamen und Passwort gefunden. Der USB-Stick öffnet einen Browser, den ich nicht kenne, und eine Seite, auf der man sich einloggen kann.«

»Gut. Mal sehen, ob es auch ohne USB-Stick geht. Können Sie mir die Internet-Adresse der Login-Seite geben?«

»Das ist eine ziemlich lange Kombination von Buchstaben und Ziffern. Ich schicke Sie Ihnen per Mail.«

Nach einer knappen Minute meldete sich Fuchs wieder: »Geht nicht. Schade, war aber zu vermuten. Man kommt nur mit dem Stick auf die Seite. Wenn man die Adresse in einem anderen Browser eingibt, wird man auf die Google-Startseite umgeleitet. Ich habe es mit drei verschiedenen Browsern versucht. Ohne Erfolg.«

»Ich kann Ihnen mal einen Screenshot von dem mailen, was wir hier sehen«, bot Claudia an.

Sekunden später hatte sie die Bildschirmanzeige des Online-Shops in ein E-Mail kopiert und an Fuchs geschickt. Wieder dauerte es einige Zeit, bis der Bundespolizist sich meldete.

»Also, das sieht wirklich interessant aus. Ich muss das unbedingt mit meinen Kollegen hier besprechen. Tun Sie mir einen Gefallen: Loggen Sie sich aus, bewahren Sie den USB-Stick und die Login-Informationen an einem sicheren Ort auf und warten Sie, bis wir uns melden.«

»Ist in Ordnung, Herr Fuchs, machen wir«, versprach ich.

»Sagen Sie mir noch genau, wie Sie zu dem Stick gekommen sind.«

Ich erzählte Fuchs kurz vom Waffenfund, über den wir *fedpol* schon informiert hatten, und von den Nach-forschungen zu den Kontakten von Jolanda Hebeisen. Ausserdem erklärte ich, wie wir auf die Verbindung zwischen Jolanda Hebeisen und dem vermissten Stefan Wicki gestossen waren.

»Gut, danke«, antwortete Fuchs, »wir werden das hier intern besprechen und melden uns dann bei Ihnen. Das wird wahrscheinlich ziemlich schnell gehen.« Er zögerte einen Moment und ergänzte dann: »Ja, gut, jetzt ist schon Freitag-abend. Ich weiss nicht, ob wir das am Wochenende bearbeiten. Vielleicht wird es auch Anfang nächster Woche, bis Sie von uns hören. Auf Wiederhören allerseits.«

»Was haltet ihr davon?«, fragte Luca, als das Telefon-gespräch mit Fuchs beendet war.

»Ich glaube, dass wir mit dem Darknet richtig liegen«, antwortete Claudia, während sie sich ausloggte und den USB-Stick aus dem Computer entfernte.

»Ja, glaube ich auch«, sagte ich. »Und ich vermute, dass recht bald jemand von *fedpol* vorbeikommt und den USB-Stick abholen wird.«

10

Montag, 4. Juli

Ich hatte übers Wochenende nichts von *fedpol* gehört und fand auch keine Nachricht vor, als ich am Montagmorgen ins Büro kam.

Kurz nach acht Uhr rief mich aber die Sekretärin meines Chefs an. »Du sollst zum Kommandanten kommen«, sagte sie mir, ohne weitere Erklärung.

Auf meinem kurzen Weg durchs Gebäude fragte ich mich, ob Baumann vom *fedpol* gehört oder ob er allenfalls auf anderem Weg von der Durchsuchung des Mobiliars von Stefan Wicki erfahren hatte. Jedenfalls hätte es mich nicht überrascht, wenn er mein Vorgehen kritisiert hätte, nachdem er im Vorjahr weitere Nachforschungen im Fall Wicki als unnötig erachtet hatte. Doch meine Befürchtungen erwiesen sich als unbegründet: »Goldbacher, ich habe einen Anruf von *fedpol* erhalten«, begann er das Gespräch. Und zu meiner Überraschung schien er diesmal durchaus gut gelaunt zu sein.

Ich sah ihn fragend an, da ich nicht abschätzen konnte, was nun kommen würde.

Er nannte mir den Namen des Abteilungsleiters, der ihn angerufen hatte. »Er hat mir gesagt, Sie seien bei Ihren Ermittlungen auf einen Darknet-Zugang gestossen und hätten *fedpol* informiert«, fuhr Baumann fort.

»Ja genau. Bei unseren Ermittlungen bezüglich des Waffenfundes haben wir im Mobiliar von Stefan Wicki einen USB-Stick gefunden, mit dem man sich bei einem Darknet-Marktplatz einloggen kann.«

Zu meiner Verblüffung schien sich Baumann nicht darüber zu wundern, dass wir das Mobiliar von Wicki durchsucht hatten. Auch das Thema Darknet interessierte ihn im Moment nicht. Vielmehr beschäftigte ihn der Kontakt zu *fedpol*: »Die haben mir gesagt, dass sie einen Experten für Internet-Kriminalität zu uns schicken, damit er uns bei den Ermittlungen unterstützen kann. Der Mann heisst Fuchs. Er ist schon unterwegs. Man hat mich gebeten, dass ich diesem Fuchs einen Arbeitsplatz zur Verfügung stelle.«

»Was? Der will hier arbeiten? Ich habe gedacht, die holen einfach den USB-Stick ab.«

»Ja, ich bin auch erstaunt. Vielleicht wollen sie uns auch auf die Finger schauen. Warten wir mal ab. Natürlich müssen wir *fedpol* unterstützen.«

»Wir sind da auch auf Hilfe angewiesen. Wir selbst kennen uns da zu wenig aus«, erklärte ich Baumann.

»Ja, klar. Kann dieser Fuchs bei Ihnen im Kripo-Büro arbeiten?«

»Ja. Platz haben wir.«

»Gut. Sagen Sie beim Empfang, dass man den Mann zuerst zu mir bringen soll. Sobald ich ihn begrüsst habe, komme ich mit ihm zu Ihrem Büro.«

Ich war etwas verblüfft, dass mein Chef nicht mehr so kritisch reagierte wie nach dem letzten Anruf der Bundespolizei. Offenbar fühlte er sich diesmal nicht in seiner Hoheit verletzt.

Etwa eine Stunde später traf Roger Fuchs bei uns ein. Er war gross gewachsen, jung und wirkte viel weniger reserviert als noch am Freitag am Telefon. Er trug ein hellgraues Hemd und ein dunkelgraues Sakko, was bei ihm aber nicht formell wirkte, sondern zu seiner Erscheinung passte.

Nachdem Baumann das Büro verlassen hatte, schlug ich Roger Fuchs vor, dass wir uns alle duzen, was ihm recht zu sein schien. Wir setzten uns an unseren grossen Besprechungstisch und er berichtete über seine Erkenntnisse:

»Also, ihr habt richtig vermutet. Dieses Zeichen, von dem ihr am Telefon gesagt habt, dass es wie ein Tisch aussieht, ist der griechische Buchstabe Pi. Und PCM steht für *Pi Cove Market*. Wir wissen seit einiger Zeit von diesem Darknet-Marktplatz, sind den Betreibern bisher aber nicht auf die Spur gekommen. Die sind ziemlich raffiniert. Die Polizei ist schon mehrmals zu Login-Informationen gekommen und wir konnten uns schon mehrmals einloggen. Aber irgendwie haben sie immer erkannt, dass sich die Polizei eingeschlichen hat. Sie sperren dann den Zugang. Das heisst nicht nur, dass wir uns nicht mehr einloggen können, sondern auch, dass wir mit dem USB-Stick gar nicht mehr auf die Login-Maske kommen. Wir wissen noch nicht genau wie das funktioniert. Und vor allem wissen wir noch nicht, wer hinter diesem Marktplatz steckt.«

Fuchs informierte uns, dass er sich erhoffte, den von uns gefundenen Zugang länger verwenden zu können. »Mich interessiert in erster Linie dieser *Pi Cove Market*. Ich möchte den Betreibern dieses Marktplatzes auf die Spur kommen. Aber daneben gibt es ja noch euren Waffenfund: Die Vermutung liegt nahe, dass Stefan Wicki die Waffen, die ihr im Keller dieser alten Frau gefunden habt, über den *Pi Cove Market* beschafft hat. Vielleicht finden wir heraus, wer Wicki die Waffen verkauft hat und was er damit machen wollte.«

»Und warum Wicki verschwunden ist und warum die Waffen im Keller geblieben sind«, ergänzte ich.

»Genau. Ihr habt ja auch den Computer von Wicki hier. Vielleicht finden wir dort Hinweise.«

»Wir haben den Computer heute Morgen mal eingeschaltet. Der Zugang ist durch ein Passwort geschützt. Wir haben zwar ein Notizbuch gefunden, in dem sich Wicki ein paar Passwörter notiert hat. Das Passwort für den Computer scheint nicht dabei zu sein. Jedenfalls konnten wir den Computer nicht entsperren.«

»Gut, das macht das Ganze zwar etwas umständlicher. Aber der Passwortschutz lässt sich umgehen.«

Roger Fuchs widmete sich aber nicht gleich dem Computer von Stefan Wicki, sondern dem Konto beim *Pi Cove Market*. Erfreulicherweise war das Konto noch nicht gesperrt. Fuchs konnte sich mit seinem eigenen Laptop und dem USB-Stick einloggen und umsehen. Zuerst sah er einige Inserate durch, mit denen Drogen oder Waffen angeboten wurden.

»Leider sieht man nicht, wer die Anbieter sind. Ist eigentlich logisch. Ich kann hier nicht direkt etwas kaufen, sondern nur Nachrichten an den Anbieter senden.«

Dann schaute er sich die Angaben zum Benutzer an: »Der richtige Name des Benutzers ist hier nicht sichtbar. Wahrscheinlich wird der gar nicht erfasst. Nur der Benutzername, den man fürs Login braucht… Ah, und hier ist die Mailbox des Benutzers. Leider nichts drin. Entweder hat dieser Wicki schön aufgeräumt oder die Nachrichten werden nach einer gewissen Zeit automatisch gelöscht. Aber das heisst, über die Plattform werden nicht direkt Käufe und Verkäufe abgewickelt, sondern man knüpft Kontakte, kann sich dann über die Mailbox austauschen und verabreden, ohne dass man etwas über sich preisgeben muss. Aber um ein Geschäft zu tätigen, muss man sich dann im richtigen Leben treffen.«

»Tönt eigentlich logisch. Ist das nicht immer so im Darknet?«, wollte Luca wissen.

»Wenn es um Waffen und solche Sachen geht, dann schon«, erklärte Roger Fuchs. »Die verschickt man nicht einfach so mit der Post. Aber zum Beispiel für Drogen und Dopingmittel gibt es Darknet-Marktplätze, bei denen man mit Kreditkarte zahlt und die Ware per Post oder Kurier bekommt.«

»Werden solche Pakete aus dem Ausland geschickt?«, fragte ich.

»Ja, zumindest ein Teil.«

»Aber dann müssen sie doch durch den Zoll«, wandte ich ein.

»Natürlich versucht der Zoll, solche Sendungen zu erkennen. Und teilweise haben sie auch Erfolg damit. Aber selbstverständlich wird der Paketinhalt falsch deklariert. Und bei der riesigen Menge von Paketen, die in die Schweiz geschickt werden, kann man nur kleine Stichproben prüfen.«

Er scrollte durch die Inserate und zeigte uns ein Angebot, in dem Speed, Ketamin, Marihuana, Kokain und Heroin angeboten wurde. »Versand per Post mit Aufgabeort Schweiz«, stand im Inserat.

Roger Fuchs atmete einmal tief durch, dann fuhr er mit seinen Erklärungen fort: »Gerade Drogen werden aber oft in der Schweiz abgeschickt. Per Post. So müssen sie nicht durch den Zoll. Im internationalen Vergleich gehört die Schweiz mit Holland und Grossbritannien zu den Ländern, in denen gemessen an der Bevölkerung am meisten Darknet-Dealer aktiv sind.«

»Ich habe ja schon vom Darknet gehört, aber wenn man so einen Marktplatz live sieht, dann ist das noch einmal etwas ganz anderes«, sagte Luca sichtlich beeindruckt.

»Na ja, momentan ist es nicht gravierend«, relativierte Roger Fuchs. »Meine Kollegen in Deutschland hatten mal kurz Zugriff zum *Pi Cove Market* und stiessen dabei auf viel krassere Angebote.«

Eigentlich schien er nicht mehr dazu sagen zu wollen, doch als wir drei ihn alle fragend anschauten, fuhr er fort: »So Sachen in Richtung Frauenhandel und Kinds-missbrauch. Wirklich üble Geschichten.«

»Krass!«, entfuhr es Luca. Noch vor wenigen Monaten hatte er bei der Regionalpolizei auf dem Polizeiposten in Tellingen gearbeitet. Der Wechsel zur Kripo konfrontierte ihn mit völlig anderen Bereichen der Polizeiarbeit.

Nach einer Weile kam Roger Fuchs zum Schluss, dass ihn der Darknet-Zugang von Stefan Wicki im Moment nicht weiterbrachte. »Ich nehme den Stick mit nach Bern, um mit meinen Kollegen weiter zu schauen, ob wir den Betreibern des *Pi Cove Market* auf die Spur kommen. Jetzt schauen wir uns mal den Computer an.«

Es dauerte eine Weile, bis er den Passwortschutz umgangen und sich Zugang zum Computer von Stefan Wicki verschafft hatte. Wir schauten ihm zu und er versuchte, uns das Vorgehen zu erklären. Allerdings muss ich ehrlicherweise zugeben, dass wohl nur Claudia genug verstand, um dies vielleicht auch selbst mal hinzukriegen. Sie stellte auch Fragen und machte sich Notizen. Luca und ich waren schon überfordert davon, zu verstehen, worüber die beiden sprachen. Ich verzichtete aber darauf, nachzufragen. Denn erstens wollte ich die Arbeit von Roger Fuchs nicht erschweren und zweitens würde es nie meine Aufgabe sein, einen Computer zu knacken. Ich war schon froh – und erstaunt – dass Fuchs hier arbeitete und uns informierte, statt einfach den Computer mitzunehmen.

Nachdem Roger Fuchs den Passwortschutz erfolgreich umgangen und den Computer von Stefan Wicki in Betrieb gesetzt hatte, prüfte er zuerst, was für Programme installiert waren. Dann schaute er die Dateiablage an, öffnete aber nur eine Handvoll Dokumente, die sich schnell als unbedeutend herausstellten.

Anschliessend öffnete er das E-Mail-Programm. Hier wurde er rasch fündig: Unter den aktuellsten Nachrichten im *Posteingang* und im Ordner *Gesendete Objekte* fand sich ein Mailwechsel, der möglicherweise etwas mit den gefundenen Waffen zu tun haben konnte. Wicki hatte jemandem mitgeteilt, er habe die gewünschte Ware beschafft. Dieser fragte nach dem Preis und schrieb kurz darauf, er brauche etwas Zeit, das Geld zu beschaffen. Wicki hatte geantwortet, der andere solle sich melden, sobald er so weit sei, und seine Handynummer angegeben. Die Nachrichten waren alle über ein Jahr alt. Der Mailwechsel hatte vor dem Verschwinden von Stefan Wicki stattgefunden.

»Wicki hat im Darknet Waffen gekauft und wollte sie diesem Typen verkaufen«, überlegte ich laut.

»Ihm – und vielleicht noch anderen«, antwortete Fuchs und zupfte an seinem Schnurrbart. »Nur weil wir so rasch auf diese Mails gestossen sind, heisst das nicht, dass Wicki nicht noch andere Kunden hatte. Illegaler Waffenhandel wird meist nicht über E-Mail angebahnt, sondern über persönliche Kontakte. Zunehmend auch über das Darknet. Das hier dürfte eher eine Ausnahme sein. Wer weiss, vielleicht ist oder war Wicki sehr aktiv im Waffenhandel und wir sehen hier nur einen einzelnen Deal, bei dem er unvorsichtig geworden ist.«

»Und vielleicht hat ihn das sogar das Leben gekostet«, sagte Luca.

Wer der Mann war, mit dem Wicki per Mail über ein Geschäft verhandelt hatte, war leider nicht so leicht erkennbar. Die E-Mail-Adresse bestand nicht aus Vor- und Familiennamen, wie bei den meisten Menschen üblich, sondern aus dem Fantasiebegriff *Lonesome Cowboy*. Ausserdem fehlten in der Korrespondenz Anreden und Unterschriften.

Roger Fuchs zückte sein Handy, rief seine Kollegen in Bern an und gab ihnen die E-Mail-Adresse durch. Nachdem er das Gespräch beendet hatte, blickte er uns triumphierend an: »Heute Nachmittag wissen wir, mit wem Wicki gemailt hat. Gehen wir Mittagessen?«

Nach der Mittagspause arbeitete Roger Fuchs weiter an der Überprüfung des Computers von Stefan Wicki. Ich rief Alexandra an, um sie über die aktuellen Erkenntnisse zu informieren.

Gegen 15 Uhr erhielt Fuchs einen Anruf. Er ging in einen der beiden kleinen Räume, die an unser Teambüro angrenzen und für Besprechungen und Befragungen benutzt werden. Es dauerte fast eine halbe Stunde bis er zurück kam.

»Ich habe Neuigkeiten«, sagte er mit einem breiten Grinsen auf dem Gesicht. Er setzte sich an den grossen Besprechungstisch und wartete darauf, dass wir uns zu ihm setzten.

»Der Mann, der mit Stefan Wicki gemailt hat und irgendeine Ware kaufen wollte, heisst Said Osman. Na ja, vielleicht auch nicht, aber auf jeden Fall hat Said Osman die E-Mail-Adresse registriert. Es kann natürlich auch sein, dass die Adresse von jemand anderem benutzt wird. Auf jeden Fall haben wir einen Ansatzpunkt.«

»Wisst ihr schon etwas über diesen Said Osman?«, fragte ich.

»Ja, er ist 20 Jahre alt, stammt aus Somalia und lebt als *Vorläufig Aufgenommener* in der Westschweiz. Offenbar ein sehr talentierter Nachwuchsfussballer, dem Experten eine grosse Karriere prophezeiten, bis er sich schwer verletzte.«

»Ihr seid aber gut informiert in Bern. Habt ihr das alles heute über Mittag herausgefunden?«, fragte ich beeindruckt.

»Das wäre gar nicht so schwierig. Immerhin hat er es vor seiner Verletzung zu ein paar Kurzeinsätzen in der Super League gebracht.«

Roger Fuchs sah den fragenden Blick von Claudia und erklärte dann: »Die Super League ist die höchste Liga im Schweizer Fussball. Früher hiess das Nationalliga A.«

Als Claudia nickte, fuhr er fort: »Bisher haben wir keine Hinweise, dass er in irgendwelche strafbare Handlungen verwickelt ist. Aber jetzt, wo wir wissen, dass er Waffen beschaffen wollte, müssen wir ihn natürlich genau überprüfen. Meine Kollegen in Bern sind schon daran, alles Nötige zu veranlassen: Überwachung, Telefon abhören – das ganze Programm.«

»Vielleicht«, wandte ich ein, »ist er wieder von seiner Idee abgekommen und Stefan Wicki ist auf seinen Waffen sitzengeblieben. Das würde unseren Waffenfund erklären.«

»Möglich«, antwortete Roger Fuchs. »Es erklärt aber nicht das Verschwinden von Stefan Wicki. Aber Wicki steht für uns im Moment nicht im Fokus. Meine Kollegen in Bern wollen zuerst diesen Said Osman noch einmal genauer unter die Lupe nehmen.«

Nach einer kurzen Pause fuhr er fort: »Ich glaube, mehr kann ich heute hier nicht machen. Ich nehme den Computer und den USB-Stick mit nach Bern. Aber bevor ich losfahre, möchte ich noch kurz mit dir, Markus, und mit dem zuständigen Staatsanwalt über das weitere Vorgehen sprechen.«

»Der zuständige Staatsanwalt ist eine Staatsanwältin. Alexandra Egger. Ich rufe sie gleich an.«

Eine halbe Stunde später sassen Roger Fuchs und ich zusammen mit Alexandra in der Cafeteria der Staatsanwaltschaft. Roger erzählte Alexandra über Said Osman, wie er das kurz zuvor bereits bei uns im Kripo-Büro gemacht hatte. Zum Abschluss sagte er: »Für uns von *fedpol* hat jetzt oberste Priorität zu überprüfen, ob Said Osman irgendwelche Verbrechen begangen hat oder als gefährlich einzustufen ist. Und das zweite Thema, das was *mich* vor allem betrifft, ist der *Pi Cove Market*. Einerseits hoffe ich, den Betreibern dieses Darknet-Marktplatzes auf die Spur zu kommen. Andererseits nehme ich an, dass Stefan Wicki die Waffen auf dieser Plattform beschafft hat. Ich möchte wissen, wer der Verkäufer war.«

»Das heisst, der Ball liegt jetzt bei euch und für uns ist die Sache im Moment abgeschlossen?«, fragte Alexandra.

»Nicht ganz. Mein Chef geht davon aus, dass das Verschwinden von Stefan Wicki nichts mit den anderen Themen zu tun hat. Darum plant er nicht, dem weiter nachzugehen. Er wäre froh, wenn ihr da dranbleiben könntet. Allerdings nicht schon in den nächsten Tagen. Wir wollen nicht, dass durch eure Ermittlungen jemand aufgeschreckt wird und wir dadurch unseren Zugang zum *Pi Cove Market* verlieren.«

»Tönt vernünftig«, sagte ich. »Dann unternehmen wir nichts bis ihr uns grünes Licht gebt.«

»Ja, genau, das ist unser Anliegen. Wir informieren euch natürlich über unsere Erkenntnisse und sind froh, wenn ihr uns dann beim Fall Stefan Wicki auch auf dem Laufenden haltet.«

»Klar, machen wir«, versprach ich. Ich fand die Gelegenheit günstig, eine Frage zu stellen, die mir schon den ganzen Tag unter den Nägeln brannte: »Sag mal, Roger, die Waffen, die wir gefunden haben: Mein Chef sagt, er habe die Auskunft erhalten, dass einige davon als gestohlen gemeldet sind. Aber deine Kollegen wollten ihm keine Auskunft darüber geben, wo sie gestohlen wurden. Was ist denn das für eine geheimnisvolle Geschichte?«

Roger zögerte einen Moment. Dann sagte er: »Heikles Thema, Markus. Ich wüsste das auch gerne. Ich weiss nur, dass einige der Waffen, die ihr gefunden habt, Dienstwaffen der Schweizer Armee sind. Und diese Armeewaffen sind als gestohlen gemeldet. Wo und wie sie gestohlen wurden, weiss ich aber auch nicht. Der Zugang zum entsprechenden Dossier ist bei uns elektronisch blockiert. Wer Zugang braucht, muss das auf dem Dienstweg beantragen und es muss von ganz oben genehmigt werden.«

»Ist das bei *fedpol* so üblich?«, fragte Alexandra irritiert.

»Nein, eigentlich überhaupt nicht. Scheint irgendeine heikle Geschichte zu sein, die man unbedingt unter dem Deckel halten will. Ich glaube, deshalb will man unbedingt herausfinden, von wem dieser Stefan Wicki die Waffen gekauft hat. Da es mein Job ist, das herauszufinden, werden sie mich wohl irgendwann informieren müssen. Aber ich vermute, dass ich es euch dann nicht erzählen darf.«

»Ja klar, das verstehe ich«, antwortete ich. »Man muss auch nicht alles wissen. Mich hat schon sehr gefreut, dass du dir heute Zeit genommen und uns gezeigt hast, was du machst. Ehrlich gesagt, hätte ich das nicht erwartet. Ich habe gedacht, du holst einfach den USB-Stick und den Computer und fährst gleich wieder nach Bern.«

Ich sah sofort, dass Roger mit sich rang. Offensichtlich wollte er etwas dazu sagen, war aber unsicher, ob er es wirklich tun sollte oder nicht. »Ja«, sagte er schliesslich, »das wäre auch eine Möglichkeit gewesen. In einer anderen Konstellation hätte ich das vielleicht schon so gemacht.«

Alexandra und ich tauschten einen kurzen Blick aus, dann sagte sie: »Jetzt bin ich aber gespannt.«

Roger war noch immer unschlüssig, was beziehungsweise wie viel er sagen sollte und versuchte auszuweichen: »Die Zusammenarbeit zwischen *fedpol* und den anderen Polizeistellen wird nicht immer gleich gehandhabt.«

»Du willst sagen: Ihr behandelt nicht alle gleich«, bohrte ich nach.

»Das habe ich nicht so gesagt. Es kommt natürlich auch auf den Fall an. Und mit den grossen Kantons- und den Stadtpolizeien der grösseren Städte arbeiten wir natürlich enger zusammen als mit anderen.«

Alexandra und ich schauten uns kurz an, schmunzelten, sagten aber nichts. Es war ja kein Verhör. Roger Fuchs war uns keine Rechenschaft schuldig. Aber er erkannte selbst, dass er zu viel gesagt hatte, um nun zu schweigen.

»Offensichtlich ist unsere Geschäftsleitung auf euch aufmerksam geworden. Ihr habt ja vor ein paar Monaten den entscheidenden Tipp geliefert, mit dem ein brutaler Raubüberfall in Deutschland aufgeklärt werden konnte. Vorletzte Woche habt ihr Waffen entdeckt, deren Herkunft geheim gehalten wird. Und jetzt habt ihr uns noch Login-

Informationen geliefert, die uns beim Kampf gegen das Darknet helfen. Das ist bei uns natürlich aufgefallen. Offenbar traut man eurem neuen Kripo-Team einiges zu.«

»Danke«, sagte ich leicht irritiert, »aber das waren ja keine spektakulären Ermittlungserfolge. Das waren eher glückliche Zufälle.«

»Das kann ich nicht beurteilen. Ist ja egal. Jedenfalls hat mir mein Chef heute Morgen gesagt, ich soll einen guten Kontakt mit euch aufbauen.«

Ich schwankte zwischen Irritation und Schmunzeln. Alexandra erkannte offenbar mein Dilemma und rettete mich aus der Situation, indem sie das Gespräch an sich riss: »Also gut, Roger, dann wissen wir ja jetzt, dass wir in Kontakt bleiben. Sobald wir grünes Licht von euch haben, versuchen wir herauszufinden, was mit Stefan Wicki passiert ist.«

Nachdem sich Roger Fuchs verabschiedet hatte, holten sich Alexandra und ich einen weiteren Kaffee und setzten uns nochmals in die ansonsten leere Cafeteria der Staatsanwaltschaft.

»Und? Wie fühlt man sich als Leiter eines vielversprechenden Nachwuchs-Kripo-Teams?«, neckte mich Alexandra.

»Also ganz grundsätzlich habe ich ja nichts gegen ein wenig Anerkennung. So wie fast jeder. Aber am liebsten hätte ich sie, wenn ich wirklich etwas geleistet habe. Die drei Dinge, die er aufgezählt hat: das waren ja keine besonderen Leistungen. Wir haben einfach unsere Arbeit gemacht und hatten das Glück, über grössere Sachen zu stolpern.«

»Reines Glück war das wahrscheinlich nicht«, widersprach sie. »Ihr macht eure Arbeit genau, untersucht die Spuren gewissenhaft und stosst deshalb vielleicht auch mal auf etwas, das jemand anders übersehen würde.«

»Ja, mit Claudia habe ich eine wirklich gute Kriminaltechnikerin.«

»Das finde ich auch. Aber es war auch eine gute Idee von dir, die eingelagerten Möbel von Stefan Wicki zu durchsuchen.«

»Trotz der Bedenken der Staatsanwältin«, neckte ich.

Alexandra lachte. »Punkt für dich. Nein, im Ernst, ich war ja nicht dagegen. Es gehört einfach zu meinem Job, sorgfältig abzuwägen, ob eine Durchsuchung angemessen ist oder nicht.«

»Ja, klar, da bin ich völlig einverstanden. Es ist ja logisch, dass man ab und zu etwas anders einschätzt. Aber ich habe die Erfahrung gemacht, dass du offen bist für gute Argumente. Und übrigens: Ich habe auch kein Problem damit, wenn du mal anders entscheidest, als ich es machen würde. Wenn ich damit nicht umgehen könnte, dann dürfte ich nicht bei der Polizei arbeiten, sondern müsste einen Job mit mehr Entscheidungskompetenzen haben. Zum Beispiel Staatsanwalt oder Richter.«

»Oder amerikanischer Präsident«, antwortete Alexandra lachend.

11

Vor etwa 2 ¼ Jahren

»Bist du nervös?«, fragte der Trainer.

Natürlich war er nervös. Er wusste, dass dieses Spiel eine riesengrosse Chance für ihn war. Er wusste, was auf dem Spiel stand. Es ging um seine Zukunft. Und um die Zukunft seiner Familie. Kein Wunder, dass er nervös war.

»Nein, ich bin nicht nervös«, antwortete er. Aber da er weiterhin auf seinen Fingern herumkaute, konnte die Antwort den Trainer nicht wirklich überzeugen.

»Komm schon, Said. Spiel einfach so, wie du immer spielst. Dann klappt das schon.« Und zum Rest des Teams gewandt, fügte der Trainer an: »Ihr wisst, für Said ist es ein grosser Tag heute. Unterstützt ihn ein wenig, damit er rasch ins Spiel kommt und seine Nervosität ablegt. Schaut, dass er am Anfang genügend Ballkontakte hat. Wenn er ein gutes Spiel macht, dann hilft das uns allen. Und jetzt los: raus mit euch auf den Platz!«

Es regnete und es war kalt an diesem Tag. Deshalb hatten sich weniger Zuschauer im Stadion eingefunden, obschon es für beide Teams ein wichtiges Spiel im Kampf gegen den Abstieg aus der Super League war.

Normalerweise spielte Said Osman nicht in der ersten Mannschaft seines Vereins, sondern beim Nachwuchs. Zwar trainierte er mit dem Super League-Team, doch bisher war er erst zu einer Handvoll Kurzeinsätze gekommen.

Der heutige Tag war seine grosse Chance! Da mehrere Stammspieler verletzt ausgefallen waren, setzte ihn sein Trainer erstmals von Spielbeginn an ein. Heute konnte er allen zeigen, was in ihm steckte. Dieses Spiel war die Gelegenheit für ihn, die grossen Vereine auf sich aufmerksam zu machen.

Wenn alles gut lief, so hoffte Said, würde er in wenigen Wochen oder Monaten einen Profivertrag beim derzeit besten Club der Schweiz unterschreiben. Wenn es sehr gut lief, würde sein neuer Verein in der Zwischenzeit den Schweizer Meistertitel gewinnen. Und wenn es hervorragend lief, dann könnte er schon im kommenden Herbst in der Champions League gegen die besten Mannschaften Europas spielen. Said Osman hatte ambitiöse Pläne. Auf keinen Fall wollte er nach diesem Spiel wieder in der Anonymität des Nachwuchsfussballs verschwinden.

Der 18-jährige Said Osman stammte aus Somalia, war aber schon als kleiner Junge zusammen mit seinen Eltern und seinem Bruder in die Westschweiz gekommen. Die Familie war wegen des Bürgerkriegs im Heimatland geflohen und hatte in der Schweiz Asyl beantragt. Der Asylantrag wurde zwar abgewiesen, aber die Familie erhielt den Status *Vorläufig Aufgenommene*, weil eine Rückkehr ins Bürgerkriegsgebiet nicht möglich war.

Von klein auf spielte Said in jeder freien Minute Fussball. Die Verantwortlichen im lokalen Fussballverein erkannten das Talent des jungen Somali und unterstützen den Wechsel zum Super League-Verein in der nahegelegenen Stadt. Dort wurde er in der Nachwuchsabteilung gezielt gefördert und konnte bereits mit 17 Jahren in der ersten Mannschaft mittrainieren.

Said Osman galt seit Jahren als eines der vielversprechendsten Nachwuchstalente der Region, wenn nicht gar der ganzen Westschweiz. Er hatte auch verschiedenen Nachwuchskadern des Schweizer Fussballverbandes angehört. Denn auch die Verantwortlichen des Verbandes verfolgten die Entwicklung des jungen Somali. Vielleicht würde er den Durchbruch schaffen, eines Tages den Schweizer Pass erhalten und damit zu einem Kandidaten für das Nationalteam.

Das Spiel begann und Said war nervös. So nervös wie noch nie zuvor auf dem Fussballplatz. Er wollte unbedingt einen guten Eindruck machen. Er brauchte lobende Erwähnungen in der Presse, am besten auch in der Kurzzusammenfassung im Schweizer Fernsehen, um die Spitzenclubs in der Deutschschweiz auf sich aufmerksam zu machen.

Saids Team hatte Anstoss. Der Ball wurde aus dem Mittelkreis nach hinten zum Spielmacher gespielt. Dieser passte, der Anweisung des Trainers entsprechend, gleich auf die linke Seite zu Said. Dieser, etwas überrascht vom Zuspiel und immer noch nervös, stolperte leicht bei den drei Schritten, die er nach vorne zum Ball machen musste. Und prompt rutschte der Ball über seinen Fuss und landete in den Füssen von Jonas Affolter.

Jonas Affolter war der direkte Gegenspieler von Said Osman, rechter Mittelfeldspieler beim gegnerischen Verein. Said kannte Jonas Affolter. Jonas hatte den gleichen Jahrgang, war ebenfalls ein vielversprechendes Talent und die beiden hatten schon mehrmals gemeinsam Trainingslager von Nachwuchskadern absolviert. Said mochte Jonas nicht, insbesondere weil der junge Deutschschweizer in den Trainingslagern oft mit den Kollegen Schweizerdeutsch sprach, wodurch sich Said mit seinen geringen Deutschkenntnissen ausgeschlossen und als Aussenseiter fühlte.

Das Stolpern von Said hatte keine Konsequenzen. Der Ballverlust führte nicht zu einer gefährlichen Situation. Die ersten Minuten des Spiels vergingen ohne grössere Torchancen. Doch das Missgeschick hatte die Nervosität von Said Osman noch vergrössert. Er versuchte noch verkrampfter alles richtig zu machen, und agierte dabei noch unglücklicher. Nach etwa zehn Spielminuten verlor er einen Zweikampf gegen seinen direkten Gegenspieler Jonas Affolter. Und weniger als eine Minute später passierte ihm das Gleiche noch einmal, wobei beim zweiten Mal besonders ärgerlich war, dass Jonas Affolter dem Somali nicht nur den Ball abnahm, sondern ihn anschliessend noch zwischen den Beinen von Said Osman einem Mitspieler zupasste.

Said war verzweifelt. Dieses eminent wichtige Spiel lief überhaupt nicht so, wie er es sich vorgestellt hatte. Dieser unsympathische Blondschopf führte ihn geradezu vor. Trotzdem wollte Said sich nicht mit der Verliererrolle abfinden. Es musste sich einfach dringend etwas ändern. Als sich in der sechzehnten Minute Jonas Affolter an der Seitenlinie freigelaufen und den Ball zugespielt erhalten hatte, war Said Osman wild entschlossen, den gegnerischen Angriff zu unterbinden. Er sprintete entschlossen hinter dem jungen Schweizer her. Da er keine Chance hatte, den Ball zu erreichen, grätschte er in die Beine des Gegners.

Es wäre ein brutales Foul gewesen, das zu einer ernsthaften Verletzung von Jonas Affolter hätte führen können. Und es hätte Said Osman zumindest eine Verwarnung eingetragen, wenn nicht gar einen Platzverweis. Doch Jonas Affolter hatte das Glück, im entscheidenden Moment aus dem Augenwinkel den heranstürmenden Somali zu sehen und statt weiterzulaufen geistesgegenwärtig in die Höhe zu springen.

Damit wich er den Beinen von Said Osman aus, landete aber Sekundenbruchteile später mit beiden Füssen und dem ganzen Körpergewicht auf Saids rechtem Knie. Jonas knickte schmerzhaft um, merkte aber sofort, dass seine Schmerzen harmlos waren im Vergleich mit dem gellenden Schrei seines Gegenspielers.

Nach kurzer Pflege konnte Jonas Affolter weiterspielen. Die Verletzung von Said Osman hingegen erwies sich als gravierend. Er wurde vom Platz getragen und noch am gleichen Abend operiert.

12

Freitag, 15. Juli

Als ich die 058er-Nummer auf dem Display meines Telefons sah, war ich mir ziemlich sicher, dass es ein Anruf von *fedpol* war. Seit dem Besuch von Roger Fuchs vor zehn Tagen hatten wir nichts mehr aus Bern gehört.

»Kriminalpolizei, Goldbacher.«

»Hallo Markus, ich bin's, Roger Fuchs von *fedpol*.«

»Hallo Roger. Wie geht es dir? Was machen die Ermittlungen zum *Pi Cove Market*?«

»Frag nicht! Wir haben den USB-Stick und das Konto von Stefan Wicki genau untersucht, aber noch nichts gefunden, was uns wirklich weiterbringt.«

»Sei nicht ungeduldig. Kommt vielleicht noch«, versuchte ich ihn aufzumuntern.«

»Nein, eben nicht. Vorgestern haben sie offensichtlich gemerkt, dass wir ihnen auf den Fersen sind. Sie haben uns rausgekickt! Man kommt mit dem USB-Stick nicht einmal mehr auf die Anmeldeseite. Und auch nicht mit dem Klon des Sticks, den wir erstellt haben. Es ist zum Verzweifeln. Aber ich rufe nicht deswegen an.«

»Sondern? Was kann ich für dich tun?«

»Im Moment gar nichts, danke. Ich wollte dich informieren, was wir betreffend Said Osman herausgefunden haben.«

Er machte eine kleine Pause, bevor er fortfuhr: »Offenbar sind wir da auf einen ziemlich dicken Fisch gestossen.«

»Hoppla!«

»Ist eine grosse Sache. Es gibt heute noch eine Medienkonferenz. Die Kollegen haben ihn seit zehn Tagen intensiv überwacht und gestern Alarm geschlagen. Die Übersetzung eines abgehörten Telefongesprächs hat uns auf die Spur einer Bande geführt, nach der wir seit Monaten ergebnislos fahnden. Heute Vormittag wurden Said Osman und drei Komplizen verhaftet.«

»Was für eine Bande?«

»Wir nennen sie die *Fussball-Mafia*. Die haben mit Terroranschlägen in Fussballstadien gedroht und Schutzgeld von den Clubs erpresst.«

Ich war sprachlos und fassungslos! »Davon habe ich gar nichts gewusst«, sagte ich, als ich mich nach einigen Sekunden wieder gefangen hatte.

»Ja, kannst du auch nicht. Davon wissen bisher nur ganz wenige Leute. Zwei bis drei Personen bei jedem Super League-Verein sowie ein paar hier bei *fedpol*.«

Als ich nicht antwortete, fügte Roger hinzu: »Man wollte nicht, dass die Leute aus Angst nicht mehr ins Stadion kommen.«

»Heisst das, dass man bezahlt hat?«

»Ja. Das Ganze hat diesen Frühling angefangen. Die Clubs haben gemeinsam mit der *fedpol*-Leitung entschieden, das Ganze geheim zu halten und zu bezahlen bis die Erpresser gefasst sind.«

»Und ihr seid sicher, dass ihr die Richtigen verhaftet habt?«

»Im Moment verweigern alle vier die Aussage. Aber wir haben bei den Hausdurchsuchungen Pläne und Fotos der

Stadien, Vorgehensskizzen, Bargeld, Waffen und Munition gefunden.«

»Waffen und Munition?«

»Ja. Die Bande hat mehrmals Waffen und Munition in einem Stadion deponiert, um ihren Forderungen Nachdruck zu verleihen.«

»Scheisse! Deshalb wollte Said Osman bei Stefan Wicki Waffen kaufen!«

»Genau.«

»Aber jetzt, wo die Bande verhaftet ist, wird die Öffentlichkeit informiert?«

»Ja... Also zumindest teilweise. Man wird an der Medienkonferenz sagen, die Bande habe versucht, Fussballclubs zu erpressen. Es wird nichts darüber gesagt, dass sie schon Geld bekommen haben. Und schon gar nichts darüber, dass sie mehrmals Waffen in ein Stadion gebracht haben.«

Je mehr Roger Fuchs erzählte, desto verwirrter war ich. »Und warum erzählst du mir davon, wenn ihr die Details geheim halten wollt?«

»Unsere Direktion ist der Meinung, dass du und dein Team wohl eins und eins zusammenzählen könntet, da ihr wisst, dass Said Osman Waffen kaufen wollte. Deshalb hat man entschieden, euch zu informieren. Vor allem bittet man euch aber, den gescheiterten Waffenkauf ebenfalls geheim zu halten.«

»Ok, machen wir. Das dürfte nicht so schwierig sein. Wir haben die Öffentlichkeit bisher noch nicht über den Waffenfund informiert.«

»Umso besser!«

Vor zwei Jahren

Das rechte Knie von Said Osman war nach dem Zusammenstoss mit Jonas Affolter völlig zertrümmert. Die Operation brachte zwar eine Verbesserung seines Zustandes, aber keine vollständige Heilung.

Der junge Somali wollte lange nicht wahrhaben, dass die Verletzung seine Fussballkarriere beenden würde. Er absolvierte die Rehabilitation mit grösstem Eifer. Kurz nachdem er wieder normal gehen und leicht traben konnte, unternahm er erste Versuche mit dem Ball. Doch nach einiger Zeit musste er einsehen, dass das Knie den hohen Belastungen und abrupten Bewegungen des Fussballspiels nicht mehr gewachsen war. Diese Erkenntnis zerstörte seinen grossen Lebenstraum und stürzte ihn in eine tiefe Depression.

Fast alle, die die Szene im Stadion oder am Fernseher gesehen hatten, waren der Meinung, dass Said Osman den Zusammenstoss mit Jonas Affolter durch seine rüde Attacke selbst verursacht hatte und deshalb eigentlich selbst schuld an seiner Verletzung war. Gleichwohl hatte sich Jonas Affolter in einem E-Mail bei Said entschuldigt, sein Bedauern über die Verletzung geäussert und ihm gute Besserung gewünscht.

Said sah das anders: Seiner Meinung nach hatte Jonas Affolter beim Zusammenstoss die Verletzung des Gegners in Kauf genommen, wenn nicht gar beabsichtigt. Jonas

Affolter hatte seine Karriere zerstört. Said Osman dachte nicht daran, auf das Entschuldigungsmail zu reagieren. Nach dem Zusammenprall auf dem Fussballplatz gab es keinen direkten Kontakt mehr zwischen den beiden jungen Männern.

Als Jonas Affolter einige Monate nach dem Zusammenstoss mit Said Osman mit einem lukrativen Vertrag zum neuen Schweizer Meister wechselte, trug das auch nicht gerade dazu bei, die Stimmung von Said Osman zu verbessern. Said Osman steigerte sich in die Sichtweise hinein, Jonas Affolter habe ihn absichtlich verletzt und ihm seine Zukunft im Profifussball weggenommen. Er sagte das bei jeder Gelegenheit, zuhause und im Freundeskreis. Es gab niemanden, der Said widersprach. Einige teilten Saids Einschätzung, andere äusserten sich nicht, um die ohnehin schwierige Situation des jungen Mannes nicht mit einem Streit zu verschlimmern.

In dieser Zeit wurde Said Osman von Ali kontaktiert. Ali war ein paar Jahre älter als Said und hatte früher im gleichen Dorfverein Fussball gespielt wie Said. Die beiden kannten sich aus dieser Zeit, hatten aber nie engen Kontakt gehabt.

Said wunderte sich, als Ali sich bei ihm meldete. Aber er machte sich keine grossen Gedanken dazu. Es war eine Zeit, in der Said Freunde brauchte. Deshalb war er froh, sich ein paar Mal mit Ali zu treffen, um sich den Frust über seinen geplatzten Lebenstraum von der Seele reden zu können.

Montag, 18. Juli

»Erpressungs-Versuch im Schweizer Fussball«, »Fussball-Mafia verhaftet«. Solche Schlagzeilen waren das ganze Wochenende durch die Schweizer Medien gegangen. Auch im Ausland wurde über die Verhaftung der vier jungen Männer berichtet.

Ich hatte am Wochenende meine Eltern besucht und in der Stadt, in der ich bis vor wenigen Monaten gelebt hatte, ein paar Freunde getroffen.

Natürlich verfolgte ich die Medienberichterstattung mit Interesse. Erwartungsgemäss hatte *fedpol* bei der Medienkonferenz lediglich gesagt, die Verhafteten hätten versucht, Fussballclubs zu erpressen. Weder wurde gesagt, dass alle Super League Clubs betroffen waren, noch dass die Clubs bereits Geld bezahlt hatten. Ausserdem wurde betont, dass man noch keine Details wisse, da die Verhafteten die Aussage verweigerten.

Ich wunderte mich über die zurückhaltende Information, denn ich vermutete, dass das ganze Ausmass sowieso irgendwann bekannt würde. Wahrscheinlich hoffte man, dass eine schrittweise Information weniger Aufmerksamkeit auslösen würde. Vielleicht hatten die Fussballclubs um zurückhaltende Information gebeten. Schliesslich bestand die Gefahr, dass die Zuschauerzahlen massiv einbrechen könnten, wenn bekannt würde, dass die *Fussball-Mafia* mehrfach Waffen in die Stadien gebracht hatte.

Verschiedene Medien, aber auch Politikerinnen und Politiker, hatten den Umstand kommentiert, dass alle vier Verhafteten Ausländer waren. Der Vorfall wurde zum Anlass genommen, um wieder einmal stärkere Einschränkungen der Zuwanderung, schnellere Ausschaffungen von kriminellen Ausländern und die Wiedereinführung von Grenzkontrollen zu fordern.

Bei der Medienorientierung hatte *fedpol* gesagt, bei den Verhaftungen handle es sich um eine Polizeiaktion von Bund und mehreren Kantonen. Aussenstehende verstanden das wahrscheinlich so, dass die Kantonspolizeien in den betroffenen Westschweizer Kantonen an den Verhaftungen und Hausdurchsuchungen beteiligt waren. Dass auch die Polizei eines kleinen Bergkantons in der Deutschschweiz eine Rolle gespielt hatte, war nicht ersichtlich.

Selbstverständlich hätte ich meinen Eltern gerne erzählt, dass ich mit meinem Team mitverantwortlich für die Verhaftung der *Fussball-Mafia* war. Doch das durfte ich natürlich nicht. Man kann in solchen Situationen nicht einen Teil erzählen, aber Nachfragen abblocken. Und vertrauliche Informationen ausplaudern und dann einfach hoffen, dass andere besser schweigen können als man selbst, hatte ich noch nie als erfolgversprechendes Vorgehen angesehen.

Als ich am Montagmorgen ins Büro kam, hoffte ich auf Neuigkeiten aus Bern. Aber *fedpol* hatte sich nicht gemeldet. Etwa eine Stunde lang konnte ich meine Neugier zügeln, dann suchte ich einen Vorwand, um Roger Fuchs anzurufen.

»Ihr habt ja die vier Erpresser verhaftet und beim *Pi Cove Market* seid ihr blockiert«, sagte ich ihm. »Dann könnten wir uns hier eigentlich wieder auf die Suche nach Stefan Wicki machen. Oder wie siehst du das?«

»Ich weiss nicht, aber ich kann bei uns intern mal nachfragen«, versprach er mir.

Zwei Stunden später schickte mir Roger Fuchs eine kurze Nachricht: »Bitte noch warten. Einer der Verhafteten sagt gerade aus. Danach gibt es bei uns eine Lagebesprechung. Ich rufe dich am Nachmittag an.«

Mehrmals pro Jahr führt die Kantonspolizei eine halbtägige Informations- und Weiterbildungsveranstaltung für die Mitarbeitenden durch, die sogenannte Kapo-Konferenz. Der Termin ist obligatorisch für alle, die nicht gerade in den Ferien oder für den Minimalbetrieb der Polizei notwendig sind. Bei der Kapo-Konferenz wird beispielsweise über Gesetzesänderungen oder neue Methoden in der Polizeiarbeit informiert.

An diesem Montagnachmittag nahm ich zum zweiten Mal an einer solchen Kapo-Konferenz teil. Ich hatte den Kommandanten Thomas Baumann vorab informiert, dass ich einen Anruf von *fedpol* erwartete und konnte die Konferenz so ohne schlechtes Gewissen kurz verlassen, als sich Roger Fuchs meldete.

»Einer der vier Verhafteten hat ausgepackt«, erklärte er mir.

»So schnell schon? Ich dachte, die wollen alle die Aussage verweigern.«

»Wollten sie auch. Aber wir hatten Glück: Die Kollegen konnten einen von ihnen zum Reden bringen. Und zwar Said Osman. Das ist der, der Kontakt mit Wicki hatte.«

»Wie haben die ihn so schnell zum Reden gebracht?«, wollte ich wissen.

»Weisst du, Said Osman lebte noch bei seinen Eltern. Wir haben dafür gesorgt, dass die Eltern nach der Verhaftung betreut werden. Die Eltern von Said Osman waren völlig überrascht und wollten zuerst nicht glauben, dass ihr Sohn in so etwas verwickelt ist. Gestern Abend hat dann der jüngere Bruder von Said den Eltern erzählt, Said habe ihm im Vertrauen angedeutet, was er mit seinen Kollegen macht. Die Eltern sind dann sofort mit dem Bruder zur Polizei gekommen, weil sie hoffen, dass ihr Sohn glimpflicher davonkommt, wenn er kooperiert.

Und heute Vormittag haben sich meine Kollegen Said Osman zum Verhör geholt und behauptet, dass alle anderen geredet haben und die Hauptschuld auf ihn schieben.«

»Und er ist darauf reingefallen?«, fragte ich.

»Nein, nicht gleich. Aber dann haben die Kollegen ihn noch mit ein paar Informationen aus den sichergestellten Skizzen und den Angaben des Bruders konfrontiert. Said hat geglaubt, dass sie das nur von seinen Komplizen wissen können. Und weil er nicht die ganze Schuld auf sich nehmen wollte, hat er ausgepackt.«

15

Letztes Jahr

Nachdem sich Ali mehrmals mit Said getroffen hatte, stellte er dem Somali zwei seiner Freunde vor. Als er sicher war, dass Said Osman sich in der Gruppe wohl fühlte, begann er behutsam, ihn in seinen Plan einzuweihen.

Bei einem Gespräch unter vier Augen legte er einen Zeitungsartikel auf den Tisch und sagte zu Said: »Hast du das gelesen? Da steht drin, wie viel die Profi-Fussballer in der Schweiz verdienen. Das ist ja krass! Naja, für dich ist das wahrscheinlich nicht so eine grosse Überraschung. Du kennst dich da aus. Du hast sicher auch mega gut verdient, als du noch gespielt hast. Wahrscheinlich bekommst du jetzt noch viel Geld, obwohl du verletzt bist.«

Said Osman hatte den Artikel nicht gelesen. Er überflog ihn kurz und sagte dann zu Ali: »Ja, das sind schon krasse Beträge. Aber das sind nur die Besten, die so viel verdienen. Im Vergleich dazu habe ich für ein Butterbrot Fussball gespielt. Ausserdem ist mein Vertrag kurz nach meiner Verletzung ausgelaufen. Ich bekomme schon lange kein Geld mehr.«

»Das ist aber eine Schweinerei! Die Vereine haben ja offensichtlich mega viel Geld. Du hast deine Gesundheit für den Fussball riskiert; und kaum hast du dich verletzt, lässt man dich fallen.«

»Ja, stimmt. Ich meine, ich hätte mit Fussball reich werden können. Aber jetzt bleibt mir gerade noch die

Unfallversicherung, die meine Arztrechnungen bezahlt. Sonst nichts! Ich habe keinen Job und ohne Ausbildung ist es auch nicht so einfach, einen Job zu finden.«

»Ich habe auch keinen Job«, antwortete Ali. »Dabei bin ich eigentlich fleissig. Es ist einfach eine Schweinerei, dass die einen so viel bekommen und die anderen gar nichts.«

»Ja, aber was willst du dagegen machen?«

»Hm, man müsste die reichen Fussballclubs dazu bringen, arme Leute wie uns zu unterstützen…«

»Du spinnst! Warum sollten die das machen?«

»Ja, freiwillig würden die das wohl kaum tun. Aber vielleicht unfreiwillig…«

»Meinst du, du kannst denen Geld stehlen?«

»Ich meine eher, man müsste sie mit guten Argumenten dazu bringen, dass sie uns Geld geben.«

»Also doch freiwillig?«

»Mann, Said, bist du begriffsstutzig! Nicht freiwillig. Ich sagte doch: *mit guten Argumenten.*«

»Du meinst, du willst die Fussballclubs erpressen?«

»Ich würde das nicht *Erpressung* nennen«, entgegnete Ali. »Ich würde es als *Investition in die Sicherheit im Stadion* bezeichnen.«

Ali tat so, als sei ihm die Idee gerade erst gekommen. Er sagte Said nicht, dass er den Plan schon vor Monaten gemeinsam mit seinen beiden Freunden gefasst hatte. Er sagte auch nicht, dass er Said gezielt kontaktiert hatten, um dessen Kenntnisse und Beziehungen zu nutzen.

Der Plan war, Schutzgeld zu erpressen. Man wollte den Clubs mit Terroranschlägen im Stadion drohen. Ali hatte die Idee, ab und zu eine Waffe und Munition in einem Stadion zu verstecken, um zu demonstrieren, dass man in der Lage war, die Sicherheitsvorkehrungen zu umgehen.

Einer der Freunde von Ali hatte einige Zeit im Sicherheitsdienst eines Super League-Stadions gearbeitet und ihm versichert, in jedem Stadion gebe es Sicherheitslücken. Wenn man das Stadion und die Abläufe genügend gut kenne, könne man problemlos Feuerwerk, Waffen oder was immer man wolle ins Stadion bringen.

Die Gruppe brauchte Said Osman, weil dieser jedes Stadion der Super League kannte. Zwar war er meist nur als Ersatzspieler im Stadion gewesen, aber dabei hatte er auch jene Bereiche der Stadien gesehen, zu denen normale Fans keinen Zutritt hatten.

Nachdem Ali Said von seiner Idee überzeugt hatte, begann man zu viert, die Details der Schutzgeld-Erpressungen zu planen.

»Wir könnten Waffen ins Stadion bringen«, schlug Ali vor, »während des Spiels Fotos machen, um zu beweisen, dass die Waffen im Stadion waren, und die Fotos dann dem Heimteam schicken. Mit der Drohung: Wenn ihr nicht bezahlt, dann benutzen wir die Waffen beim nächsten Spiel.«

»Meinst du wirklich, die bezahlen einfach? Werden die nicht denken, dass es Fake-Fotos sind?«

»Du hast Recht. Wahrscheinlich genügen Fotos nicht. Wahrscheinlich muss man eine Waffe und Munition im Stadion zurücklassen. Als Beweis, dass man tatsächlich in der Lage wäre, einen Anschlag zu machen.«

»Und wenn die Clubs nicht bezahlen und stattdessen die Polizei einschalten?«, fragte Said besorgt.

Aber Ali hatte sich das alles längst überlegt und mit den anderen beiden besprochen. Selbstsicher antwortete er: »Ich bin sogar überzeugt, dass man die Polizei einschalten wird. Und man wird die Sicherheitsvorkehrungen massiv erhöhen. Aber wenn wir beweisen können, dass wir auch dann noch Waffen ins Stadion bekommen, dann werden sie am Ende keine andere Wahl haben, als zu bezahlen.«

Ali verschränkte selbstzufrieden die Arme vor seiner Brust. Said überlegte einen Augenblick, ob der Plan von Ali tatsächlich funktionieren konnte. Eigentlich hatte er ein gutes Gefühl. Sein Eindruck war, dass Alis Überlegungen plausibel waren und der Plan klappen konnte. Auch Said war aufgrund seiner Erfahrungen der Meinung, dass man problemlos Waffen in ein Stadion bringen konnte, wenn man unbedingt wollte.

Dann fiel ihm doch noch ein Punkt ein, bei dem er Bedenken hatte: »Wie stellst du dir das mit der Geldübergabe vor?«, fragte er Ali. »Wenn die Polizei eingeschaltet wird, werden die doch sicher versuchen, uns bei der Geldübergabe zu verhaften.«

»Guter Punkt«, antwortete Ali grinsend. »Das habe ich mir auch lange überlegt. Du weisst ja, dass ich aus dem Jemen komme. Ich habe zwei Cousins, die noch dort leben. Wir lassen das Geld dorthin überweisen, zum Beispiel mit Western Union. Und einer meiner Cousins holt es dort ab.«

»Und wenn die Schweizer Polizei mit der Polizei dort zusammenarbeitet? Und wenn sie den Ort überwachen, wo deine Cousins das Geld abholen wollen?«

»Das ist gar kein Problem: Wir geben erst ganz kurzfristig bekannt, wohin das Geld überwiesen werden soll. Sobald der Club weiss, wohin das Geld geht, haben sie zum Beispiel zwei Stunden Zeit. Dann kann man das Geld problemlos abholen, lange bevor die Schweizer Polizei irgendeine Polizeiaktion im Jemen auslösen kann. Ausserdem gibt es im Jemen Gegenden, wo sich die Polizei überhaupt nicht hin traut.«

Ali deutete auf seine beiden Kollegen und ergänzte: »Wir haben auch Kontakte nach Nigeria und Pakistan. Dort ist es ähnlich. Und wenn wir das Geld jede Woche wieder in ein anderes Land überweisen lassen, dann hat die Polizei nie eine Chance gegen uns. Wir können ja irgendwann mal noch überlegen, ob du jemanden in Somalia weisst, der dort Geld abholen kann.«

»Aber man muss doch bei der Überweisung den Namen der Person angeben, die das Geld abholt. Und die muss den Pass zeigen, wenn sie das Geld abholt, oder? Zumindest in Somalia ist das so.«

»Du hast Recht. Aber dafür besorgen wir gefälschte Pässe. Unsere Helfer holen das Geld unter falschem Namen mit einem gefälschten Pass ab.«

»Tönt gut«, sagte Said beeindruckt. »Das Ganze ist aber ziemlich aufwändig. Wir brauchen Waffen, Munition, Komplizen im Ausland, gefälschte Pässe und so weiter.«

»Ja, das stimmt. Es braucht am Anfang ein paar Investitionen und gute Planung. Aber dafür ist das ein todsicherer Plan. Überleg mal: Wenn wir für jedes Super League-Spiel 10'000 Franken Schutzgeld kassieren können, dann gibt das fast zwei Millionen pro Jahr! Mehrere hunderttausend Franken für jeden von uns.«

»Geil!«, rief Said Osman begeistert. Seine Zweifel waren zerstreut. Er bewunderte Ali für dessen genialen Plan. Said war beeindruckt, weil Ali offenbar auf jede Frage eine überzeugende Antwort hatte.

In den nächsten Monaten konkretisierten die vier jungen Männer ihren Plan. Die Vorbereitungen brauchten viel Zeit, denn Ali überzeugte seine Komplizen, dass alles von Beginn weg perfekt klappen musste.

16

Montag, 18. Juli, Abend

Alexandra Egger war gerade in einer Besprechung und deshalb nicht erreichbar, als ich sie anrief, um ihr von den neusten Erkenntnissen zu berichten. Ich liess ihr ausrichten, es gebe Neuigkeiten von *fedpol* und ich sei ab 17 Uhr wieder erreichbar.

Anschliessend ging ich zurück in die Kapo-Konferenz. Als sich diese kurz vor 17 Uhr dem Ende neigte, kam der Kommandant Thomas Baumann noch kurz auf den aktuellen Fall meines Teams zu sprechen:

»Sie haben sicher in den letzten Tagen die Medienberichte über die Verhaftung von vier Männern in der Westschweiz mitverfolgt. Die *Fussball-Mafia*! Ich sage Ihnen jetzt noch etwas über diesen Fall, das Sie nicht in den Medien gelesen haben. Natürlich zähle ich dabei darauf, dass Sie diese Information nicht weitergeben.

Diese vier Verhaftungen in der Westschweiz sind Ermittlungen *unserer* Kantonspolizei zu verdanken. *Unser* Kripo-Team hat *fedpol* auf die Spur der vier Männer geführt, die versucht haben, Fussballclubs zu erpressen. Herr Goldbacher steht diesbezüglich in engem Kontakt mit *fedpol*. Herr Goldbacher, können Sie uns bitte noch etwas über die neusten Erkenntnisse sagen?«

Ich war völlig überrascht von dieser Aufforderung. Ausserdem brachte Baumann mich unabsichtlich in eine heikle Lage. Er wusste ja nicht, dass unser Team zusätzliche, vertrauliche Informationen von *fedpol* erhalten hatte, die ich nicht weitergeben durfte. Deshalb antwortete ich sehr oberflächlich: »Offenbar hat diese Gruppe versucht, Schutzgeld von den Fussballclubs zu erpressen. Viel mehr wissen wir im Moment noch nicht, da die Verhafteten die Aussage verweigern. Aber heute hat einer das Schweigen gebrochen. Wir werden also hoffentlich in Kürze mehr erfahren.«

Also die Kapo-Konferenz zu Ende war kamen mehrere Kolleginnen und Kollegen auf Claudia, Luca und mich zu, um uns zu unserem Erfolg zu gratulieren. Während wir noch im grossen Konferenzraum standen, rief Alexandra zurück.

»Ich werde gleich noch Luca und Claudia über die neuen Erkenntnisse aus Bern informieren«, sagte ich ihr. »Willst du rasch zu uns rüberkommen und auch mithören?«

Kurz darauf sassen wir zu viert im Kripo-Büro am Besprechungstisch. Ich berichtete über das, was ich von Roger Fuchs erfahren hatte, musste meinen Bericht aber mehrmals unterbrechen, weil Kolleginnen und Kollegen aus anderen Abteilungen der Kantonspolizei an die Tür klopften, um uns zu gratulieren oder um mehr zu erfahren.

Die letzten Besucher während unserer Besprechung waren Sarah Landolt und Dominic Bader. »Wir waren auf Streife und haben eben erst davon gehört«, erklärte Sarah und sah darin wohl eine halbe Rechtfertigung dafür, uns zu unterbrechen. Dann fuhr sie fort: »Sag mal, Markus: Wir haben ja vor ein paar Wochen Befragungen für euch gemacht. Wegen der alten Frau, bei der ihr Waffen gefunden habt. Hat das damit zu tun?«

»Nicht direkt. Die *Fussball-Mafia* hat nichts mit den gefundenen Waffen zu tun. Aber durch unsere Ermittlungen ist *fedpol* auf Umwegen auf die Spur der vier Männer gekommen.« Ich sagte bewusst, dass *fedpol* und nicht *wir* den Verhafteten auf die Spur gekommen war. Erstens entsprach es den Tatsachen und zweitens ging mir das ganze Getue um unseren angeblich so grossartigen Ermittlungserfolg gerade gewaltig auf den Wecker.

Sarah schien erst jetzt richtig zu realisieren, dass sie uns in einer Besprechung unterbrochen hatte, drehte sich in Richtung Tür und sagte: »Sorry für die Störung. Wir gehen noch ein Bier trinken. Lea kommt auch noch und sonst noch zwei oder drei. Habt ihr Lust, nach eurer Besprechung auch noch zu kommen?«

»Klar«, antwortete Claudia.

Luca überlegte einen Moment und sagte dann: »Ja, vielleicht. Aber nur kurz. Kommt darauf an, wie lange wir hier noch brauchen.«

Ich winkte ab: »Gerne ein anderes Mal.« Weder hatte ich Lust, weitere neugierige Fragen abzuwimmeln noch wollte ich die Verhaftung der vier Männer feiern.

Ein paar Minuten später hatte ich fertig berichtet. »Ihr könnt ruhig Feierabend machen«, sagte ich zu Luca und Claudia. Beide packten ihre Sachen und wirkten offensichtlich zufrieden damit, was unsere Ermittlungen bewirkt hatten.

»Hört noch rasch«, sagte ich zu ihnen, als sie bereits auf dem Weg zur Tür waren, »dass die *Fussball-Mafia* Waffen bereits mehrmals Waffen in ein Stadion gebracht hat, ist noch geheim. Auch dass schon mehrmals Geld an die Erpresser gezahlt wurde, müsst ihr vorläufig noch für euch behalten.«

Als Claudia und Luca weg waren, schaute ich Alexandra an. Sie sass mit gerunzelter Stirn regungslos am Tisch.

»Du wirkst nachdenklich«, sagte ich.

»Ja… Mich irritiert diese Euphorie, die offenbar die halbe Kantonspolizei erfasst hat.«

»Ich weiss, was du meinst. Mich stört das auch. Es kommt mir vor, wie wenn Fussballfans einen Titel feiern. Sie feiern einen Erfolg, obschon sie gar nicht selbst gespielt haben, sondern nur zufällig die gleiche Nationalität haben wie die Spieler. Und hier kommt dazu, dass das Team gar keinen Titel gewonnen hat, sondern höchstens ein unbedeutendes Freundschaftsspiel.«

Alexandra lachte einen Moment lang und ihre langen blonden Haare fielen ihr dabei ins Gesicht. Dann strich sie die Haare zur Seite und wurde wieder etwas ernster: »Jetzt bist du etwas zu streng. Sie feiern es ja nicht als ihren eigenen Erfolg, sondern haben *euch* gratuliert.«

»Ja schon, aber sie freuen sich, weil es *ihre* Kantonspolizei ist.«

»Vielleicht hast du Recht.«

»Ist ja egal. Eigentlich ist es etwas anderes, was mir viel mehr zu denken gibt«, sagte ich.

Alexandra schaute mich fragend an.

»Ist ja schön, dass diese *Fussball-Mafia* aufgeflogen ist. Aber wir dürfen dabei nicht vergessen, dass wir hier zwanzig Waffen gefunden haben, die wahrscheinlich gestohlen sind und mit denen jemand – wahrscheinlich dieser Wicki – gehandelt hat. Auch wenn das im Moment niemanden so richtig interessiert: Wir müssen diesem Waffenhandel auf den Grund gehen und herausfinden, was mit Wicki passiert ist.«

»Du gehst davon aus, dass er tot ist?«, fragte Alexandra.

»Wahrscheinlich schon. Aber falls nicht, interessiert mich noch mehr, wo er ist und was er macht. Vielleicht erpresst er auch jemanden.«

In diesem Moment hörte ich ein leises Geräusch. So etwas wie ein Brummen oder Knurren. Nur etwa eine Sekunde lang. Ich blickte fragend zu Alexandra. Diese lachte etwas verlegen und sagte: »Entschuldige, mein Bauch knurrt. Ich hatte eine Besprechung über Mittag. Es gab nur ein kleines Sandwich. Jetzt muss ich dringend etwas essen.«

»Ausser einem Automaten mit ein paar Snacks kann ich dir hier bei uns leider nichts anbieten«, sagte ich entschuldigend.

»Ja, ich weiss… Aber Einkaufen und Kochen dauert mit jetzt zu lange. Ich glaube, ich gehe rasch in ein Restaurant hier in der Nähe. Magst du mitkommen?«

Ich hatte tatsächlich Lust mitzugehen. Seit ich vor knapp drei Monaten aus der Grossstadt in den kleinen Bergkanton gezogen war, hatte ich die meisten Abende allein in meiner Wohnung verbracht. Diese Zeit hatte mir nicht wirklich gut getan. Das Problem war nicht nur, dass ich nach einer mehr-jährigen Beziehung das Alleinsein nicht mehr gewohnt war. Zusätzlich wohnten plötzlich alle Kollegen zu weit weg, um sie spontan mal nach Feierabend zu treffen. Ich hatte in letzter Zeit nur selten zuhause etwas Vernünftiges gekocht, obschon ich eigentlich sehr gerne kochte. Die Aussicht auf ein Nachtessen in Gesellschaft war also verlockend. Zwar handelte es sich bei dieser Gesellschaft nicht um jemanden aus meinem Kollegenkreis, sondern um eine Arbeitskollegin. Aber Alexandra war nicht nur sympathisch, sondern auch ausgesprochen hübsch. Was konnte ich mir für den Abend Besseres wünschen?

Kurz darauf sassen wir im *Bamboo Restaurant*, einem einfachen thailändischen Lokal im Stadtzentrum. Alexandra hatte das Restaurant vorgeschlagen. Für mich war es der erste Besuch. Das *Bamboo* war ein typisches asiatisches Restaurant, reich geschmückt mit allerlei bunt-kitschigem Kleinkram. Nur wenige Schritte vom Eingang entfernt war die Theke, an der man sein Essen bestellte und auswählen konnte, ob man im Restaurant essen oder das Gericht mitnehmen wollte.

Die Auswahl wirkte auf den ersten Blick gigantisch gross. Doch bei genauerem Hinsehen erkannte ich, dass einfach eine Reihe von Fleischsorten sowie Fisch, Tofu und Gemüse mit verschiedenen Currysaucen kombiniert werden konnte. Da jede Kombination aufgelistet war, ergab sich eine lange Liste.

Alexandra bestellte grünes Curry mit Tofu und Gemüse; ich entschied mich für ein rotes Ananas-Curry mit Pouletstücken.

Links neben der Theke gab es eine Nische mit mehreren Stühlen. Dort warteten drei Personen darauf, ihre Bestellungen mitnehmen zu können. Auf der gegenüberliegenden

Seite führte ein Durchgang in einen zweiten Raum mit etwa einem Dutzend Tischen. Nur einer der Tische war besetzt. Dort sass ein Paar, beide um die fünfzig Jahre alt, und ass eine Suppe. Wir wählten einen möglichst weit entfernten Tisch und sprachen möglichst leise, damit uns weder die anderen Gäste noch das Personal verstehen konnte.

»Ich finde das unglaublich!«, sagte Alexandra, »Die waren tatsächlich mit Waffen in einem Fussballstadion. Hätten die wirklich auf Zuschauer oder Spieler geschossen, wenn sie kein Geld bekommen hätten?« Ihr ohnehin helles Gesicht schien noch bleicher zu werden, während sie diese Gedanken aussprach.

»Wahrscheinlich hätte dieser Osman sein Geld lieber als Fussballer verdient«, vermutete ich. »Aber als er sich verletzte, hatte er keinen Plan B und plötzlich keine vernünftige Perspektive mehr.«

»Viele Migranten kommen wahrscheinlich mit völlig falschen Vorstellungen zu uns«, sagte Alexandra. »Sie denken, bei uns sind alle reich. Und sie glauben, ihnen stehen hier alle Möglichkeiten offen und sie werden auch reich und erfolgreich.«

»Genau. Und irgendwann müssen sie feststellen, dass hier niemand auf sie gewartet hat. Die Sprache ist schwierig, die Kultur fremd, es gibt Fremdenfeindlichkeit und ohne gute Ausbildung keine gut bezahlten Jobs. Es wundert mich nicht, dass der eine oder andere dann auf die schiefe Bahn gerät.«

»Mir tun die Eltern von diesem Said Osman leid«, sagte Alexandra. »Wahrscheinlich sind sie aus dem Elend geflohen und haben versucht, für sich und ihre Kinder ein besseres Leben aufzubauen. Und dann gerät einer der Söhne an die falschen Leute und macht so einen Mist. Der zerstört doch damit alles, was seine Eltern aufgebaut haben.«

Eine Mitarbeiterin des *Bamboo* brachte unser Essen. Alexandra wählte die Stäbchen, ich zog es vor, mit der Gabel zu essen. Eine Weile assen wir still und nachdenklich. Unsere Mienen waren dabei wohl ziemlich düster, denn nach einiger Zeit kam die Kellnerin zu uns und fragte besorgt in holprigem Hochdeutsch, ob mit dem Essen alles in Ordnung sei.

»Ja, danke, schmeckt wunderbar«, antwortete ich und Alexandra nickte zustimmend.

Ich blickte der Kellnerin nach, als sie sich wieder entfernte. Sie war Asiatin, wahrscheinlich Thailänderin, und ungefähr gleich alt wie Alexandra und ich.

»Was hat sie wohl dazu veranlasst, ihre Heimat zu verlassen und hierher zu kommen?«, fragte ich leise.

Alexandra schwieg einen Moment, dann fragte sie mich: Was hat *dich* veranlasst, deine Heimat zu verlassen und hierher zu kommen?

»Der Job hier natürlich.«

»Brauchtest du denn einen neuen Job? Und warum hier?«

»Ich weiss, was du meinst. Klar ist dieser Job ein Karriereschritt für mich: vom Kripo-Mitarbeiter zum Kripo-Chef. Aber ich hätte mich kaum beworben, wenn ich nicht das Bedürfnis gehabt hätte, umzuziehen.« Ich hatte Alexandra schon früher erzählt, dass ich bis vor drei Monaten immer in der Stadt gelebt hatte, in der ich geboren worden war.

Sie sagte nichts darauf und ich überlegte kurz, bevor ich mehr erzählte: »Letztes Jahr ist bei mir eine langjährige Beziehung in die Brüche gegangen. Danach hatte ich das Gefühl, dass ich nicht einfach in eine eigene Wohnung umziehen und sonst weitermachen kann wie vorher. Ich dachte, ein grösserer Tapetenwechsel täte mir gut. Als ich begann, mich in der ganzen Deutschschweiz nach geeigneten Stellen umzusehen, war das hier etwas vom Ersten, auf das ich mich beworben habe.«

»Hast du gezielt nach einer Stelle als Teamleiter gesucht?«

»Nein, nicht zwingend. Ich wollte wenn möglich wieder bei einer Kripo arbeiten. Und da gibt es ja nicht allzu viel Auswahl in der Deutschschweiz. In einem grösseren Kanton hätte ich mir schon vorstellen können, eine Stellung ohne Führungsfunktion zu übernehmen. Aber wenn hier in diesem kleinen Kanton die Assistentenstelle ausgeschrieben gewesen wäre, hätte ich mich wahrscheinlich nicht beworben.«

Ich ass den letzten Rest Reis, dann fragte ich Alexandra: »Und du? Wie hat es dich hierher verschlagen? Bist du hier aufgewachsen?«

Sie nahm sich einen Augenblick Zeit, bevor sie antwortete: »Ich bin nicht hier aufgewachsen, aber nur vierzig Kilometer entfernt. Bei der Stellensuche war das schon ein Argument: ein Arbeitsort, der nicht allzu weit von meinen Eltern und meinem Freundeskreis entfernt liegt.« Sie überlegte einen Augenblick und fuhr dann fort: »Aber abgesehen davon war es bei mir eigentlich gar nicht so unähnlich wie bei dir. In der Zeit als ich mir nach der

Ausbildung eine Stelle suchen musste, habe ich mich von meinem damaligen Freund getrennt.«

Als ich merkte, dass sie nicht mehr zu diesem Thema sagen wollte, lenkte ich das Gespräch in eine andere Richtung. »Könntest du dir auch vorstellen, als Rechtsanwältin in einer Kanzlei zu arbeiten?«, fragte ich.

»Nein, das fände ich ziemlich schwierig. Als Staatsanwältin kämpfe ich immer auf der richtigen Seite. Wenn ich merke, dass wir falsch liegen, kann ich ein Verfahren einstellen. Als Rechtsanwältin müsste ich Leute verteidigen, die ich nicht wirklich verteidigen möchte.«

Wir sprachen noch einige Zeit weiter, über alles Mögliche, aber nicht mehr über die gefundenen Waffen oder über die Verhaftung der vier jungen Männer in der Westschweiz. Wir verzichteten auf Dessert, tranken aber noch einen Grüntee. Ich genoss den Abend.

Als wir gegen 20 Uhr das *Restaurant Bamboo* verlassen hatten und uns gerade verabschieden, klingelte mein Handy. Alexandra wollte verschwinden, um mich in Ruhe telefonieren zu lassen, aber da ich die Vorwahl auf dem Display erkannte, sagte ich ihr: »Wart noch rasch. Es ist *fedpol*. Vielleicht gibt es Neuigkeiten.«

Ich nahm den Anruf entgegen und am anderen Ende meldete sich eine Frau: »Lena Olsen von *fedpol*. Guten Abend Herr Goldbacher. Entschuldigen Sie, dass ich so spät noch störe. Aber Roger Fuchs hat gesagt, ich solle Sie anrufen, wenn es etwas Neues gibt.«

»Ja klar, kein Problem. Was gibt es denn?«

»Wir haben die Befragung von Said Osman fortgesetzt. Er ist inzwischen sehr kooperativ und hat uns genauere Auskunft über den Ablauf der Erpressungen gegeben. Aber auch über seinen Kontakt mit Stefan Wicki.« Dann berichtete sie mir ausführlich darüber, was Said Osman ausgesagt hatte.

17

Letztes Jahr, im Januar und Februar

Said Osman war nervös als er zum Treffpunkt fuhr. Sehr nervös sogar. Der Pistolenkauf war der erste Versuch, eine Waffe zu beschaffen. Said hatte grosse Bedenken, dass das Angebot im *Pi Cove Market* eine Falle der Polizei sein könnte. Deshalb war er frühzeitig aus der Westschweiz angereist und hatte sich zu Fuss und mit dem Auto in der Gegend umgesehen, um Hinweise auf eine Falle zu erkennen.

Das Schützenhaus, das der Verkäufer als Treffpunkt vorgeschlagen hatte, lag etwas ausserhalb eines kleinen Dorfes im Kanton Bern. Said fuhr mehrmals auf der kaum befahrenen Nebenstrasse am Schützenhaus vorbei. Die Fensterläden waren geschlossen, der Parkplatz leer. Alles wirkte verlassen. Zwei Mal fuhr der Somali durchs Dorf. Er fuhr langsam, um allenfalls versteckte Polizisten sehen zu können, aber nicht extrem langsam, da er nicht auffallen wollte.

Als er nichts fand, was auf einen Hinterhalt hindeutete, stellte er sein Auto ein Stück entfernt vom Schützenhaus ab und suchte eine Stelle, um sich zu verstecken. Es blieb noch mehr als eine Stunde bis zur vereinbarten Zeit. Etwas oberhalb des Schützenhauses fand Said Osman am Waldrand einen geeigneten Platz: ein umgestürzter Baumstamm, auf den er sich bequem setzen konnte, ideal versteckt hinter dichtem Unterholz. Er war von ausserhalb des Waldes nicht sichtbar, hatte aber selbst einen guten Blick auf das Schützenhaus, den Parkplatz davor und einen Teil des Dorfes.

Obschon es keine Anzeichen gab, dass es eine Falle sein könnte, beobachtete Said Osman die ganze Zeit argwöhnisch die Umgebung. Bei jedem Geräusch im Wald hinter seinem Rücken blickte er sich erschrocken um, jederzeit zur Flucht bereit.

Aber die Wartezeit verlief absolut ruhig. Er sah einen alten Mann, der mit einem Hund aus dem Dorf kam, beim Schützenhaus von der Strasse auf einen Wanderweg einbog und mehrere hundert Metern entfernt von Said in den Wald ging. Im Dorf trat eine Frau aus einem Haus und hängte im Garten Kleider an eine Wäscheleine. Eine zweite Frau kam hinzu, die beiden unterhielten sich einen Moment lang, dann verschwanden beide wieder. Später kam der Fussgänger mit dem Hund auf dem gleichen Weg zurück und ging wieder ins Dorf.

Fast exakt zur vereinbarten Zeit fuhr ein blauer Fiat zum Schützenhaus. Das Auto hielt auf dem Parkplatz an, aber niemand stieg aus. Said konnte nicht erkennen, ob nur eine oder mehrere Personen im Auto waren. Der junge Somali zögerte. Doch dann kam er zum Schluss, dass ihm nichts anderes übrigblieb, als sein Versteck zu verlassen und zum parkierten Auto zu gehen.

Nach dem erfolgreichen Drogenentzug hatte Stefan Wicki eine Anstellung im Seilbahnmuseum erhalten. Der strukturierte Tagesablauf und das regelmässige Einkommen wären eigentlich gute Voraussetzungen gewesen, um wieder im Leben Fuss zu fassen.

Vielleicht lag es daran, dass die Anstellung beim Seilbahnmuseum nicht das Richtige für ihn war. Vielleicht lag es an etwas anderem. Auf jeden Fall kam irgendwann der Moment, in dem Stefan Wicki wieder mit dem Drogenkonsum begann. Nicht im gleichen Mass wie früher, aber doch recht schnell wieder regelmässig. Immerhin hatte er sich so gut im Griff, dass bei der Arbeit niemand seine Drogensucht bemerkte.

Das grösste Problem war, dass er mit seinem Einkommen den Drogenkonsum nicht finanzieren konnte. Er brauchte zusätzliches Geld.

Stefan Wicki hatte in den langen Jahren als Drogensüchtiger einige Erfahrung damit gesammelt, sich auf illegale Weise das nötige Geld zu beschaffen. Allerdings hatten sich die Zeiten geändert. Früher konnte man beispielsweise mit Handydiebstählen viel Geld verdienen. Jetzt, wo die meisten Handys Smartphones waren und übers Internet geortet werden konnten, war das nicht mehr lukrativ. Früher hatte Stefan Wicki auch Geld als Drogenkurier verdient. Aber das ging jetzt nicht mehr, wenn er seinen Job behalten wollte. Und das wollte er.

Er fand seine neue Einkommensquelle mit Hilfe eines Dealers, den er seit vielen Jahren kannte. Der Dealer verschaffte Stefan Wicki Zugang zum *Pi Cove Market*. Dieser Marktplatz im Darknet, verblüffte Stefan Wicki total. Er hatte zwar schon davon gehört, aber es vor sich auf dem Bildschirm zu sehen war eine ganz andere Sache:

Stefan Wicki hatte sich eine Pistole besorgt, die er verkaufen wollte. Tatsächlich gelang es ihm, über den *Pi Cove Market* einen Kaufinteressenten zu finden und einen Termin mit ihm zu vereinbaren. Als er zum vereinbarten Treffpunkt, einem Schützenhaus ausserhalb eines kleinen Dorfs im Berner Oberland fuhr, war er ein wenig nervös.

Stefan Wicki staunte, als er den jungen Afrikaner sah. Er hatte sich nicht so genau überlegt, wer der Käufer sein könnte, aber er hatte an die Typen von Kleinkriminellen gedacht, die er aus dem Drogenmilieu kannte. Da waren auch Afrikaner dabei gewesen. Irgendwie passte dieser junge, offensichtlich sehr nervöse Mann, der auf ihn zukam, nicht in dieses Bild, auch wenn Wicki nicht genau wusste, warum.

Said Osman sprach passabel hochdeutsch, sodass die Verständigung kein Problem war. Es war auch nicht viel Verständigung nötig. Ware gegen Bargeld. So war es im Voraus abgemacht. Auch der Preis war schon vereinbart.

Bevor Said Osman sich auf den Rückweg machte, fragte er Stefan Wicki noch: »Kannst du auch andere Waffen besorgen? Gewehre?«

»Ja, das geht.«

»Und Munition.«

»Ja, geht auch. Aber ich brauche ein paar Wochen Zeit.«

Die beiden Männer, die bis zu diesem Zeitpunkt nur über den *Pi Cove Market* Kontakt hatten und weder den Namen noch die Adresse des anderen kannten, tauschten ihre E-Mail-Adressen und Handy-Nummern aus, um sich für den nächsten Deal direkt kontaktieren zu können.

Stefan Wicki verschwendete keinen Gedanken an die Frage, wozu der Käufer die Ware brauchte. Er vermutete, dass der junge Afrikaner nur ein Laufbursche war. Ihm war völlig egal, wohin die Waffen am Ende gelangen würden. Er sah nur das Geld, das er damit verdienen konnte.

Als Stefan Wicki einige Wochen später zwanzig Waffen, Gewehre und Pistolen, beschafft hatte, kontaktierte er Said Osman per E-Mail. Es gab noch ein kurzes Hin und Her bis sich die beiden über den Preis einig waren.

Er brauche eine Woche, um das Geld aufzutreiben, sagte der junge Somali. Die beiden vereinbarten, sich in der darauffolgenden Woche am Donnerstagvormittag zu treffen.

»11 Uhr, wieder am gleichen Ort wie letztes Mal«, schlug Said Osman vor.

»Ich werde mit den Waffen dort sein«, versprach Stefan Wicki.

Als Said Osman zum vereinbarten Zeitpunkt zum Schützenhaus im Berner Oberland kam, war Stefan Wicki nicht dort. Er kam nicht, obschon Said noch zwei Stunden lang wartete.

Der Somali fuhr unverrichteter Dinge nach Hause. Dort wartete er, ob sich Wicki bei ihm melden würde. Er traute sich nicht, selbst Kontakt aufzunehmen, weil er befürchtete, Stefan Wicki sei verhaftet worden und die Polizei würde auf ihn aufmerksam, wenn er ein Mail schickte oder anrief.

Said Osman hörte nie mehr etwas von Stefan Wicki. Nach einigen Wochen beschloss er, sich nach anderen Waffenverkäufern umzusehen.

18

In den letzten 12 Monaten

Ali und seine Komplizen bereiteten sich gewissenhaft vor, bevor sie damit begannen, Schutzgeld zu erpressen. Sie wussten, dass sie sich keine Fehler erlauben durften. Ausserdem mussten sie sehr gut vorbereitet sein, damit ihre Drohung auch dann noch glaubwürdig war, wenn die Sicherheitsvorkehrungen in den Fussballstaden verstärkt wurden.

Die vier jungen Männer begannen, alle Stadien der zehn Super League-Vereine regelmässig zu besuchen. Einerseits bei Fussballspielen, aber auch wenn die Arenen für andere Veranstaltungen zugänglich waren.

Sie suchten nach den Schwachpunkten bei den Absperrungen, zum Beispiel nach Zäunen und Mauern, wo man unbeobachtet etwas von aussen in den Stadionbereich werfen konnte. Rasch wurde ihnen klar, dass es in einigen Städten einfacher war, wenn man die Waffe bereits einige Tage vor dem Spieltag ins Stadion brachte. Man konnte sie im Stadion verstecken, vor dem Spiel als harmloser Zuschauer ins Stadion zu kommen und die Waffe aus dem Versteck holen. Um das Vorgehen zu testen, befestigten sie harmlose Gegenstände wie Getränkedosen in Toiletten-Spülkästen oder hinter Radiatoren.

Einer aus der Gruppe schaffte es, bei zwei Stadien einen Aushilfsjob im Sicherheitsdienst zu ergattern. Dadurch konnte die Gruppe nicht nur die Zutrittskontrollen umgehen, sondern erhielt auch Zugang zu Stadionbereichen, in die *normale* Zuschauer nicht gelangten.

Said Osman kontaktierte sieben der zehn Vereine der Super League und gab an, nach seinem verletzungsbedingten Rücktritt ins Trainerbusiness wechseln zu wollen. Drei Vereine boten ihm die Möglichkeit, einige Wochen lang ein unentgeltliches Praktikum als Trainergehilfe zu absolvieren. Bei zwei anderen Vereinen erhielt er gar kleine Teilzeit-Jobs als Assistenz- bzw. Aushilfstrainer im Nachwuchsbereich.

Die Tätigkeit als Assistenztrainer machte Said Osman zwar durchaus Freude, aber es war nicht etwas, das er als langfristige Perspektive für sich sah. Es ging ihm mehr darum, die Stadien besser kennenzulernen und geeignete Waffenverstecke zu finden. Deshalb zeigte er jeweils wenig Interesse, allzu lange beim gleichen Verein zu bleiben. Nur einen Job als Nachwuchs-Assistenztrainer behielt er, denn dort erhielt er einen Schlüssel, der es ihm ermöglichte, das Stadion jederzeit durch den Lieferanteneingang zu betreten und so auch während Super League-Spielen ins Stadion zu gelangen.

Mehr Zeit als erwartet brauchten die vier Männer für die Beschaffung der Waffen. Ali hatte entschieden, vor Beginn der Erpressungen ein grösseres Lager mit Waffen und Munition anzulegen. Seine Überlegung war, dass die Polizei nach Beginn ihrer Aktion den illegalen Waffenhandel besonders aufmerksam überwachen würde und weitere Käufe in dieser Phase riskant sein könnten.

Zuerst war geplant, nur Pistolen zu beschaffen, da diese einfacher ins Stadion gebracht werden konnten als Gewehre. Doch Ali, der eindeutig der Anführer war und die wichtigen Entscheide fällte, sagte seinen Komplizen irgendwann: »Gewehre sind einfach besser! Sie machen viel mehr Eindruck. Wenn wir den Clubs und der Polizei beweisen können, dass wir jederzeit ein Gewehr mit Munition ins Stadion bringen, dann machen die sich in die Hose und bezahlen. Ab und zu eine Pistole geht schon, aber immer nur Pistolen, das wirkt doch viel weniger bedrohlich.«

Nach dem ersten erfolgreichen Kauf einer Pistole bei Stefan Wicki glaubten die vier Männer, den richtigen Lieferanten gefunden zu haben. Doch als Wicki bei der zweiten Bestellung nicht zur Übergabe kam, reagierten sie verunsichert und warteten mehr als einen Monat bis sie sich nach neuen Kaufgelegenheiten umsahen.

Mehrmals diskutierten die vier Männer, was sie tun würden, falls die Fussballclubs nicht bereit waren, das geforderte Schutzgeld zu bezahlen.

»Dann müssen wir halt mal ein Exempel statuieren«, schlug Said Osman vor. Er wäre durchaus bereit gewesen, diese Aufgabe selbst zu übernehmen. Denn er hatte bereits ein mögliches Opfer im Visier: Jonas Affolter, der Gegen-spieler bei Saids Verletzung, entwickelte sich zum Nachwuchs-Star des Schweizer Fussballs. Saids Neid und Hass auf den jungen Schweizer waren so gross, dass er Affolter gerne während eines Spiels erschossen hätte.

Doch Ali wollte kein Exempel statuieren: »Unser Plan funktioniert, solange unsere Drohung glaubwürdig ist, aber nichts passiert. Wenn wir tatsächlich jemanden erschiessen, dann weiss die ganze Welt von der Bedrohung und keiner traut sich mehr ins Stadion. Damit machen wir den Fussball kaputt und die Fussballclubs. Nein – wir dürfen niemanden erschiessen! Die Clubs werden zahlen, solange sie die Bedrohung geheim halten können. So lange kommt es sie günstiger, wenn sie den Mund halten und bezahlen. Versteht ihr? Genau aus diesem Grund können wir auch nicht zu viel Geld verlangen. Zehntausend pro Spiel können sie verkraften.«

Said und die anderen beiden verstanden die Überlegungen von Ali nicht hundertprozentig. Aber Ali wirkte dermassen überzeugt und selbstsicher, dass die anderen ihm vertrauten.

Nach monatelangen Vorbereitungen war es Ende März endlich soweit: Die Gruppe brachte eine Stunde vor einem Super League-Spiel ein Gewehr der Marke Kalaschnikow sowie zwanzig Schuss Munition ins Stadion und deponierten beides in einem Schrank, der mit Trainingsmaterial gefüllt war. Sie machten mehrere Fotos, mit denen Insider sofort erkennen konnten, wo im Stadion die Waffe war.

Noch vor Spielbeginn verliess die Gruppe das Stadion und speicherte die Fotos auf eine Plattform, auf die auch ihr Komplize in Nigeria Zugriff hatte.

Während im Stadion die zweite Halbzeit lief, schickte der Komplize aus einem Internetcafé in der zentralnigerianischen Stadt Abuja ein E-Mail mit den Fotos an den Präsidenten des Heimclubs: »In Ihrem Stadion befinden sich eine Waffe und Munition. Die Fotos führen Sie zum Versteck. Nächste Woche werden Sie für die Sicherheit im Stadion etwas bezahlen müssen. Halten Sie 10'000 Franken bereit. Wir werden Ihnen Instruktionen schicken.«

Das Spiel ging ganz normal zu Ende und wie Ali vermutet hatte, gab es in den Medien keine Berichte über einen Waffenfund im Stadion oder über eine Erpressung. Die vier jungen Männer konnten sich nicht einmal sicher sein, ob ihre Nachricht angekommen, ob die Waffe gefunden worden war und ob der Club die Polizei eingeschaltet hatte oder nicht.

Am darauffolgenden Freitag, einen Tag vor dem nächsten Spiel im gleichen Stadion, gelang es Ali, einen kleinen Revolver hinter einem Heizkörper im Stadionrestaurant zu platzieren. Zwei Stunden vor Spielbeginn erhielt der Präsident ein E-Mail mit folgendem Text: »Es gibt wieder eine Waffe im Stadion. Wir sorgen dafür, dass die Waffe nicht in falsche Hände kommt, wenn Sie uns vor Spiel-beginn 10'000 Franken zahlen.« Dann folgten Angaben zum Transfer des Geldes mit Western Union in eine Stadt im Jemen.

Die Polizei fand später heraus, dass die Nachricht höchstwahrscheinlich in Pakistan abgeschickt worden war.

Dann passierte etwas, mit dem Ali und seine Komplizen nicht gerechnet hatten: Es wurde kein Geld überwiesen. Stattdessen wurde das Spiel eine Stunde vor Spielbeginn abgesagt. Offiziell wurde angegeben, das Spielfeld sei wegen der Regenfälle am Vortag nicht bespielbar. Als die Medien Zweifel äusserten, da die Regenfälle nicht besonders intensiv gewesen waren, behauptete der Verein, es gebe Probleme mit der Drainage im Rasen.

Die Gruppe um Ali war überzeugt, dass das Spiel wegen der Waffendrohung abgesagt wurde. Wahrscheinlich hatte die Polizei später das Stadion durchsucht und den Revolver gefunden. Aber davon war natürlich in den Medien nichts zu lesen.

Da der einzige Club, den die *Fussball-Mafia* bisher bedroht hatte, am darauffolgenden Spieltag ein Auswärtsspiel hatte, verlagerte die Gruppe ihre Aktivitäten in zwei andere Stadien. Man brachte je eine Waffe und etwas Munition ins Stadion, fotografierte das Versteck und schickte die Bilder im Verlauf des Spiels an die Präsidenten der Gastgeber-Vereine mit der Ankündigung, dass beim nächsten Heimspiel 10'000 Franken Sicherheitskosten zu entrichten seien.

Drei Tage später, an einem Dienstagabend, wurde das abgesagte Spiel nachgeholt. Bereits am frühen Nachmittag schickte die Gruppe ein Mail an den Vereinspräsidenten: »Glauben Sie, Sie können in Zukunft einfach jedes Mal das Spiel absagen? Bezahlen Sie 10'000 Franken bis 17 Uhr. Sonst wird das Spiel auch heute nicht stattfinden.« Diesmal musste das Geld nach Karatschi im Pakistan überwiesen werden.

An diesem Tag klappte es! Um halb sechs fand Ali in der Dropbox eine neue Datei – das Foto einer Hand, welche das Victory-Zeichen machte. Der Kollege in Pakistan hatte damit bestätigt, dass er das Geld abgeholt hatte.

In den darauffolgenden Wochen dehnte die *Fussball-Mafia* ihre Erpressungen auf alle zehn Clubs der Super

League aus. Ende Mai, an den drei letzten Spieltagen vor der Sommerpause kassierten die vier jungen Männer in der Schweiz und ihre Komplizen im Ausland erstmals bei jedem Super League-Spiel 10'000 Franken vom Heimteam, also insgesamt 50'000 Franken pro Runde.

Die Bande war äusserst vorsichtig. Es wurden weiterhin Waffen deponiert, aber maximal in einem Stadion pro Spieltag. So erhielten sie die Drohung aufrecht, ohne sich selbst in allzu grosse Gefahr zu bringen. Die Bundespolizei *fedpol* hatte jedenfalls noch keine vielversprechende Spur und wartete darauf, dass die *Fussball-Mafia* zu Beginn der nächsten Saison im August wieder aktiv würde.

19

Dienstag, 19. Juli, Vormittag

»Ihr habt grünes Licht, dem Verschwinden von Stefan Wicki nachzugehen«, teilte mir Roger Fuchs am Dienstagmorgen telefonisch mit. »Wir gehen davon aus, dass sein Verschwinden nichts mit den Aktivitäten der *Fussball-Mafia* zu tun hat.«

Eine Stunde nach dem Anruf von *fedpol* sass ich mit Luca, Claudia und Alexandra am Besprechungstisch, um das weitere Vorgehen zu besprechen.

»Für mich stehen zwei Fragen im Vordergrund«, sagte ich. »Wie ist Stefan Wicki zu diesen Waffen gekommen? Und was ist mit ihm passiert? Beziehungsweise: Wieso ist er plötzlich verschwunden? Wir wissen noch fast nichts über das Umfeld von Stefan Wicki. Als Erstes sprechen wir mit der Chefin von Wicki, der Leiterin des Seilbahnmuseums. Ausserdem würde ich gerne mal mit meinem Vorgänger sprechen und ihn nach seiner Einschätzung fragen.«

»Gute Idee«, sagte Alexandra. »Mach das. Und richte Hans einen Gruss von mir aus.«

Ich fuhr mit Luca zum Seilbahnmuseum. Die Befragung der Museumsdirektorin war aber wenig ergiebig. Sie habe Stefan Wicki eigentlich kaum gekannt, erklärte sie uns. »Er hat nur selten hier im Museum gearbeitet. Höchstens wenn wir mal schwere Ausstellungsstücke transportieren mussten.

Sie wissen ja wahrscheinlich, dass es zwei Vereine gibt, die bei uns eingemietet sind. Stefan Wicki hat die meiste Zeit für diese beiden Vermietungs-Mandate gearbeitet. Logistische Unterstützung bei Veranstaltungen und so. Das lief alles über Herrn Stadelmann.«

Sie erklärte uns noch kurz, um welche beiden Vereine es sich handelte: »Der *Bund der Tellensöhne* ist eine ziemlich konservative Gruppierung. Die organisieren hier in den Räumen des Museums regelmässig Veranstaltungen. Vorträge, Podiumsdiskussionen, geselliges Beisammensein und so. Ich habe da nur ein Mal nach Feierabend kurz reingeschaut. Hat mich aber überhaupt nicht angesprochen. Fast alles alte Männer, die finden, dass früher alles besser war.

Der andere Verein ist ein Schützenverein. Es gibt hier auf dem Gelände eine alte Fabrikhalle, die zum Seilbahn-museum gehört, aber nicht für den Museumsbetrieb gebraucht wird. Herr Stadelmann hat diese Halle zu einem modernen Schiesskino umbauen lassen und die Halle an diesen Schützenverein vermietet.

Wissen Sie, der Herr Stadelmann ist Präsident dieser beiden Vereine. Darum machen die auch alles hier. Und für uns ist das wichtig. Allein vom Museumsbetrieb könnten wir nicht leben. Wir brauchen die Einnahmen aus diesen Vermietungen, damit wir keinen Verlust machen.

Wenn Sie mehr darüber wissen wollen, was Stefan Wicki genau für diese Vereine gearbeitet hat und mit wem er Kontakt hatte, fragen Sie am besten Herrn Stadelmann. Er ist aber im Moment in den Ferien. Soweit ich weiss, landet er am Donnerstag in Kloten. Ins Museum kommt er jedenfalls erst nächste Woche wieder.«

Nach dem Gespräch mit der Museumsdirektorin fuhren wir weiter zu meinem Vorgänger Hans Spörri. Luca, der ja schon seit ein paar Jahren bei der Kantonspolizei arbeitete, kannte Spörri natürlich und meldete unseren Besuch telefonisch an.

»Hallo Luca, schön dich zu sehen«, sagte Spörri, als er die Tür öffnete. Und zu mir gewandt, fügte er an: »Und du bist also mein Nachfolger. Freut mich, dich kennenzulernen. Ich bin der Hans.«

»Freut mich auch. Mein Name ist Markus. Entschuldige, dass wir dich stören, aber wir haben ein paar Fragen zu einem alten Fall von dir.«

»Kommt doch rein. Ihr nehmt doch sicher einen Kaffee.«

Ein paar Minuten später sassen wir im kleinen Wohnzimmer des Ehepaars Spörri auf einem hellbraunen Velours-Sofa, das seine besten Tage längst hinter sich hatte. Frau Spörri brachte selbstgemachte Pralinen und erläuterte uns: »Die dunklen haben eine Zitronenfüllung, die hellen sind mit Haselnuss.«

Sie verliess das Wohnzimmer während ihr Mann mit drei Cappuccini aus der Küche kam. Anders als bei der Museumsdirektorin erzählte ich Hans Spörri von den gefundenen Waffen. Allerdings sagte ich nichts über den Zusammenhang mit der *Fussball-Mafia*.

»Also jetzt, nach diesen Waffenfunden, sieht das vielleicht alles ein wenig anders aus«, sagte Hans Spörri nachdenklich. »Damals hatte ich den Eindruck, da hat ein depressiver Drogensüchtiger an irgendeinem abgelegenen Ort Selbstmord begangen. Es bringt nichts, gross nach ihm zu suchen. Wahrscheinlich wird irgendwann irgendwo seine Leiche gefunden.«

Er überlegte einen Moment und fuhr dann fort: »Jetzt, wo wir wissen, dass er mit Waffen gehandelt hat, kann man sich auch überlegen, ob er vielleicht Ärger bekommen hat und untergetaucht ist. Wenn ich mich recht erinnere, hat er doch seiner Ex-Freundin ein Abschieds-SMS geschickt, oder?«

»Ja, genau«, antwortete Luca und las aus seinem Notizbuch den Text des SMS vor: »*Mir geht es nicht gut. Muss einen Ort finden, wo ich zur Ruhe komme. Bitte suche mich nicht. Und sag deinem Vater, dass ich nicht zur Arbeit komme. Danke*.«

Luca schaute uns an, überlegte einen kurzen Moment und sagte dann: »Für mich ist der Text nicht so eindeutig. Da kann man nicht wirklich wissen, ob er untertauchen oder sich umbringen wollte.«

»Vielleicht wusste er das selbst noch nicht«, mutmasste Hans.

»Oder er ist untergetaucht und wollte mit dem SMS einen Selbstmord vortäuschen«, schlug ich als weitere Variante vor.

»Ja, möglich. Aber damals hatten wir keinen Hinweis in diese Richtung. Deshalb haben wir die Nachforschungen recht schnell eingestellt.«

Damit hatte er mir das Stichwort für ein heikles Thema geliefert: »Wir haben gehört«, sagte ich, »dass Baumann sich damals in die Ermittlungen eingemischt und dafür gesorgt hat, dass der Fall rasch abgeschlossen wird.«

Spörri verdrehte die Augen: »Habt ihr mit Martin gesprochen?«

Ich schmunzelte, sagte aber nichts.

Hans Spörri überlegte einen Moment, bevor er fortfuhr: »Das stimmt schon. Der Kommandant war einmal bei uns und hat nachgefragt, ob es konkrete Hinweise auf ein Verbrechen gibt. Er war der Meinung, dass man nicht zu viel Zeit investieren soll, falls alles darauf hindeutet, dass Wicki sich umgebracht hat oder untergetaucht ist.«

Er machte wieder eine kurze Pause. Da Luca und ich nichts sagten, erzählte er weiter: »Martin hat sich furchtbar geärgert. Er glaubte, dass mehr hinter der Geschichte steckt, und war überzeugt, dass jemand bei Baumann interveniert hatte, um weitere Ermittlungen zu verhindern. Also, unter uns: Martin ist ja wirklich ein guter und fleissiger Polizist. Aber da hat er sich in eine absurde Verschwörungstheorie verrannt.«

»Na ja«, wandte ich ein, »die gefundenen Waffen deuten aber darauf hin, dass Stefan Wicki mehr als nur ein depressiver Drogensüchtiger war.«

»Mag ja sein. Aber trotzdem, egal was er sonst noch gemacht hat: Entweder hat er sich umgebracht oder er ist untergetaucht, weil er irgendwo Ärger hatte. Sicher kein Grund für grosse Ermittlungen. Da hatte der Kommandant nicht unrecht.«

»Ist es denn üblich, dass sich der Kommandant in einzelne Ermittlungen einmischt?«, fragte ich etwas irritiert.

Spörri lachte laut heraus: »Gut, du bist ja noch ziemlich neu hier. Aber du hast ja sicher schon gemerkt, dass der Kommandant manchmal etwas, wie soll ich es sagen, impulsiv ist. Und wenn er eine Meinung hat, dann sagt er sie auch.«

Er überlegte kurz, dann fügte er an: »Aber dass er extra zu uns gekommen ist, um über einen Fall zu sprechen, habe ich eigentlich selten erlebt… Weisst du, ich habe da eine Theorie: Wir haben ja damals Ernst Stadelmann befragt. Ich glaube, Stadelmann hat sich über uns geärgert und sich dann bei Adrian Rickenbacher beschwert. Weisst du, Adrian Rickenbacher war damals noch Justiz- und Polizeidirektor. Er ist in der gleichen Partei wie Ernst Stadelmann.«

»Ja, ich habe Baumann gefragt. Er hat mir gesagt, dass es so war. Entweder weiss er es zuverlässig oder er vermutet es auch.«

»Ah, interessant. Mir hat er das nicht so direkt gesagt. Aber ich habe auch nicht explizit gefragt. Ich stand ja damals kurz vor der Pensionierung und hatte keine Lust, noch Ärger mit dem Kommandanten zu bekommen.«

»Sind Stadelmann und Rickenbacher denn befreundet oder einfach nur in der gleichen Partei?«, fragte ich.

»Ich weiss nicht, ob sie befreundet sind. Aber sie kennen sich sicher gut. Nachdem Stadelmann seine Seilbahnfabrik verkauft hatte, wollte er auch Regierungsrat werden. Er ist aber daran gescheitert, dass er sich vor allem in Ausländerfragen sehr pointiert geäussert hat. Die Partei setzte auf Rickenbacher und der wurde dann auch gewählt. Ich glaube, das war auch gut so, auch wenn Rickenbacher schon nach kurzer Zeit aus gesundheitlichen Gründen zurücktreten musste. Stadelmann wäre wohl zu extrem gewesen. Im Kantonsrat mag das gehen, aber als Regierungsrat muss man etwas gemässigter sein.«

»Findest du denn, Stadelmann hatte damals plausible Gründe, sich bei Rickenbacher über euch zu beschweren?«

»Darüber kann man sich natürlich streiten. Aber wir haben damals ja nicht nur Stadelmann befragt. Martin hat mit der halben Belegschaft des Seilbahnmuseums gesprochen, um etwas über Wicki herauszufinden. Freunde, Hobbies und solche Dinge halt. Aber die wussten alle kaum etwas über Wicki. Offenbar war Wicki zwar beim Museum angestellt, aber fast nie dort anzutreffen. Darüber hat sich Martin so gewundert und irgendetwas Geheimnisvolles hineininterpretiert.«

»Wir waren vorhin bei der Museumsdirektorin«, sagte nun Luca. »Sie sagte, dass Wicki vor allem für die beiden Vereine gearbeitet hat, die Räume beim Seilbahnmuseum mieten.«

»Ja genau, das hat Stadelmann uns auch erklärt. Martin war sicher sehr aufsässig damals. Ich kann schon nachvollziehen, dass er Stadelmann damit verärgert hat.«

»Inzwischen wissen wir ja«, wechselte ich das Thema, »dass Stefan Wicki mit Waffen gehandelt hat. Und der eine der beiden Vereine, für die er gearbeitet hat, ist ein Schützenverein. Ich frage mich, ob das Zufall ist.«

Luca und Hans überlegten kurz. Schliesslich fragte Luca mich: »Woran denkst du? Dass er bei Mitgliedern des Schützenvereins Waffen gekauft und verkauft hat?«

»Ich weiss auch nicht. Das war nur eine spontane Idee, ich habe mir das noch nicht so genau überlegt.«

»Ihr habt doch gesagt«, wandte Hans Spörri ein, »dass ihr Waffen gefunden habt, die als gestohlen gemeldet sind, und solche, die man hier nicht legal beschaffen kann, oder?«

»Ja«, antwortete ich.

»Eben. Das passt für mich überhaupt nicht zu einem Schützenverein. Illegaler Waffenhandel, das ist doch eher organisiertes Verbrechen. Manchmal auch Kleinkriminelle, meist Ausländer. Ein ganz anderes Publikum als die Mitglieder eines Schützenvereins.«

»Vielleicht hat er einen Teil der gefundenen Waffen beim Schützenverein gestohlen«, schlug Luca vor.

»Ich kann mich nicht erinnern, dass uns je ein Waffendiebstahl bei einem Schützenverein gemeldet wurde«, sagte Hans. »Die würden das doch sicher bemerken.«

»Wir können ja bei Stadelmann mal in diese Richtung sondieren. Allerdings will ich ihm nichts vom Waffenfund sagen. Ich will nicht, dass sich der Waffenfund herumspricht, solange wir nicht mehr wissen.«

Ich wollte das Gespräch schon beenden, da meinte Hans Spörri plötzlich: »Jetzt fällt mir doch noch etwas ein: Es gab mal Gerüchte, dass in diesem Schiesskino beim Seilbahnmuseum illegal Waffen gelagert werden. Irgendjemand hat mir davon erzählt und ich habe mit dem Kommandanten darüber gesprochen. Eine Woche später hat Baumann mir gesagt, er habe mit Rickenbacher darüber gesprochen. Rickenbacher habe auch von diesem Gerücht gehört und sei dem schon nachgegangen. Offenbar war an dem Gerücht nichts dran. Aber sonderbar ist das schon. Vor allem jetzt, wo ihr an einem anderen Ort ein illegales Waffenlager gefunden habt.«

»Vielleicht hat Wicki seine Waffen zuerst im Schiesskino gelagert. Und nachdem das ein paar Leute bemerkt haben, hat er sie in den Keller der alten Frau gebracht«, mutmasste Luca.

»Wir haben genügend Gründe, mit Stadelmann zu reden, sobald er wieder in der Schweiz ist«, sagte ich.

20

Vor etwa sechs Jahren

Der Italiener mit den dunklen, leicht fettig glänzenden Haaren, streckte Ernst Stadelmann den Füllfederhalter entgegen. Stadelmann nahm ihn entgegen und starrte dann einige Sekunden lang auf seine leicht zitternde Hand mit dem edlen, schwarzen Schreibwerkzeug. Eigentlich war es nur eine Kleinigkeit. Höchstens drei Sekunden würde es dauern, seine Unterschrift unter das Schriftstück zu setzen. Aber die Bedeutung dieser Unterschrift liess seine Hand zittern.

Natürlich war es zu spät, um zu zögern. Die Entscheidung war längst gefallen. Über Monate hinweg waren alle Details ausgehandelt und von zahllosen Anwälten geprüft worden. Mit der Unterschrift wurde sie lediglich noch formell besiegelt.

Der 63-jährige Vollblut-Unternehmer Stadelmann hasste den Italiener. Er hasste die Energie und das Selbstbewusstsein, das der Italiener ausstrahlte. Er hasste das Auftreten des Italieners. Dass er ein weisses Hemd und einen Anzug trug, aber auf eine Krawatte verzichtete und den obersten Hemdknopf offen liess. Und damit eine Lässigkeit zur Schau stellte, die Stadelmann insgeheim bewunderte, aber selber auch in jüngeren Jahren nie gehabt hatte.

Er hasste den Italiener, weil dieser in diesem Augenblick einen Erfolg feiern konnte, während Stadelmann eine bittere Niederlage einstecken musste. Mit dieser Unterschrift verkaufte Ernst Stadelmann seine Firma an den Konkurrenten aus Italien.

Die *Stadelmann Seilbahnen AG* war vor 90 Jahren von seinem Grossvater gegründet worden. Wichtigster Geschäftszweig war der Bau und Unterhalt von verschiedensten Typen von Luftseilbahnen. In den ersten Jahrzehnten hatte das Unternehmen auch Schienen-seilbahnen hergestellt, doch das war längst vorbei. In der Schweiz hatte die Firma immer eine gewisse Bedeutung gehabt, aber im Ausland in den letzten Jahren nur noch selten Ausschreibungen gewinnen können.

Der Weltmarkt für Seilbahnen wurde von zwei grossen Konzernen beherrscht. Für die kleineren Unternehmen, zu denen die Firma Stadelmann gehörte, war der Konkurrenz-kampf in den letzten Jahren immer härter geworden. Um überleben zu können, musste man die Kosten tief halten und wachsen. Aber Ernst Stadelmann konnte mit seiner Firma nicht wachsen und musste sie an diesem Tag an die *FunicoStar Italia S.A.* verkaufen. Nach drei Generationen in Familienbesitz war nun Schluss.

Stadelmann hatte praktisch sein ganzes Berufsleben im Familienbetrieb gearbeitet und das Unternehmen die letzten 23 Jahre lang geleitet. Natürlich hatte er gehofft, es eines Tages an eines seiner Kinder übergeben zu können. Beide hatten sich auch bemüht, den offensichtlichen Erwartungen des Vaters gerecht zu werden, früh im Unternehmen mitgearbeitet und geeignete Ausbildungen in Angriff genommen.

Aber bei Tochter Anita zeigte sich bald, dass sie vom Typ her eher eine Künstlerin als eine Unternehmerin war. Als sie schliesslich den Mut aufbrachte, ehrlich mit sich selbst und ihrem Vater zu sein, brach sie das Studium der Betriebswirtschaft ab.

Bei Michael, dem Sohn, fehlte es an allen möglichen Voraussetzungen. Nur dank unzähliger Nachhilfestunden schaffte er überhaupt das Gymnasium. Und als er später an der ETH Zürich mit dem Studium der Maschinen-ingenieurwissenschaften begann, war er hoffnungslos überfordert und scheiterte an der Basisprüfung am Ende des zweiten Semesters.

Mehr Talent hatte der Sohn im Militär gezeigt, wo er es nach der Grenadier-Rekrutenschule bis zum Offizier brachte. Allerdings war sich Ernst Stadelmann nie ganz sicher, ob Michael wirklich an der militärischen Karriere interessiert war oder sie eher dazu genutzt hatte, die Pause nach dem Gymnasium zu verlängern und den Studienbeginn hinauszuzögern.

Und Ernst Stadelmann musste auch eingestehen, dass Michael selbst im Militär nicht die Führungsqualitäten entwickelt hatte, die nötig gewesen wären, um das Seilbahn-Unternehmen zu leiten.

Als später noch seine Frau an Krebs starb, erlosch bei Ernst Stadelmann das nötige Feuer, um im harten Konkurrenzkampf für den Weiterbestand des Familien-unternehmens zu kämpfen.

Immerhin hatte sich Stadelmann einen günstigen Zeitpunkt ausgesucht, um das Unternehmen an die *FunicoStar Italia*

S.A. zu verkaufen, denn seine Firma war im Schweizer Markt gut positioniert und damit attraktiv für den Konkurrenten aus Italien. So konnte Stadelmann nicht nur einen Preis aushandeln, der ihm und seinen Kindern einige zusätzliche Millionen auf das Konto brachte, sondern auch Vereinbarungen durchsetzen, die für sein Ansehen im Kanton positiv waren.

Beispielsweise verpflichtete sich der Italiener – mit Vereinbarung einer Konventionalstrafe bei Nicht-einhaltung – den Schweizer Sitz der *FunicoStar* mindestens fünf Jahre lang am Standort der *Stadelmann Seilbahnen AG* zu belassen und in dieser Zeit den Personalbestand des Verkaufs- und Unterhaltsteams nie unter zwanzig Vollzeit-stellen sinken zu lassen.

Ausserdem übernahm der Italiener nur einen kleinen Teil des riesigen Firmengeländes. Den Rest konnte Stadelmann behalten, um dort ein Seilbahnmuseum einzurichten. Der Italiener beteiligte sich sogar an den Kosten für die Einrichtung des Museums – zweifellos nicht ganz uneigen-nützig, denn dieses Engagement half der *FunicoStar*, sich im Schweizer Seilbahnmarkt zu etablieren.

Die Zeit zwischen dem Verkauf der Firma und der feierlichen Eröffnung des Seilbahnmuseums war eine durchaus erfreuliche Zeit für Ernst Stadelmann und seine beiden Kinder. Anita und Michael engagierten sich stark für den Aufbau des Museums – vielleicht auch, um dem Vater über den Verlust des Familienunternehmens hinweg zu helfen. Nach der Eröffnung zeigt sich aber schnell, dass weder Ernst noch Anita oder Michael grosses Interesse

hatten, sich im Alltag mit dem Museumsbetrieb herumzu-
schlagen. Dies überliessen sie der Museumsleiterin und
ihrem Team.

Danach begann eine schwierige Phase im Leben Ernst
Stadelmann. Er fühlte sich viel zu jung, um Rentner zu sein.
Aber seine Firma gehörte jetzt diesem unsympathischen
Italiener und im Museum gab es kaum etwas zu tun, das ihn
wirklich interessiert hätte.

Anita Stadelmann, die Tochter, blühte hingegen richtig-
gehend auf. Aus der Malerei, die sie früher als Hobby
betrieben hatte, wurde eine grosse Leidenschaft und der
hauptsächliche Lebensinhalt. Nicht dass sie damit gross
Geld verdiente, aber das war dank der Einnahmen aus dem
Verkauf der Seilbahnfirma auch nicht nötig.

Auch Sohn Michael finanzierte sich fortan den Lebens-
unterhalt aus dem Erlös des Firmenverkaufs. Im Gegensatz
zu seiner Schwester entwickelte er aber keine alltagfüllende
Leidenschaft, sondern hängte oft herum.

Ernst Stadelmann war seit jeher ein politisch interessierter
Mensch gewesen. Schon in jungen Jahren war er der Partei
beigetreten, die sein Vater einige Jahre lang im Nationalrat
vertreten hatte. Er selbst war zwölf Jahre lang Kantonsrat
gewesen. Seit seinem Rücktritt aus dem Kantonsparlament
vor gut zehn Jahren hatte er sich zwar nicht mehr gross in
der Partei engagiert, doch als einer der bedeutendsten
Unternehmer des Kantons wurde er in der Partei weiterhin
sehr geschätzt.

Das politische Interesse von Ernst Stadelmann flammte wieder auf, als ein Parteifreund ankündigte, aus dem Regierungsrat zurückzutreten.

Die Eröffnung des Seilbahnmuseums lag einige Monate zurück und Stadelmann merkte, dass er eine neue Aufgabe brauchte, damit er sich nicht alt und unnütz fühlte. Stadelmann brauchte eine Herausforderung, um nicht depressiv zu werden. Und der frei werdende Sitz im Regierungsrat bot sich da geradezu an.

»Es gibt eine ganze Reihe von geeigneten Kandidaten, aber falls die Partei findet, dass ich der Richtige bin, würde ich mich zur Verfügung stellen«, liess sich Ernst Stadelmann von der Lokalzeitung zitieren. Die Zurückhaltung war aber nur gespielt. Stadelmann wollte das Amt unbedingt.

Nach ersten positiven Reaktionen aus dem Parteivorstand begann Stadelmann, für seine Kandidatur zu werben. Er zeigte sich an allen möglichen Veranstaltungen und suchte aktiv den Kontakt mit den Medien, um sich und seine politische Haltung bekannt zu machen.

Für besonderes Aufsehen sorgte ein grosses Interview in der Lokalzeitung. Auf die Frage nach dem aktuell wichtigsten Problem im Kanton antwortete Ernst Stadelmann: »Das sind ganz klar die Ausländer. Vielleicht nicht generell alle Ausländer, aber sicher all diejenigen, die sich nicht integrieren wollen. Beispielsweise sehe ich nicht ein, dass wir akzeptieren sollen, dass muslimische Familien ihre Kinder nicht in den Schwimmunterricht schicken oder die Frauen mit Kopftuch herumlaufen. Wenn ich in Saudi-Arabien leben möchte, würde man auch von mir erwarten, dass ich mich anpasse. Wenn Ausländer hier leben wollen, dann sollen sie unsere Kultur annehmen. Wenn es nach mir ginge, dann bräuchte es hier in der Schweiz auch keine Moscheen.

Letztens habe ich gehört, dass es zum Beispiel in Zürich schon Lokalradiosendungen auf Arabisch gibt. Wo sind wir denn hingeraten? Ich meine: Gibt es denn im iranischen Radio auch Sendungen mit Schweizer Volksmusik und schweizerdeutscher Moderation? Natürlich nicht! Wieso soll es also hier fremdsprachiges Radio geben? Es ist doch ganz klar: Wenn diese Leute unbedingt hier leben wollen, dann sollen sie auch unsere Sprache sprechen. Und sonst sollen sie wieder nach Hause fahren. Mir ist egal, ob dort angeblich Bürgerkrieg ist oder nicht.

Ich werde mich auf jeden Fall für ein kantonales Integrationsgesetz einsetzen, das *alle* Ausländer ganz strikt zur Integration verpflichtet.«

Stadelmann war überzeugt, mit dieser Aussage dem Volk aus der Seele zu sprechen. Für einen Teil des Volkes stimmte das zweifellos auch. Allerdings nur für einen Teil. Ein anderer Teil des Volkes empfand die Aussagen als massiv fremdenfeindlich und diverse Leserbriefschreiber äusserten, ein Mann mit solch krassen Ansichten sei als Regierungsrat nicht tragbar.

Auch innerhalb der Partei war man gespalten. Viele teilten Stadelmanns Haltung grundsätzlich, waren aber mit der Schärfe der Aussagen nicht einverstanden. Der Vorstand der Kantonalpartei kam schliesslich zur Überzeugung, dass man mit einem so aggressiv auftretenden Kandidaten mehr Stammwähler verlieren als neue hinzugewinnen könne.

Zudem fand man es nicht ideal, mit einem Kandidaten ins Rennen zu gehen, der schon an der Schwelle zum Rentenalter stand. So empfahl der Vorstand den Parteimitgliedern den 15 Jahre jüngeren Adrian Rickenbacher zum Kandidaten für die Regierungsratswahlen zu küren.

Ernst Stadelmann gab den Kampf nicht sofort auf. Er hielt an der Parteiversammlung eine flammende Rede und hoffte, die Mitglieder überzeugen zu können. Als sich diese jedoch im Verhältnis vier-zu-eins für Rickenbacher entschieden, erklärte Ernst Stadelmann vor der Parteiversammlung: »Ich akzeptiere selbstverständlich den Entscheid der Mehrheit. Ich ziehe meine Kandidatur zurück und werde mich dafür einsetzen, dass Adrian Rickenbacher gewählt wird.«

Wenige Monate später wurde Adrian Rickenbacher in den Regierungsrat gewählt und neuer Justiz- und Polizeidirektor des Kantons. Ernst Stadelmann hingegen zog sich aus der Politik zurück. Er blieb zwar Parteimitglied, nahm aber nicht mehr an Anlässen der Partei teil.

21

Dienstag, 19. Juli, Mittag

Vor dem Mittagessen rief ich Alexandra an, um sie über die Gespräche mit der Museumsdirektorin und mit meinem Vorgänger Hans Spörri zu informieren.

»Ich bin grad ziemlich im Schuss«, wimmelte sie mich ab. »Aber wenn du willst, kann ich am Nachmittag zu dir ins Büro kommen. 15 Uhr?«

»Passt. Danke. Bis später.«

Ich bestellte auch Claudia und Luca auf diese Zeit ins Teambüro, um zu viert das weitere Vorgehen zu besprechen.

Nach dem Mittagessen entschloss ich mich, die Zeit bis zur Besprechung zu nutzen, um noch einmal mit meinem Chef über den Fall zu sprechen. Ich hatte Glück: Thomas Baumann, der Kommandant der Kantonspolizei, hatte spontan ein paar Minuten Zeit für mich.

Ich sagte nichts über das Gespräch mit meinem Vorgänger Hans Spörri, sondern fragte Baumann: »Sie haben mir ja vor ein paar Tagen erzählt, Ernst Stadelmann habe sich letztes Jahr beim damaligen Regierungsrat Adrian Rickenbacher über die Befragungen zum Fall Stefan Wicki beschwert. Wollte Stadelmann damit vielleicht erreichen, dass man nicht weiter ermittelt?«

»Nein, nein, Herr Rickenbacher hat nichts in dieser Richtung gesagt. Soweit ich weiss, ging es nicht darum, ob man in diesem Fall weiter ermittelt oder nicht, sondern eher um Prioritätensetzung bei der Polizeiarbeit. Wissen Sie, dieser Stadelmann hat sich auf das Thema Ausländer-Kriminalität eingeschossen und möchte am liebsten, dass die Polizei sich nur noch damit beschäftigt. Warum fragen Sie?«

»Immerhin hat er mit seiner Intervention dazu beigetragen, dass der Waffenhandel von Stefan Wicki lange nicht aufgeflogen ist. Da kann man sich natürlich schon fragen, ob Stadelmann von Wickis Machenschaften wusste und sich gezielt beschwert hat, um die Ermittlungen zu stoppen.«

»Goldbacher! Jetzt kommen Sie bitte nicht auch noch mit solchen Verschwörungstheorien wie Läubli! Dann müsste ja Rickenbacher sein Verbündeter gewesen sein. Meinen Sie, unser früherer Justiz- und Polizeidirektor sei in die illegalen Waffengeschäfte dieses Drogensüchtigen verwickelt? Das ist völlig absurd! Gut, Sie sind neu hier und kennen Herrn Rickenbacher nicht. Aber das ist ein rechtschaffener Mann. Er war ein guter Regierungsrat. Leider musste er viel zu früh zurücktreten.«

»Zudem habe ich erfahren, dass mal ein Gerücht im Umlauf war, dass es auf dem Gelände des Seilbahn-museums ein illegales Waffenlager gab.«

»Ja, dieses Gerücht gab es. Sie haben ja wahrscheinlich gehört, dass es auf dem Gelände der ehemaligen Seilbahn-fabrik ein Schiesskino gibt. Herr Rickenbacher hat damals abgeklärt, ob der Schützenverein, der dort aktiv ist, etwas Illegales macht. Es hat sich aber gezeigt, dass das nicht so ist.«

»Vielleicht hat Stefan Wicki die Waffen, mit denen er gehandelt hat, mal vorübergehend dort gelagert und jemand hat das gesehen«, mutmasste ich.

»Das ist denkbar. Möglicherweise hat das jemand bemerkt und herumerzählt. Und das Gerücht hat Wicki dann veranlasst, sein illegales Waffenlager in den Keller dieser alten Frau zu verlegen«, meinte Baumann.

»Ja, so könnte es gewesen sein. Wissen Sie, was Herr Rickenbacher damals genau überprüft hat und was die Erkenntnisse waren?«

»Nein. Er hat mich lediglich informiert, dass seine Abklärungen ergeben haben, dass nichts dran ist an dem Gerücht. Mehr weiss ich nicht.«

»Schade. Jetzt, wo wir wissen, dass es doch ein illegales Waffenlager gab, würde mich schon interessieren, wie Herr Rickenbacher damals vorgegangen ist und wieso er zu dieser falschen Schlussfolgerung gekommen ist.«

»Wie gesagt: Ich weiss nicht genau, wie Herr Rickenbacher vorgegangen ist.« Baumanns Stimme wurde abweisend. »Ich bin aber überzeugt, dass Herr Rickenbacher seine Aufgabe seriös gemacht hat. Sein Fokus war natürlich dieser Schützenverein. Und offensichtlich hatte ja nicht der Schützenverein gestohlene Waffen gelagert, sondern dieser Drogensüchtige. Da kann man doch nicht behaupten, der Justizdirektor habe seine Aufgabe nicht richtig gemacht!«

»Ich will Herrn Rickenbacher gar nichts unterstellen«, verteidigte ich mich. »Mich würde nur interessieren, wie das damals gelaufen ist. Ich würde Herrn Rickenbacher gern danach fragen.«

»Das halte ich nun wirklich nicht für eine gute Idee«, antwortete Baumann, der mit jedem Satz etwas aufgebrachter schien. »Das würde den Eindruck erwecken, dass wir seine Amtsführung in Zweifel ziehen. Und dafür gibt es nun wirklich keine Anhaltspunkte.«

»Ich zweifle überhaupt nicht an der Amtsführung von Herrn Rickenbacher«, antwortete ich und wurde dabei ebenfalls etwas lauter als sonst, da mich die oft aufbrausende Art meines Chefs zum ersten Mal wirklich stark ärgerte. »Aber für unsere weiteren Ermittlungen wäre das vielleicht hilfreich.«

»Da Rickenbacher damals nichts herausgefunden hat, zweifle ich am Nutzen einer Befragung«, antwortete Baumann nun wieder etwas ruhiger. »Wissen Sie, Goldbacher, wir sollten auch ein wenig Rücksicht auf den Gesundheitszustand von Herrn Rickenbacher nehmen. Er ist ja aus gesundheitlichen Gründen zurückgetreten. Zwar hat er nie gesagt, was für eine Krankheit er hat, aber ich vermute, dass es irgendeine Krebserkrankung ist. Warum sprechen Sie nicht stattdessen mit Stadelmann?«

»Das ist bereits geplant. Er ist derzeit im Ausland, aber sobald er zurück ist, sprechen wir mit ihm.«

22

Letztes Jahr, im Februar

»Kein Bargeldbezug an einem Bankomaten, keine Belastung der Kreditkarte, gar nichts!« Martin Läubli war verblüfft. Wie sein Chef Hans Spörri war auch er davon ausgegangen, dass Stefan Wicki untergetaucht war. Vielleicht wegen psychischer Probleme, vielleicht aber auch, weil er Schwierigkeiten mit alten Bekannten aus der Drogenszene hatte. Schulden vielleicht. Oder er hatte für einen Dealer Drogen transportiert und etwas abgezweigt? Egal, was es war: das SMS an Anita Steinmann deutete in den Augen der beiden Polizisten in eine solche Richtung.

Natürlich wäre auch ein Selbstmord denkbar, doch in diesem Fall hätte man Stefan Wicki wohl längst gefunden.

Und weil sie überzeugt waren, dass Wicki untergetaucht war, unternahmen Spörri und Läubli zunächst nicht viel. Sie liessen sich von der Bank, bei der Stefan Wicki Kunde war, über Kontobewegungen und die Benutzung der Kreditkarte informieren. Sie waren überzeugt, dass Wicki nach ein paar Tagen Geld abheben oder etwas mit der Kreditkarte bezahlen würde. Und sobald es so weit war, konnten sie den Fall zu den Akten legen.

Als die Bank aber gut zehn Tage nach dem SMS an Anita Stadelmann noch immer keine Kontobewegungen meldete, kamen bei Martin Läubli Zweifel auf: »Ich frage mich, ob da nicht doch etwas passiert ist«, sagte er zu seinem Chef.

Hans Spörri schlug vor, Läubli solle mit den Nachbarn und den Arbeitskollegen von Stefan Wicki sprechen.

»Und? Was hast du herausgefunden?«, fragte Hans Spörri, als Martin Läubli einige Stunden später zurückkam.

»Sonderbare Sache«, antwortete Läubli. »Dieser Stefan Wicki ist hier im Kanton aufgewachsen. Er verlor beide Eltern bei einem Autounfall und zog dann zu seiner Tante. Er lebte danach etwa zwanzig Jahre im Kanton Bern und war in dieser Zeit wohl lange drogenabhängig. Nach einem erfolgreichen Entzug kehrte er kürzlich hierher zurück. Wahrscheinlich, um sich von seinem Drogen-Umfeld zu lösen. Er bekam hier einen Job im Seilbahnmuseum und lebte ziemlich unauffällig. Weder die Nachbarn noch die Arbeitskollegen wissen, was er in der Freizeit machte, ob er irgendwelche Hobbys hatte oder mit wem er Kontakt hatte.«

»Warum findest du das sonderbar? Wenn er erst kürzlich hierher gezogen ist, erstaunt es mich nicht so, dass man nicht so viel über ihn weiss. Wahrscheinlich muss er sich ein neues Umfeld aufbauen.«

»Ja klar, du hast Recht. Das ist nicht so erstaunlich. Sonderbar finde ich etwas anderes: Er hat einen 100%-Job im Seilbahnmuseum, aber seine Arbeitskolleginnen und -kollegen sagen, er sei nicht regelmässig dort gewesen. Sie wissen nicht, was seine Aufgaben im Museum waren.«

»Und was sagt sein Chef?«

»Seine Chefin. Die Direktorin des Museums hat heute frei. Morgen ist sie wieder im Büro. Und ihr Stellvertreter war auch nicht da. Der Stellvertreter, das ist übrigens Ernst Stadelmann. Du weisst schon, der ehemalige Chef der

150

Seilbahnfabrik. Nach dem Verkauf der Fabrik hat er das Museum gegründet. Er ist jetzt stellvertretender Direktor und Finanzchef.«

Am nächsten Morgen waren Hans Spörri und Martin Läubli pünktlich zur Museumsöffnung um 9:00 Uhr im Seilbahn-museum. Die Direktorin war noch nicht dort, dafür aber Ernst Stadelmann, der Gründer des Seilbahnmuseums.

»Wir möchten Ihnen ein paar Fragen über Stefan Wicki stellen«, begann Hans Spörri das Gespräch.

»Was wollen Sie denn noch wissen? Hat Ihnen meine Tochter nicht schon alles erzählt, was Sie wissen müssen?«

»Wir wissen noch wenig über Freunde und andere wichtige Kontakte von Stefan Wicki. Mit wem verbringt er seine Freizeit? Ist er in irgendwelchen Vereinen?«

»Oh, da kann ich Ihnen ganz sicher nicht mehr sagen als meine Tochter. Sie kannte ihn besser als ich. Hoppla – besser gesagt: sie *kennt* ihn besser als ich. Wollen wir doch hoffen, dass Sie ihn wohlbehalten wiederfinden!«

»Was ist eigentlich genau seine Aufgabe hier im Museum?«

»Wissen Sie, wir haben ja hier ziemlich schwere Ausstellungsstücke. Eine seiner wichtigsten Aufgaben hier im Museum ist, schwere Sachen zu transportieren. Sonst haben wir ja vor allem Frauen, die hier arbeiten.«

»Und das ist ein Vollzeitjob?«, fragte Martin Läubli dazwischen.

»Wie kommen Sie darauf, dass es keiner sein soll?«

»Die Mitarbeiterinnen, die gestern hier waren, haben mir gesagt, dass Stefan Wicki nur selten im Museum ist. Und dass sie nicht genau wissen, was seine Aufgabe ist.«

»Ach, diese Weiber! Ich habe mir extra Zeit genommen, um das in der Teamsitzung zu erklären. Und dann hören diese Hühner einfach nicht zu und erzählen irgendwelchen Quatsch. Wissen Sie, es ist gar nicht so einfach, brauchbares Personal zu bekommen. Also, die Sache ist so: Ich bin neben meinem Engagement für das Seilbahnmuseum noch Präsident von zwei Vereinen. Der eine Verein führt regelmässig Veranstaltungen durch und mietet dafür Räume hier auf dem Gelände, das dem Museum gehört. Der andere Verein ist ein Schützenverein. Für den haben wir in einer alten Lagerhalle eine Anlage eingerichtet, wo man Schiesstrainings machen kann. Beide Vereine zahlen dem Seilbahnmuseum ziemlich viel Miete. Und im Gegenzug unterstützen wir die beiden Vereine logistisch und administrativ. Stefan Wicki ist, genau gleich wie übrigens auch mein Sohn Michael, zwar beim Seilbahnmuseum angestellt, hat aber mit dem operativen Museumsbetrieb nicht viel zu tun. Höchstens wenn wir mal ein paar kräftige Arme brauchen. Sonst kümmert er sich vor allem darum, dass unsere beiden grossen Mieter optimale Bedingungen haben. Das ist halt viel Abendarbeit. Deshalb ist er tagsüber nicht so viel hier. Wissen Sie: Wir brauchen die Mieteinnahmen der beiden Vereine unbedingt für das Überleben des Museums. Allein von den Eintrittsgeldern der Museumsbesucher kann man die hohen Kosten nicht decken. Da sind wir froh, um das grosse Gelände, das es uns ermöglicht, durch Vermietungen zusätzliche Einnahmen zu generieren.«

»Ich verstehe«, antwortete Hans Spörri. »Warum haben Sie denn das nicht gleich gesagt?«

»Entschuldigung, wahrscheinlich habe ich Sie falsch verstanden. Haben Sie nicht zuerst nach seinen Aufgaben *im Museum* gefragt? Hier im Museum ist es eben der Transport von schweren Gegenständen. Aber das macht nur einen kleinen Teil der Arbeitszeit aus.«

»Ich denke, das ist alles, was wir im Moment von Ihnen wissen müssen, Herr Stadelmann«, sagte Spörri. »Wir würden noch gern mit Ihrem Sohn und mit der Museums-direktorin reden. Vielleicht wissen die ja noch etwas, was uns weiterhilft.«

»Finden Sie nicht, dass Sie ein wenig übertreiben? Ich meine, ich mag Stefan Wicki ja. Aber seien wir ehrlich: Das ist ein Drogensüchtiger, der den Sprung zurück ins normale Leben nicht geschafft hat. Und der sich offensichtlich irgendwo verkrochen oder umgebracht hat. Hat unsere Polizei nichts Sinnvolleres zu tun? Ich habe erst gestern wieder gelesen, wie viele kriminelle Ausländer es in der Schweiz gibt. Sie würden Ihre Zeit besser dafür einsetzen, etwas dagegen zu tun! Ich muss mal mit meinem alten Parteifreund Adrian Rickenbacher darüber reden.«

23

Dienstag, 19. Juli, Nachmittag

»Ich vermute«, sagte ich, »Stefan Wicki hat die Waffen, mit denen er gehandelt hat, im Schiesskino oder sonst irgendwo auf dem Gelände gelagert. Und jemand hat das gesehen und herumerzählt.«

»Klingt plausibel«, stimmte Alexandra zu. Sie sass mit Luca, Claudia und mir in unserem Teambüro und hatte gerade erfahren, was wir am Vormittag von der Museumsdirektorin und von Hans Spörri erfahre hatten. »Wahrscheinlich«, fuhr sie fort, »hat Wicki vom Gerücht gehört und deshalb ein neues Versteck gesucht. Vielleicht war der Keller von Frau Hebeisen eine Notlösung, weil sein altes Versteck aufgeflogen ist.«

»Mich würde ja interessieren, warum Rickenbacher damals zum Schluss gekommen ist, an dem Gerücht sei nichts dran. Wir sollten ihn das mal fragen«, schlug Luca vor.

Damit brachte er mich in Verlegenheit. Denn ich hatte mich entschieden, dem Wunsch meines Chefs entsprechend zumindest vorerst auf eine Befragung von Rickenbacher zu verzichten, wollte aber meinem Team nichts über die Diskussion mit Baumann erzählen. Deshalb bog ich die Fakten etwas zurecht: »Ich habe mir das auch überlegt und mit dem Kommandanten darüber gesprochen. Wir sind zum Ergebnis gekommen, dass es nicht angebracht ist. Es würde den Eindruck erwecken, dass wir Rickenbacher unterstellen, er hätte etwas verheimlicht. Und dafür gibt es ja keine Hinweise.«

»Mir geht es nicht darum, ihm irgendetwas vorzuwerfen«, warf Luca ein. »Wir könnten ihn doch einfach danach fragen, wie er damals vorgegangen ist und was er herausgefunden hat.«

»Wie gesagt: Ich finde es heikel und im Moment haben wir zu wenig Anlass dazu. Im Moment verzichten wir auf eine Befragung von Rickenbacher.«

Alexandra setzte an, um auch etwas zu sagen, doch als sie mich anschaute und meinen beschwichtigenden Blick sah, atmete sie stumm wieder aus.

Ich nutzte die Gelegenheit, um die Diskussion zu diesem Thema zu beenden, indem ich sagte: »Gut, dann sprechen wir am Donnerstagnachmittag mit Stadelmann und danach sehen wir weiter.«

Es war spürbar, dass Luca meinen Entscheid bezüglich einer Befragung von Rickenbacher nicht nachvollziehen konnte. Aber er sagte nichts mehr.

»Warum nutzt ihr nicht die Zeit, bis Stadelmann zurück ist, und befragt schon mal seine Tochter und seinen Sohn«, schlug Alexandra vor. »Die beiden sind doch etwa gleich alt wie Stefan Wicki. Die könnten doch wissen, mit wem er Kontakt hatte.«

»Das haben wir uns auch schon überlegt«, antwortete ich. »Die Tochter hat ja das Verschwinden von Stefan Wicki gemeldet. Allerdings wurde sie befragt und es ist nichts dabei herausgekommen. Weil Ernst Stadelmann bezüglich der Befragungen interveniert hat, denke ich, dass er vielleicht mehr weiss, als er bisher gesagt hat. Dann ist es gut, wenn wir ihn am Donnerstag überraschen können. Ich möchte vermeiden, dass er vorher von seinen Kindern erfährt, dass wir wieder zum Fall Wicki ermitteln.«

»Tönt gut«, stimmte Alexandra zu. Einen Moment lang sassen alle schweigend da. Dann fragte Alexandra: »Irgendetwas Neues von *fedpol*?«

»Nein, ich habe nichts mehr gehört«, antwortete ich.

»Hätte diese *Fussball-Mafia* tatsächlich in einem Fussballstadion auf Leute geschossen, wenn die Clubs kein Schutzgeld bezahlt hätten?«, fragte Claudia mit sorgenvoller Miene. »Ich kann das nicht fassen. Wisst ihr, mein Bruder ist ein leidenschaftlicher Fussballfan. Er geht häufig zusammen mit seinen beiden Kindern ins Stadion. Natürlich weiss ich, dass es in einem Fussballstadion nicht ganz ungefährlich ist, aber ich hätte nie vermutet, dass Verbrecher mit Waffen im Stadion sind.«

»Wahrscheinlich werden wir nie erfahren, was sie unternommen hätten, wenn die Clubs nicht bezahlt hätten«, sagte ich. »Was mich aber auch nachdenklich macht: Diese *Fussball-Mafia* konnte ja mehr oder weniger problemlos Waffen und Munition beschaffen. Wenn das stimmt, was Said Osman ausgesagt hat, dann konnten sie bei Stefan Wicki lediglich eine Pistole kaufen, bis der Kontakt abbrach. Aber offensichtlich ist es ihnen danach problemlos gelungen, auch über andere Kanäle Waffen zu kaufen.«

»Wie problemlos es wirklich war«, wandte Alexandra ein, »wissen wir ja nicht. Immerhin ist zwischen dem Kontakt mit Stefan Wicki und dem Beginn der Erpressungen fast ein Jahr vergangen. Vielleicht hätten sie früher begonnen, wenn sie schneller an Waffen gekommen wären.«

»Man müsste mehr gegen den illegalen Waffenhandel tun«, ergänzte ich. »Den wichtigsten und interessantesten Job hat diesbezüglich ja *fedpol*. Aber wir können wenigstens versuchen herauszufinden, wo Stefan Wicki seine Waffen beschafft hat und wem er sie sonst noch verkauft hat.«

»Einverstanden. Und dabei wäre es wahrscheinlich hilfreich, mit Adrian Rickenbacher zu sprechen«, warf Luca mit leicht zynischem Unterton ein.

»Luca«, erwiderte ich, »es bringt nichts, weiter darüber zu diskutieren. Eine Befragung von Rickenbacher würde den Eindruck erwecken, dass wir seine Abklärungen in Frage stellen. Da er damals Justiz- und Polizeidirektor war, ist das heikel. Ohne konkretere Anhaltspunkte haben wir nicht genügend Anlass für eine Befragung. Wir machen so weiter wie besprochen: Morgen sichten wir noch einmal alles, was wir über Stefan Wicki haben. Und am Donnerstagnachmittag, wenn Ernst Stadelmann wieder in der Schweiz ist, befragen wir ihn. Vielleicht kann er uns doch noch etwas über Kontakte von Stefan Wicki sagen. Ausserdem würde mich interessieren, ob er etwas über die illegalen Machenschaften seines Mitarbeiters wusste.«

»Werdet ihr Stadelmann von den gefundenen Waffen erzählen?«, fragte Alexandra.

»Nein, auf keinen Fall. Wir machen es wie bei der Museumsdirektorin: Wir behaupten, dass wir routinemässig ungelöste Fälle prüfen.«

»Und wie willst du herausfinden, ob er etwas vom Waffenhandel wusste, ohne ihm von den Waffen zu erzählen?«

»Ich hoffe, wir merken es, falls er uns etwas verheimlicht.«

»Dein Vorgänger hatte nicht den Eindruck, dass etwas nicht stimmt«, stellte Alexandra trocken fest.

»Ja, er nicht, aber Martin Läubli schon«, antwortete ich. »Mal sehen, was für einen Eindruck Luca und ich bekommen.«

24

Donnerstag, 21. Juli, Vormittag

Seit Tagen war es drückend heiss in der Stadt. In meiner Wohnung hatte ich die Temperatur nicht unter 25 Grad gebracht, obschon ich die Fenster die ganze Nacht geöffnet hatte. Entsprechend schlecht hatte ich geschlafen. Obwohl ich erst spät ins Büro kam, war ich alles andere als ausgeschlafen.

Hinzu kam, dass ich keinen Grund sah, mich zu beeilen. Die Sichtung und Besprechung aller Akten hatte uns am Mittwoch keine wesentlichen Erkenntnisse gebracht. Und Ernst Stadelmann, der uns am ehesten helfen konnte, kam erst am Nachmittag von seiner Auslandreise zurück.

Auch im Büro war es in den letzten Tagen deutlich wärmer geworden. Es war noch einigermassen erträglich, aber da wir keine Klimaanlage hatten, konnte sich das bald ändern.

Um halb zehn rief Alexandra an. »Guten Morgen, Markus. Ich brauche deine Unterstützung«, sagte sie ohne lange Einleitung.

»Was kann ich für dich tun?«

»Ich wäre froh, wenn du mich zu einem Gespräch begleiten könntest.«

»Ja klar, kann ich machen. Mit wem denn?«

»Rickenbacher«, sagte sie knapp und relativ leise.

»Rickenbacher?«, fragte ich. »*Der* Rickenbacher? Der frühere Justiz- und Polizeidirektor?«

»Ja genau, *der* Rickenbacher.«

»Ok…«, sagte ich und wartete auf weitere Erklärungen.

»Bei unserer Besprechung vorgestern hat ja jeder gemerkt, dass du genauso gerne mit ihm reden möchtest wie Luca«, fuhr Alexandra fort. »Aber offenbar hat dein Chef etwas dagegen.«

Es war sinnlos, zu widersprechen. Also schwieg ich, bis Alexandra fortfuhr.

»Naja, ich kenne Rickenbacher ein wenig. Also nicht richtig, aber ich hatte zwei, drei Mal mit mir zu tun, als er noch im Amt war. Er weiss zumindest, wer ich bin. Und da habe ich mir gedacht, ich könnte ihn ja einfach formlos zuhause besuchen, privat sozusagen, und ihn fragen, wie das damals gelaufen ist und was er herausgefunden hat.«

Ich war völlig überrascht. Das hatte ich nun wirklich nicht erwartet. Alexandra war einfach so zum ehemaligen Justiz- und Polizeidirektor gefahren und hatte an seiner Tür geklingelt. Natürlich konnte es ihr als Staatsanwältin egal sein, was der Polizeikommandant von ihrem Vorgehen hielt, aber trotzdem konnte ihr das ziemlich grossen Ärger bringen. Dass sie es trotzdem gemacht hatte, beeindruckte mich tief.

Als ich mich wieder gefangen hatte, fragte ich: »Und? Was hat er gesagt?«

»Nichts. Oder genauer gesagt, nicht viel. Er war ziemlich abweisend. Das sei lange her, er könne sich nicht genau erinnern und so.«

»Hattest du den Eindruck, dass er sich wirklich nicht erinnern kann, oder war das eine Ausrede?«

»Eindeutig eine Ausrede. Deshalb habe ich ihm vom Waffenfund erzählt und vom Zusammenhang zwischen den Waffen und Stefan Wicki.« Und wie um sich gegen allfällige Vorwürfe zu schützen, schob sie hinterher: »Ich habe aber nichts über die Verbindung zwischen Stefan Wicki und den verhafteten Erpressern gesagt.«

»Und?«, fragte ich.

»Zuerst gar nichts. Er ist nicht darauf eingegangen, hat sich höflich entschuldigt, dass er mir nicht weiterhelfen kann und mich dann freundlich verabschiedet. Oder anders gesagt: Er hat mich einfach freundlich hinausgeworfen. Aber vor zehn Minuten hat er mich angerufen und mich gebeten, noch einmal zu ihm zu kommen.«

»Interessant… Plagt ihn das schlechte Gewissen?«

»Keine Ahnung. Oder er will mir irgendeine Lügengeschichte erzählen und mich davon abbringen, dass wir weiter ermitteln… Naja, vielleicht überlege ich mir auch zu viel. Vielleicht ist ihm lediglich wieder eingefallen, wie das damals gelaufen ist. Oder er hat seine Unterlagen dazu gefunden. Oder was weiss ich.«

»Alles möglich. Hat er gar keine Andeutungen gemacht?«

»Nein, gar nichts. Auf jeden Fall möchte ich da nicht allein hingehen. Mein Vorgehen war ja ohnehin schon unkonventionell. Egal, was jetzt kommt: ich möchte dafür einen Zeugen haben. Kannst du mich begleiten?«

»Von mir aus gerne. Weiss er, dass ich mitkomme?«

»Nein, aber das ist mir egal. Holst du mich mit dem Auto ab?«

Nachdem ich das Gespräch beendet hatte, schaute mich Luca fragend und zugleich herausfordernd an. Offensichtlich hatte er mitgehört, dass ich mit Alexandra über Rickenbacher sprach.

»Alexandra hat ein Gespräch mit Rickenbacher vereinbart«, sagte ich, während ich aufstand, um mich auf den Weg zu machen. Luca staunte und schmunzelte, sagte aber nichts.

»Ich nehme an, das dauert nicht allzu lange. Spätestens am Mittag bin ich wieder zurück.«

Während ich das Gebäude verliess, dachte ich über Alexandra nach. Ich bewunderte ihr Vorgehen und schämte mich ein wenig, dass ich nicht selbst den Mut aufgebracht hatte, mich über die Meinung meines Chefs hinwegzusetzen und Rickenbacher zu befragen. Halbherzig redete ich mir ein, dass es für Alexandra einfacher war als für mich: Baumann war nicht ihr Vorgesetzter und *ihr* hatte niemand gesagt, dass sie nicht mit Rickenbacher reden solle. Aber natürlich wusste ich, dass es trotzdem Courage gebraucht hatte und auch sie sich damit Ärger einhandeln konnte.

Mir wurde bewusst, dass es ein Fehler gewesen war, das Vorgehen mit meinem Chef zu besprechen. Es war ja nicht so, dass Baumann verlangte, dass ich mich mit ihm absprach. Aber wenn ich ihm von meinen Absichten erzählte, dann sagte er seine Meinung. Und der Umstand, dass er das jeweils sehr pointiert tat, machte es für mich schwierig, mich darüber hinwegzusetzen.

Kurz darauf stand ich zusammen mit Alexandra vor der Haustür von Adrian Rickenbacher. Der frühere Justiz- und

Polizeidirektor wohnte in einem älteren, kleinen und gepflegt wirkenden Reiheneinfamilienhaus in Rapsfelden.

»Soweit ich weiss, ist er alleinstehend«, hatte mich Alexandra auf der Fahrt informiert.

Als er die Tür öffnete, war Rickenbacher offensichtlich irritiert, denn er hatte nicht erwartet, dass Alexandra eine Begleitung mitbrachte.

Rickenbacher war, wie ich dank Google wusste, Mitte Fünfzig. Er war auffallend klein, eher etwas kräftig gebaut und hatte dunkelblonde, leicht rötliche Haare. Ich kann nicht erklären warum, aber auf jeden Fall vermittelte seine Erscheinung auf mich den Eindruck, dass er ein sympathischer Kerl war, auch wenn er im Moment offensichtlich verärgert war, weil Alexandra nicht alleine erschienen war.

»Hallo Adrian«, begrüsste Alexandra ihn, was mich etwas überraschte, da ich nicht erwartet hatte, dass die beiden per Du waren. »Das ist Markus Goldbacher. Er ist der neue Leiter der Kriminalpolizei. Der Nachfolger von Hans Spörri. Ich habe ihn gebeten, mich zu begleiten.«

»Guten Tag Herr Goldbacher«, sagte Rickenbacher kühl. Und zu Alexandra gewandt: »Gibt das jetzt ein Verhör?«

»Nein, nein«, antwortete Alexandra und bemühte sich, unbeschwert zu wirken. »Herr Goldbacher leitet die Ermittlungen zu den gefundenen Waffen und zum Verschwinden von Stefan Wicki. Was auch immer du mir erzählen wirst: es wird Herrn Goldbacher interessieren. Und da habe ich mir gedacht, statt dass ich ihm dann etwas falsch oder unvollständig weitererzähle, bringe ich ihn besser gleich mit.«

Adrian Rickenbacher brummte etwas Unverständliches, trat zur Seite und liess uns eintreten. Während er uns in sein Wohnzimmer führte, beobachtete ich ihn, um zu erkennen, was für eine schwere Krankheit ihn im Vorjahr zum Rücktritt aus dem Regierungsrat bewegt hatte. Aber auf den ersten Blick wirkte er kerngesund und auch an seinen Bewegungen sah ich nichts Auffälliges.

Das Wohnzimmer umfasste einen Bereich mit einem kleinen Sofa, Wohnwand, Fernseher und Stereoanlage, sowie einen Teil mit einem eleganten Esstisch aus Glas. Rickenbacher setzte sich an den Tisch und deutete wortlos auf die Stühle auf der gegenüberliegenden Seite.

Nachdem Alexandra und ich uns gesetzt hatten, begann Rickenbacher zu Alexandra gewandt: »Weisst du, Alexandra, seit du vorgestern hier warst, habe ich zwei Nächte praktisch nicht geschlafen. Seit du mir von diesem Waffenfund erzählt hast, frage ich mich, ob ich damals etwas hätte anders machen müssen. Weisst du, am Anfang war ich überzeugt, dass es Ernst Stadelmann wirklich nur darum ging, die Ressourcen der Polizei sinnvoll einzusetzen. Oder zumindest so, wie er es für sinnvoll hielt.«

»Du hattest nicht den Eindruck, dass Stadelmann mit seiner Intervention die Ermittlungen stoppen wollte?«, fragte Alexandra erstaunt.

»Doch, das schon. Aber ich wäre nie auf die Idee gekommen, dass er damit irgendwelche persönlichen Interessen verfolgt… Später kamen mir schon Zweifel. Später habe ich mich gefragt, ob Stadelmann mein Vertrauen missbraucht und mich über den Tisch gezogen hat… Ich weiss es nicht sicher. Aber jetzt, wo ihr diese Waffen gefunden habt, bin ich fast sicher, dass er mir etwas verschwiegen hat.«

Er zögerte einen Moment, schwenkte seinen Blick von Alexandra zu mir und sagte dann zu mir gewandt: »Herr…«

»Goldbacher.«

»Ja, genau, Goldbacher. Ich erzähle Ihnen alles, was ich weiss. Aber… Können Sie mich aus dieser Sache heraushalten? Ich schwöre Ihnen, dass ich nichts Illegales gemacht habe.«

Ich zögerte einen Augenblick und überlegte, wie ich entgegenkommend sein konnte, ohne etwas zu versprechen, was ich nicht halten konnte. Zumindest nicht, wenn ich meine Verantwortung wahrnehmen wollte.

»Im Moment weiss ich ja noch gar nicht, was Sie uns erzählen werden und aus was ich Sie raushalten soll. Aber ich werde das, was Sie uns sagen, weder aufzeichnen noch protokollieren. Und falls es sich vermeiden lässt, werde ich auch niemandem sagen, woher ich das weiss, was Sie uns berichten.«

Rickenbacher überlegte einen Moment. Dann nickte er: »Gut. Dann fange ich am besten ganz vorne an.«

25

Vor etwa zwei Jahren

»Du, Adrian, kann ich dich kurz sprechen?«

Adrian Rickenbacher schaute den Mann an, der sich nach dem Ende Parteiversammlung an ihn gewandt hatte. Offensichtlich ein Parteifreund; Rickenbacher erinnerte sich, ihn auch schon gesehen zu haben, wusste aber den Namen nicht. So erging es ihm häufig, seit er in die Kantonsregierung gewählt worden war. Ständig wollte jemand etwas von ihm, dem Regierungsrat und Justizdirektor. Und jeder, der schon einmal mit ihm gesprochen hatte, erachtete es als selbstverständlich, dass sich Rickenbacher an ihn erinnerte. Weil Rickenbacher keine Lust hatte, ständig zu sagen, dass er nicht wusste, wer sein Gegenüber war, hatte er sich angewöhnt, solche Situationen wenn möglich einfach zu überspielen.

»Ja klar, was kann ich für dich tun«, antwortete er deshalb einfach.

»Können wir vielleicht kurz nach dort drüben gehen, wo es etwas ruhiger ist?«

Er führte Rickenbacher zu einem etwas abseits gelegenen Stehtisch, während die übrigen Parteimitglieder entweder den Saal verliessen oder in Gespräche vertieft waren. Dann fuhr er fort: »Weisst du, mein Anliegen ist etwas delikat. Ich muss dir etwas erzählen. Aber mir ist wichtig, dass niemand erfährt, von wem du das weisst. Das geht doch sicher, oder?«

»Ja, klar«, antwortete Rickenbacher und dachte für sich: »Das geht sogar ausgezeichnet, weil mich ohnehin nicht erinnere, wer du bist.«

»Also, es geht um Folgendes«, fuhr der unbekannte Parteikollege fort, »du kennst ja Ernst Stadelmann.«

»Ja, klar. Was ist mit ihm?«

»Du hast ja sicher auch schon gehört, dass er diesen Verein gegründet hat, den *Bund der Tellensöhne*.«

»Ja, ist das nicht dieser Verein von ziemlich radikalen Patrioten, die regelmässig Veranstaltungen durchführen, wo sie über die vielen Ausländer lamentieren?«, fragte Rickenbacher.

»Genau.«

»Ich habe schon von diesen Veranstaltungen gehört. Und davon, dass Ernst dort dabei ist. Aber ich wusste nicht, dass er den Verein gegründet hat. Aber wundern tut mich das nicht: Wir wissen ja, dass Ernst bezüglich Ausländern ziemlich radikale Ansichten hat.«

Tatsächlich kannte Adrian Rickenbacher die radikal kritische Haltung von Ernst Stadelmann gegenüber Ausländern bestens. Er selbst vertrat auch die Meinung, dass sich Ausländerinnen und Ausländer integrieren mussten, wenn sie in der Schweiz leben wollten. Und auch er fand, die Polizei müsste wirksame Mittel haben, um die Schweiz vor einer Zunahme der Kriminalität zu schützen, egal ob es sich um ausländische oder Schweizer Kriminelle handelte. Aber seine Politik war in diesem Bereich viel differenzierter und pragmatischer als diejenige von Stadelmann. Wohl deshalb, weil Rickenbacher nicht jeden

Mann mit Turban und jede Frau mit Kopftuch gleich als Bedrohung für die Schweiz und ihre Traditionen einstufte.

Abgesehen von den unterschiedlichen Haltungen in Ausländerfragen schätzte Adrian Rickenbacher seinen Parteifreund Stadelmann. Einerseits weil Stadelmann beim Verkauf seiner Seilbahnfirma dafür gesorgt hatte, dass ein Teil der Arbeitsplätze im Kanton erhalten blieb. Andererseits auch, weil sich Stadelmann nach seiner Niederlage in der parteiinternen Vorauswahl loyal verhalten und die Kandidatur von Adrian Rickenbacher unterstützt hatte.

»Weisst du, mein Bruder macht beim *Bund der Tellensöhne* mit«, fuhr der Gesprächspartner fort, während Rickenbacher immer noch vergeblich versuchte, sich an den Namen zu erinnern. »Und auch beim *PatSchüV*, dem Patriotischen Schützenverein, der auch noch dort angegliedert ist. Mein Bruder hat mir davon erzählt und wollte mich dafür gewinnen, auch mitzumachen. Ich war auch ein paar Mal an Veranstaltungen, aber das ist nichts für mich: Die sind mir zu extrem. Sehen in jedem Ausländer einen Verbrecher und in jedem gemässigten Politiker einen Verräter.«

Er machte eine kurze Pause. Rickenbacher sah ihn fragend an, weil ihm völlig unklar war, was das Ganze mit ihm zu tun hatte.

»Weisst du, mein Bruder hat mir erzählt, dass der *Bund der Tellensöhne* die Schweiz vor der Überfremdung retten will. Und beim *PatSchüV* lagern sie Waffen und führen Trainings durch, bei denen es um den Kampf gegen Kriminelle und Terroristen geht. Für mich klang das fast,

168

wie wenn die eine bewaffnete Bürgerwehr aufbauen. Weisst du, ich befürchte, dass mein Bruder da in etwas Illegales hineingerät. Ich will nicht, dass die plötzlich irgendwelche Selbstjustiz-Aktionen starten und er dort mitmacht.«

»Ja klar, das verstehe ich«, pflichtet Rickenbacher bei.

»Und da dachte ich: Wenn sich da etwas Illegales anbahnt, dann bist du als Justizdirektor ja dafür zuständig. Kann man denen nicht mal auf die Finger schauen, bevor mein Bruder in eine blöde Sache hineingerät?«

»Ja, klar. So wie du das schilderst, muss man dem sicher mal nachgehen.«

»Aber sag bitte niemandem, woher du die Informationen hast. Weisst du, ich will keinen Ärger mit meinem Bruder. Und auch nicht, dass er Ärger bekommt.«

»Kein Problem, ich halte dich da raus«, versprach Rickenbacher.

»Danke. Gibst du mir mal Bescheid?«

»Entschuldige, aber das geht natürlich nicht. Du kannst dich darauf verlassen, dass ich der Sache nachgehe und alles Nötige unternehme. Aber wenn ich dir über die Erkenntnisse berichten würde, wäre das Amtsgeheimnis-verletzung. Das geht natürlich nicht.«

»Natürlich, das verstehe ich. Das habe ich mir nicht überlegt. Aber danke, dass du dich darum kümmerst, Adrian. Und noch einen schönen Abend.«

Als der Parteikollege ging, blieb Adrian Rickenbacher noch einen Augenblick stehen und dachte nach. Natürlich war Ernst Stadelmann sehr ausländerkritisch, vielleicht sogar ausländerfeindlich. Manche würden sogar sagen, ein Rassist. Aber er war auch ein engagierter Patriot und ein rechtschaffener Bürger. Adrian Rickenbacher glaubte nicht, dass Stadelmann an irgendwelchen illegalen Machenschaften beteiligt war. Wahrscheinlich hatte sich der Bruder seines Informanten nur aufspielen wollen. Natürlich musste Rickenbacher dem nachgehen, aber es war ihm schon im Voraus klar, dass da nichts dabei herauskommen würde.

Ernst Stadelmann war ein wenig unruhig, als er das alte Steinhaus betrat, in dem die Justizdirektion ihre Büros hatte. Die Sekretärin von Adrian Rickenbacher hatte ihn angerufen und ausgerichtet, der Herr Justizdirektor würde ihn gerne in seinem Büro zu einem kurzen Gespräch empfangen. Worum es denn gehe, hatte Stadelmann gefragt, doch die Sekretärin sagte, dass sie das leider nicht wusste.

So wusste er nicht, was auf ihn zukommen würde. Aber er ahnte, dass es um seine beiden Vereine gehen könnte. Um den *Bund der Tellensöhne* und um den *PatSchüV*, den patriotischen Schützenverein. Denn um Privates konnte es kaum gehen. Stadelmann hatte eigentlich nie Kontakt mit Rickenbacher. Ausser dass sie in der gleichen Partei waren und sich ab und zu an Veranstaltungen begegneten. Aber das war viel seltener der Fall, weil Stadelmann seit dem Scheitern seiner Regierungsrats-Kandidatur praktisch nie mehr an Partei-Anlässen teilgenommen hatte.

Wenn sich Ernst Stadelmann und Adrian Rickenbacher begegnet waren, dann gingen sie immer respektvoll und freundlich miteinander um. Aber es war keine persönliche Freundschaft und die Konkurrenzsituation im Regierungsrats-Wahlkampf hatte die Distanz zwischen den beiden noch etwas vergrössert.

»Guten Morgen Ernst«, begann Adrian Rickenbacher das Gespräch, nachdem seine Sekretärin den Besucher in sein Büro gelassen und die Türe von aussen wieder geschlossen hatte. »Schön, dass du es dir einrichten konntest.«

Rickenbacher erhob sich von seinem Arbeitsplatz, schüttelte Stadelmann kurz und kräftig die Hand und setzte sich mit ihm an den Besprechungstisch, der sich gleich neben der Tür des grossen Büros des Justizdirektors befand.

Stadelmann war noch immer etwas verunsichert, weil er nicht wusste, was Rickenbacher von ihm wollte. Doch er liess sich das nicht anmerken. »Guten Tag Adrian«, begrüsste er Rickenbacher. Wir haben uns ja lange nicht gesehen. Was kann ich für dich tun?«

»Ja, es ist so: Ich habe dich eingeladen, um etwas mehr über den *Bund der Tellensöhne* zu erfahren. Du bist ja dort aktiv, habe ich gehört.«

»Ja, ich bin der Präsident. Warum interessierst du dich dafür?«

»Ich habe in letzter Zeit ein paar Mal über den Verein gehört. Und als Regierungsmitglied muss man ja darüber informiert sein, was im Kanton läuft.«

»Was hast du denn über uns gehört?«

»Eben leider nicht viel Konkretes. Da habe ich mir gedacht, ich lade dich mal zu mir ein, damit du mir aus erster Hand erzählen kannst.«

»Also. Wir sind ein Verein von Patrioten und verstehen es als unsere Aufgabe, die Tugenden von Wilhelm Tell weiterzuführen. Deshalb der Name. Wir wollen uns für die Freiheit der Schweiz einsetzen.«

171

»Und was heisst das konkret? Was macht ihr denn?«

»Ja gut, so viel Besonderes eigentlich nicht. Wir sind halt ein Verein. So wie es tausende Vereine in der Schweiz gibt. Bei uns treffen sich Leute, die eine ähnliche politische Haltung haben, sitzen gemütlich zusammen und tauschen sich aus. Wir machen Veranstaltungen, wo wir meistens jemanden einladen, der einen Vortrag hält. Und danach sitzen wir noch zusammen und trinken ein Bier. Ganz entspannt und gemütlich. Wenn du willst, darfst du ruhig auch mal kommen.«

Adrian Rickenbacher ignorierte die Einladung und fuhr fort: »Ich habe aber noch nie gehört, dass sich euer Verein zu politischen Themen äussert.«

»Ja, wir sind halt keine Partei, sondern ein einfacher Verein. Ein Ort, an dem Leute gerne ihre Freizeit verbringen. Natürlich sprechen wir über Politik. Auch darüber, welche Politiker sich besonders für die Schweiz einsetzen und gewählt werden sollen. Aber das sind interne Gespräche. Wir wollen keine Wahlempfehlungen veröffentlichen.«

»Interessant. Und wie viele Mitglieder hat der Verein?«

»Auf dem Papier hat der *Bund der Tellensöhne* nur drei Mitglieder«, antwortete Stadelmann. »Alle anderen sind auf dem Papier nicht Mitglieder, sondern Gönner.«

Rickenbacher schaute Stadelmann überrascht an und Stadelmann fuhr fort: »Mir ist wichtig, dass wir ein Verein bleiben und nicht beginnen, uns wie eine Partei zu verhalten. Ich will den Parteien keine Konkurrenz machen. Wenn jeder Mitglied werden kann, weisst du nie, ob es plötzlich eine Mehrheit gibt, die in irgendeine Richtung will und an der Generalversammlung die Macht übernimmt. Aber solange man nur Gönner werden kann, können die drei Mitglieder allein entscheiden.«

»Verstehe. Und wie viele Gönner habt ihr?«

»Oh, keine Ahnung. Halt vor allem die Leute, die an unsere Veranstaltungen kommen. Die Zahl weiss ich nicht genau. Das verändert sich auch laufend.«

»Aber nur so die Grössenordnung: sind das ein paar Dutzend? Oder hunderte?«

»Noch mehr. Ein paar tausend sind das schon.«

»So viele?«, fragte Adrian Rickenbacher überrascht.

»Ja, schon. Natürlich kommen nicht so viele regelmässig an unsere Veranstaltungen. Aber es gibt viele, die weit entfernt wohnen, nur ganz selten an Veranstaltungen kommen, aber immer einen Gönnerbeitrag zahlen, weil sie das gut finden, was wir machen.«

»Mir war nicht bewusst, dass das eine so grosse Organisation ist. Das ist ja ein richtiges Erfolgsprojekt«, sagte Adrian Rickenbacher. Teils aus ehrlicher Bewunderung, aber auch, um die etwas angespannte Atmosphäre ein wenig aufzulockern.

»Ja«, antwortete Stadelmann, »ich finde es auch erfreulich, wie sich der Verein entwickelt. Aber das ist auch nicht so erstaunlich: Es gibt viele Leute wie ich. Leute, die sich Sorgen machen um die Schweiz, und finden, dass sich die Politiker zu wenig um die Probleme kümmern. Leute, die froh sind, wenn sich endlich jemand für die traditionellen Schweizer Werte stark macht und seine Stimme erhebt gegen Überfremdung, Kriminalität und

Terror. Die Zeit wird kommen, wo die Schweiz froh sein wird um Leute wie uns.«

»Schon gut, ich verstehe ja schon, was du sagen willst, Ernst. Aber in der Realität ist es halt oft komplizierter als man meint. Da braucht alles seine Zeit. Und es braucht Kompromisse, damit man vorankommt. Mit Schlagworten kannst du Stimmung machen, aber keine Probleme lösen.«

Stadelmann überlegte kurz, ob er sich auf eine Diskussion einlassen wollte oder nicht. Aber bevor er sich entschieden hatte, fuhr Adrian Rickenbacher fort: »Du, ich habe noch eine andere Frage: Ich habe gehört, dass bei euch im Verein auch noch Schiessübungen gemacht werden.«

»Nein, da bist du falsch informiert. Der *Bund der Tellensöhne* macht keine Schiessübungen. Aber es gibt noch einen zweiten Verein, bei dem in Präsident bin: der *PatSchüV*.«

»Der *was*?«

»Der *PatSchüV*. Das ist eine Abkürzung. Für *patriotischer Schützenverein*. Den gibt es auch noch nicht so lange. Weisst du, diesen Schützenverein habe ich eigentlich nur gegründet, um das Seilbahnmuseum zu finanzieren. Wir haben auf dem alten Fabrikgelände viel Platz und brauchen nicht alles für das Museum. Deshalb habe ich ein altes Lagerhaus zu einem modernen Schiesskino umbauen lassen. Das vermieten wir jetzt an den Schützenverein. Die Schützen finanzieren so das Seilbahnmuseum. Quersubventionierung, verstehst du?«

»Also *dein* Schützenverein finanziert *dein* Seilbahnmuseum?«, fragte Rickenbacher erstaunt nach.

»Ich bin ja nicht der Schützenverein. Aber die Leute, die in unserer Halle schiessen wollen, sollen etwas an die Kosten des Museums zahlen. Ist doch toll, oder?«

»Interessant. Aber du sagst, dieser *PatSchüV* hat gar nichts mit dem *Bund der Tellensöhne* zu tun.«

»Gar nichts ist vielleicht übertrieben. Gell, auch der *Bund der Tellensöhne* mietet für seine Veranstaltungen Räume des Seilbahnmuseums. Und ich bin bei beiden Vereinen Präsident. Da gibt es natürlich Synergien. Und in beiden Vereinen machen Leute mit patriotischer Haltung mit. Natürlich gibt es einige, die in beiden Vereinen aktiv sind. Aber im Prinzip sind das unabhängige Vereine.«

Stadelmann zögerte einen Augenblick, blickte Rickenbacher an und fragte dann noch: »Sag mal, Adrian, worauf willst du eigentlich hinaus mit deinen Fragen?«

»Ich will auf gar nichts hinaus. Es ist einfach so, dass ich Hinweise aus der Bevölkerung bekommen habe, und deshalb besser verstehen will, was der *Bund der Tellensöhne* genau ist. Und auch der Schützenverein.«

»Was für Hinweise aus der Bevölkerung?«

»Dazu darf ich leider nichts sagen. Aber, weisst du, das ist nichts Ungewöhnliches. Wenn du Justizdirektor bist, melden sich ständig Leute bei dir und wollen dich auf etwas aufmerksam machen, das angeblich illegal ist. In den allermeisten Fällen steckt da nichts dahinter. Aber hinschauen muss man trotzdem, auch wenn es viel Zeit braucht.«

»Und was soll denn angeblich illegal sein bei uns?«

»Wie gesagt: Dazu darf ich nichts sagen… Nur so viel: Offenbar hat es jemanden irritiert, dass es da Waffen gibt und Schiessübungen veranstaltet werden.«

»Der *PatSchüV* ist halt ein Schützenverein. Da wird geschossen. Aber nur im Schiesskino. Und das ist schallisoliert. Wir machen also nicht mal Lärm, der jemanden stören könnte. Und klar – der Verein besitzt ein paar Waffen. Aber alle legal erworben und sorgfältig aufbewahrt. Wir führen da genau Buch. Das kannst du alles überprüfen, wenn du willst.«

»Schon gut, das ist nicht nötig. Ich mache mir da gar keine Sorgen. Deshalb habe ich auch nicht jemanden beauftragt, der Meldung nachzugehen. Ich dachte mir schon, dass sich das alles klärt, wenn wir kurz miteinander reden. Gut, dass du dir Zeit genommen hast, zu mir zu kommen.«

»Ich kann mir schon vorstellen, woher solche Verleumdungen kommen: Irgendwelche Linken oder Ausländer, die am liebsten zuerst die Armee und dann auch noch die Traditionen oder am besten gleich die ganze Schweiz abschaffen möchten«, sagte Stadelmann laut. Er war sichtlich empört.

Adrian Rickenbacher ging nicht darauf ein. Er dankte Ernst Stadelmann und verabschiedete ihn. Als Rickenbacher wieder allein war, überlegte er noch kurz, was er von der Sache halten sollte. Natürlich war Stadelmann mit seinen politischen Ansichten ziemlich extrem. Aber die Aktivitäten der beiden Vereine waren offensichtlich harmlos. Und ob der Schützenverein für jede seiner Waffen die Herkunft belegen konnte, interessierte Rickenbacher nun wirklich nicht.

26

Letztes Jahr, im Februar

Seit Anita Stadelmann zur Polizei gegangen war und Stefan Wicki als vermisst gemeldet hatte waren einige Wochen vergangen. Die Polizei hatte weder Hinweise auf den Aufenthaltsort von Wicki gefunden, noch war irgendwo eine unbekannte Leiche entdeckt, die zur Beschreibung gepasst hätte. Um mehr über den Verschwundenen zu erfahren und herauszufinden, was passiert war, hatte der Polizist Martin Läubli die halbe Belegschaft des Seilbahn-museums befragt. Als dies zu nichts führte, befragten Martin Läubli und Hans Spörri auch noch den Museums-gründer Ernst Stadelmann. Am Tag nach der Befragung durch die Polizei traf sich Ernst Stadelmann mit Adrian Rickenbacher, dem damaligen Justiz- und Polizeidirektor des Kantons.

»Wissen deine Sheriffs eigentlich, dass Leute wie ich mit den Steuern ihren Lohn zahlen?«, fiel Stadelmann gleich mit der Tür ins Haus.

»Was ist denn los?«, fragte der Justizdirektor erschrocken.

»Ach, weisst du, ich habe da einen Mann bei mir im Museum eingestellt. Langjähriger Drogensüchtiger. Meine Tochter hat mich überredet, ihm nach dem Entzug eine Chance zu geben. Und jetzt ist er verschwunden. Hat einfach ein SMS an Anita geschickt, dass er nicht mehr kommt, und weg war er.«

»Und?«, fragte Adrian Rickenbacher, der noch nicht verstand, warum sich Ernst Stadelmann über die Kantonspolizei ärgerte.

»Es ist ja offensichtlich: Entweder hatte der junge Mann einen Rückfall oder er hat Ärger mit seinen alten Freunden. Drogenhändlern oder was weiss ich. Aber was machen deine Provinzpolizisten? Die schnüffeln tagelang bei mir im Museum herum und beschäftigen sich mit den Arbeitszeiten meiner Mitarbeiter.«

»Mit den Arbeitszeiten?«, fragte Rickenbacher erstaunt.

»Ja, weisst du, dieser Drogensüchtige, der hat einen Vollzeit-Job, ist aber nicht jeden Tag im Museum, weil er zum Teil auch am Abend und am Wochenende arbeitet, wenn wir Räume für Veranstaltungen vermieten. Und vielleicht kommt er auch nicht ganz auf vierzig Stunden pro Woche. Weisst du, ich kontrolliere das nicht so genau. Ich wollte ihm einfach eine Chance geben, nach seinem Entzug noch ein anständiges Leben zu führen.«

»Und was haben die Arbeitszeiten mit dem Verschwinden deines Mitarbeiters zu tun?«

»Genau das frage ich mich ja auch! Keine Ahnung, warum deine Leute tagelang bei uns herumhängen und solche Fragen stellen. Man könnte fast meinen, sie hätten nicht genug zu tun. Ich frage mich überhaupt, warum sie so viel Zeit dafür aufwenden. Versteh' mich nicht falsch: Ich mag den jungen Mann und ich wäre ja froh, er würde wieder auftauchen. Aber es ist ja offensichtlich, dass ihm seine alten Probleme über den Kopf gewachsen sind. Entweder ist er untergetaucht, weil er sich mit Drogenhändlern angelegt hat oder er hat sich umgebracht. Deine

Sheriffs sollten besser etwas gegen die kriminellen Ausländer in der Schweiz tun.«

Adrian Rickenbacher musste schmunzeln: »Du immer mit den Ausländern! Ich weiss, dass das dein Lieblingsthema ist, aber wir können uns nicht nur darum kümmern. Du kannst dich darauf verlassen, dass wir das genauso ernst nehmen wie alles andere. Aber jetzt sag' mir mal, wie dein verschwundener Mitarbeiter heisst. Ich habe heute Nachmittag eine Sitzung mit meinem Polizeikommandanten. Ich kann ja mal nachfragen. Normalerweise mische ich mich ja nicht in die operative Arbeit ein.«

»Das ist mir schon klar, dass du dich nicht selbst um alles kümmern kannst. Der junge Mann heisst Stefan Wicki. Aber es ist schon gut: du musst nichts unternehmen. Ich habe mir einfach gedacht, ich lade meinen Ärger besser direkt bei dir ab, statt dass ich es mache, wenn ich nächste Woche mit Willi essen gehe.«

Willi war der Vizepräsident der Kantonalpartei, welcher Stadelmann und Rickenbacher angehörten. Und vor allem war Willi Mitglied der Rechnungsprüfungskommission. Adrian Rickenbacher hatte wenig Interesse daran, dass Willi das Gefühl bekam, die Polizei habe zu wenig zu tun und man könnte deshalb das Budget kürzen. Deshalb sprach er den Polizeikommandanten Thomas Baumann noch am gleichen Tag auf den Fall Stefan Wicki an.

Hans Spörri und Martin Läubli wollten gerade Feierabend machen, als der Thomas Baumann ins Teambüro der Kriminalpolizei platzte.

»Spörri, suchen Sie immer noch nach diesem Drogen-süchtigen?«, fragte Baumann ohne Begrüssung.

»Sie meinen Stefan Wicki?«

»Ja, genau.«

»Ja, da sind wir noch dran. Er hat sich mit einem SMS von der Arbeit abgemeldet und ist seitdem verschwunden. Keine Handyortung, kein Einsatz der Kreditkarte, kein Bargeldbezug an einem Bankomaten. Gar nichts.«

»Gibt es irgendwelche Hinweise, die auf ein Verbrechen hindeuten?«

»Bisher nicht.«

»Haben Sie sonst gute Gründe, das ganze Umfeld immer wieder mit Fragen zu löchern?«

»Wir löchern niemanden«, mischte sich nun Martin Läubli ein. »Wir müssen einfach mehr über ihn erfahren, damit wir wissen, wo wir nach ihm suchen müssen. Wir vernachlässigen auch keine anderen Aufgaben, wenn wir das gründlich untersuchen. Im Moment ist nicht viel los.«

»Meine Herren, ob Sie Leute löchern oder nicht, kann man unterschiedlich sehen. Ich habe jedenfalls Beschwerden erhalten. Und Sie wissen genau: Wenn der Mann untertauchen will oder muss, dann ist das seine Sache. Oder falls er sich umgebracht hat, was wahrscheinlich plausibler ist, dann können wir nicht ewig nach ihm suchen.«

Baumann machte eine kurze Pause. Dann fügte er an: »Und wenn Sie zu wenig Arbeit haben, geben Sie mir Bescheid. Die Verkehrspolizei braucht immer Unterstützung bei ihren Kontrollen. Mit den Verkehrs-kontrollen generieren wir Einnahmen. Und die sind wichtig, wenn der Kantonsrat jedes Jahr Einsparungen verlangt. Mit den Einnahmen aus den Verkehrsbussen zahlen wir einen Teil der Löhne. Auch *Ihrer* Löhne, meine Herren.« Grusslos verliess er das Büro der Kriminalpolizei.

Schockiert waren Spörri und Läubli nicht, denn sie waren schon lange bei der Kantonspolizei und kannten ihren Kommandanten. Überrascht waren sie dennoch.

»Da hat jemand interveniert, weil er nicht will, dass wir weiter ermitteln«, ereiferte sich Martin Läubli.

»Sieht so aus«, antwortete sein Chef Hans Spörri achselzuckend.

»Irgendjemand verheimlicht da etwas und hat Angst, dass wir ihm auf die Spur kommen.«

Spörri sah das anders als Läubli: »Das glaube ich nicht. Wahrscheinlich hat sich Ernst Stadelmann beschwert. Es war ja offensichtlich, dass er sich über uns geärgert hat. Aber dass er sich beschwert hat, weil er etwas zu verbergen hat, das kann ich mir nicht vorstellen. Für mich deutet alles darauf hin, dass Wicki sich umgebracht hat oder untergetaucht ist. Ich glaube nicht, dass da mehr dahintersteckt.«

»Irgendetwas stimmt da nicht«, widersprach Martin Läubli. »Ich finde, wir sollten dem nachgehen.«

»Hast du nicht gehört, was der Kommandant gesagt hat? In einem Jahr werde ich pensioniert. Danach kannst du machen, was du willst. Aber bis dahin werden wir uns nicht mit dem Kommandanten anlegen, nur weil du irgendwelche Verschwörungen witterst.«

So wurde die Suche nach dem vermissten Stefan Wicki ergebnislos abgebrochen. »Wahrscheinlich Selbstmord, vielleicht aber auch untergetaucht«, notierte die Kriminalpolizei in ihren Akten.

Da Stefan Wicki keine Angehörigen hatte, übernahm grosszügigerweise sein Arbeitgeber, das Seilbahnmuseum, die Kosten für die Räumung der Wohnung und die Einlagerung des Mobiliars während fünf Jahren. So war sichergestellt, dass die Habseligkeiten von Stefan Wicki noch vorhanden waren, falls er wieder auftauchte.

Als die Kriminaltechnikerin Claudia Weber aus ihren Ferien zurückkam, war der Fall längst ad acta gelegt. Als Hans Spörri seine Mitarbeiterin am Montagmorgen in wenigen Sätzen über die Ereignisse während ihrer Ferien informierte, sagte er zum Fall Stefan Wicki nur wenige Sätze: »Ausserdem hatten wir noch eine Vermisstmeldung. Ein Mann um die vierzig, schickte seiner Ex-Freundin ein Abschieds-SMS und wird seither vermisst. Wahrscheinlich hat er sich umgebracht, aber es gibt keinen Leichenfund, der auf seine Beschreibung passt. Vielleicht ist er auch irgendwo untergetaucht. Solange wir keine Leiche finden, gibt es da nichts zu tun.«

Claudia Weber merkte rasch, dass dicke Luft im Teambüro herrschte. Irgendetwas musste während ihrer Abwesenheit vorgefallen sein, dass das Verhältnis zwischen ihrem Chef Hans Spörri und seinem Assistenten Martin Läubli trübte. Aber beide sprachen nicht darüber, auch nicht in Abwesenheit des jeweils anderen. Das Thema wurde einfach totgeschwiegen. Claudia fragte nicht aktiv nach, da sie mit keinem der beiden ein besonders vertrautes Verhältnis pflegte. Stattdessen verzog sie sich jeweils aus dem Teambüro und arbeitete in ihrem Labor im Keller, wenn die Stimmung oben wieder mal eisig war.

27

Letztes Jahr, im April

»*Was* wollen Sie? Warum denn?« Thomas Baumann, der Kommandant der Kantonspolizei, war völlig überrascht, als Martin Läubli sein Anliegen vorbrachte.

Zwei Monate waren vergangen, seit Baumann ins Teambüro der Kripo geplatzt war und die Nachforschungen zum Verschwinden von Stefan Wicki kritisiert hatte.

»Wissen Sie, die Arbeit bei der Kripo ist manchmal schon belastend«, erklärte Läubli. »Ich mache das jetzt schon über zwanzig Jahre. Und ich möchte nicht so weiter machen bis zur Pensionierung. Ich möchte die letzten Jahre bis zu meiner Pensionierung an einem Ort arbeiten, an dem die Polizeiarbeit etwas weniger belastend ist. Und wenn möglich auch das Arbeitspensum etwas reduzieren.«

»Eigentlich hatte ich mir vorgestellt, Sie für die verbleibenden drei Jahre zum Leiter der Kripo zu befördern, damit wir in Ruhe eine Nachfolge aufbauen können. Würde Sie das nicht reizen?«

»Nein. Es freut mich natürlich, dass Sie an mich gedacht haben und mir das zutrauen. Aber ich bin nicht der Richtige dafür. Ich habe langsam genug von der Kripo-Arbeit. Die Pensionierung von Hans Spörri ist der beste Zeitpunkt: für einen Wechsel und für einen Neuanfang bei der Kripo.«

Thomas Baumann merkte, dass es keinen Sinn hatte, weiter auf Läubli einzureden. Der Assistent von Kripo-Chef

Hans Spörri hatte sich das offensichtlich lange und gut überlegt.

»Gut«, sagte er. »Das respektiere ich natürlich. Und bei einem Mitarbeiter, der sein ganzes Berufsleben bei der Kantonspolizei gearbeitet hat, werde mich ich selbstverständlich um eine gute Lösung bemühen. Das verspreche ich Ihnen.«

Baumann hatte den Schock bereits verdaut und plante bereits die Zukunft: »Wenn ich Ihnen einen internen Wechsel ermöglich kann, zum Beispiel zur Regionalpolizei und mit reduziertem Arbeitspensum: Wären Sie dann flexibel mit dem Übertrittsdatum? Würden Sie dann allenfalls noch einen Moment über die Pensionierung von Hans Spörri hinaus bei der Kripo bleiben, um Ihren Nachfolger einzuarbeiten?«

»Ja, klar, das kann man machen«, antwortete Läubli. Er war froh über die positive Reaktion von Baumann. Denn er hoffte sehr darauf, intern wechseln zu können. Mit seinen 61 Jahren wäre es schwierig, eine neue Stelle zu finden, falls Baumann ihm keinen internen Wechsel ermöglichen würde.

»Gut. Dann verbleiben wir so. Ich gebe Ihnen Bescheid, sobald ich Ihnen einen konkreten Vorschlag machen kann. Natürlich braucht das etwas Zeit. Aber keine Sorge: Sie hören von mir.«

Zwei Wochen später sass Thomas Baumann im Büro von Justiz- und Polizeidirektor Adrian Rickenbacher. Baumann traf seinen Chef ein bis zwei Mal pro Monat, um sich mit ihm über aktuelle Themen abzusprechen. Im Rahmen dieses

Gesprächs informierte er Rickenbacher über das Anliegen von Martin Läubli:

»Nächstes Jahr müssen wir die Kripo fast vollständig neu besetzen.«

»Ah ja, ich weiss, Spörri wird pensioniert. Aber warum *fast vollständig neu besetzen*? Wer geht denn noch weg?«

»Läubli, sein Assistent.«

»Läubli? Wird der auch schon pensioniert? Ist der nicht ein paar Jahre jünger?«

»Doch, doch, aber er hat darum gebeten, anlässlich von Spörris Pensionierung in eine andere Abteilung versetzt zu werden.«

»Interessant. Will er sich nicht mit einem neuen Kripo-Leiter herumschlagen?«

»Nein, ich glaube, das ist es nicht. Er sagt, er empfinde die Arbeit bei der Kripo als zu belastend. Aber ich glaube, es spielt noch etwas anderes mit.«

»Was denn?«

»Er hatte in den letzten Monaten ein paar Auseinandersetzungen mit Spörri.«

»Aber Spörri geht ja in Pension. Dann könnte er doch einfach bleiben. Warum will er denn trotzdem weg?«

»Ich habe den Eindruck, seine Motivation hat unter den Auseinandersetzungen gelitten. Deshalb will er jetzt einen Wechsel. Auch wenn Spörri weggeht.«

»Ich hatte immer den Eindruck, dass die beiden gut miteinander auskommen.«

»Sind sie auch. Bis vor ein paar Monaten. Da gab es eine Auseinandersetzung. Läubli hat sich da in Hirngespinste verstrickt.«

»Was für Hirngespinste?«

»Vor ein paar Monaten hatten wir doch diese Vermisst-meldung. Ein Drogensüchtiger wurde als vermisst gemeldet. Wahrscheinlich Selbstmord. Vielleicht ist er auch unter-getaucht. Jedenfalls habe ich damals angeordnet, dass die Ermittlungen eingestellt werden, nachdem sich die Familie Stadelmann über die zahlreichen Befragungen beschwert hatte.«

»Ah ja, ich erinnere mich. Hat man den Drogensüchtigen immer noch nicht gefunden? Keine Leiche, die zur Beschreibung passt?«

»Nein, bis jetzt nicht.«

»Und was hat das mit Spörri und Läubli zu tun?«

»Spörri war einverstanden damit, die Nachforschungen abzuschliessen. Läubli hingegen war überzeugt, dass da mehr dahintersteckt und irgendjemand etwas vertuschen will. Hirngespinste halt.«

Damit war das Thema abgeschlossen. Rickenbacher und Baumann wendeten sich anderen Pendenzen zu. Thomas Baumann machte sich keine weiteren Gedanken zum Konflikt zwischen Spörri und Läubli. Für ihn ging es nur noch darum, den Neuaufbau der Kriminalpolizei zu organisieren und eine geeignete neue Aufgabe für Martin Läubli zu finden.

Adrian Rickenbacher dachte an diesem Abend aber noch lange über das nach, was der Polizeikommandant ihm erzählt hatte. Er selbst war es ja gewesen, der vor einigen Monaten die Frage aufgeworfen hatte, ob weitere Nachforschungen bezüglich des verschwundenen Stefan

Wicki angebracht waren. Und er hatte Baumann auf das Thema angesprochen, nachdem sich Ernst Stadelmann beschwert hatte.

Das Ganze verunsicherte Adrian Rickenbacher. Hatte Martin Läubli vielleicht Recht? Steckte da mehr dahinter und er, der Justizdirektor, hatte eine korrekte Untersuchung verhindert? Hatte Ernst Stadelmann dies vielleicht sogar beabsichtigt?

Der Justizdirektor erlebte eine unruhige Nacht, in der er lange wach lag und sich mit diesen Fragen quälte. Am nächsten Morgen rief er Ernst Stadelmann an.

»Du, Ernst«, begann er. »Du hast dich doch damals bei mir beschwert, weil die Polizei versucht hat, diesen Drogensüchtigen zu finden, der bei dir im Seilbahnmuseum gearbeitet hat.«

»Habe ich mich beschwert?«, fragte Stadelmann zurück. »Ich glaube nicht, dass man das so sagen kann. Ich habe mich einfach darüber gewundert, dass die Polizei Zeit hat, so intensiv zu ermitteln, wenn der Fall doch so klar ist.«

»So klar ist der Fall offenbar doch nicht. Man hat den Mann bisher nicht gefunden.«

»Das heisst ja nur: Entweder hat er sich an einem sehr abgelegenen Ort das Leben genommen. Oder er ist erfolgreich irgendwo untergetaucht.«

»Ich glaube, man muss dieser Sache doch noch genauer auf den Grund gehen. Vielleicht steckt da ja etwas anderes dahinter.«

»Was soll denn das bringen? Das ist halt ein Drogensüchtiger. Vielleicht ist er in irgendeinen Bandenkrieg geraten. Wer will denn so etwas wissen? Hoffen wir doch einfach, dass er irgendwann wieder auftaucht.«

»Das kannst *du* so einfach sagen. Aber wir haben hier eine Aufgabe zu erfüllen. Wir können nicht einfach wegschauen!«

»Wer redet denn von wegschauen. Ich würde einfach mal abwarten. Ich von meiner Seite habe jedenfalls meinen Beitrag geleistet.«

»Wie meinst du das?«

»Ich habe deinen Leuten Auskunft gegeben. Und dann habe ich dafür bezahlt, dass Wickis Wohnung geräumt und alles eingelagert wird. Falls er zurückkommt, kann er all seine Habseligkeiten wieder haben. Damit sollten wir es bewenden lassen.«

»Du tönst fast, als möchtest du verhindern, dass wir hier weiter ermitteln.«

»Spinnst du? Tu doch, was du willst! *Du* bist schliesslich der Justiz- und Polizeidirektor. Ich sage ja nur meine Meinung. *Ich* habe halt mein Leben lang in der Privatwirtschaft gearbeitet. Da lernt man, die Ressourcen vernünftig einzusetzen. Dein Laden scheint da eher ein Beschäftigungsprogramm für Möchte-Gern-Sheriffs zu sein!«

Adrian Rickenbacher merkte, dass er nicht weiter kam und beendete das Gespräch. Ernst Stadelmann hatte nichts gesagt, das Anlass zu Misstrauen gab. Trotzdem war Rickenbachers Verunsicherung nicht weg – im Gegenteil: Plötzlich hatte er das Gefühl, von Ernst Stadelmann manipuliert worden zu sein. Auch wenn Stadelmann es abstritt: Er schien mehr über das Verschwinden von Stefan Wicki zu wissen, als er zugab. Und Adrian Rickenbacher war sich plötzlich fast sicher, dass ihn Stadelmann damals nur kontaktiert hatte, um die Ermittlungen zu stoppen.

Die nächste Nacht wurde noch schlimmer für Adrian Rickenbacher. Er machte kaum ein Auge zu und überlegte fieberhaft, was er tun sollte. Falls tatsächlich mehr hinter dem Verschwinden von Stefan Wicki steckte als vermutet, war es Rickenbachers Pflicht, die nötigen Ermittlungen anzuordnen. Vielleicht täuschte ihn sein Gefühl und er verrannte sich genauso in Hirngespinste wie Läubli.

Aber falls er sich nicht täuschte: Was sollte er Baumann sagen? Falls die Ermittlungen ein Verbrechen aufdecken würden: Wie würde Adrian Rickenbacher dann dastehen? Sicher nicht als der Held, der die Ermittlungen ins Rollen gebracht hatte, sondern als Justizdirektor, der die Polizeiarbeit behindert hatte, um einen Parteifreund zu decken. Das würde unweigerlich dazu führen, dass er mit Schimpf und Schande gezwungen würde, sein Amt abzugeben. Er wäre dann auch in Zukunft in aller Augen ein Verlierer. Und das war dieser Drogensüchtige nun wirklich nicht Wert. Nein, Ermittlungen zu veranlassen, war kein gangbarer Weg.

Was gab es für Alternativen? Einfach die Augen verschliessen und hoffen, dass die Wahrheit nicht ans Licht kommt? Einen Moment lang glaubte Rickenbacher, dass das die einzige Lösung war. Doch bald wurde ihm klar: Falls es eines Tages ans Licht kommen würde, dann würde es ebenfalls schlimm für ihn. Zumindest wenn er dann noch Regierungsrat wäre.

Er nahm sich noch einen Tag Zeit, um die Optionen nochmals abzuwägen. Dann informierte er den Präsidenten der Kantonalpartei, die übrigen Regierungsmitglieder und die Medien darüber, dass er »aus gesundheitlichen Gründen« kürzertreten und deshalb vorzeitig aus der Regierung zurücktreten müsse. Nachfragen wich er aus.

Nur wenige Monate später wurde Ursula Matzinger als Nachfolgerin von Adrian Rickenbacher in den Regierungsrat gewählt und damit zur neuen Justiz- und Polizeidirektorin.

28

Donnerstag, 21. Juli, Nachmittag

»Meinst du, Stadelmann hat etwas mit dem Waffenhandel oder mit dem Verschwinden von Stefan Wicki zu tun?«, fragte ich Luca, als ich ihn und Claudia über das Gespräch mit Adrian Rickenbacher informierte.

»Keine Ahnung. Ich kann ihn überhaupt nicht einschätzen.«

»Wir fahren jetzt dann gleich zu ihm, damit wir uns ein Bild machen können. So wie Rickenbacher die Sache erzählt hat, kann ich mir auch vorstellen, dass Stadelmann nichts wusste und sich nur über Läubli geärgert hat.«

Wir hatten am Vortag herausgefunden, mit welchem Flug Stadelmann in Kloten landen würde. So konnten wir einigermassen abschätzen, wann er zuhause eintreffen würde. Tatsächlich vernahmen wir Geräusche im Haus, als Luca und ich am frühen Nachmittag bei seiner Villa in Grabenfeld klingelten.

Als uns die Türe geöffnet wurde, stand aber nicht der 69-jährige Hausherr vor uns, sondern ein Mann in meinem Alter. Er trug ein schlichtes, schwarzes T-Shirt und Blue Jeans.

»Guten Tag, mein Name ist Goldbacher, Kantonspolizei«, stellte ich mich vor und zeigte meinen Dienstausweis. »Ist Herr Stadelmann hier?«

Er blickte uns verwirrt an und fragte: » Meinen Sie *Ernst* Stadelmann?«

»Ja.«

»Alles klar. Wissen Sie, ich heisse auch Stadelmann. Michael Stadelmann. Ich bin der Sohn. Mein Vater ist soeben aus den Ferien zurückgekommen. Ich habe ihn vom Flughafen abgeholt. Er ist gerade unter der Dusche. Worum geht es denn?«

»Keine grosse Sache. Wir brauchen nur eine kleine Auskunft von ihm«, gab ich mich unverbindlich.

Michael Stadelmann zögerte einen Moment. »Erwartet er sie?«, fragte er.

Als ich verneinte, zögerte er erneut. »Ist gut, ich sage ihm, dass Sie mit ihm sprechen möchten«, meinte er schliesslich. Offensichtlich war er unschlüssig, ob er uns ins Haus bitten oder vor verschlossener Tür warten lassen sollte. Er entschied sich für einen Mittelweg, indem er uns stehen liess, aber die Tür nicht ganz zumachte.

Nach zwei, drei Minuten kam er zurück und führte uns in einen Raum mit zwei Sofas, vier Polstersesseln und einem riesigen Bücherregal. Wäre es meine Villa würde ich den Raum als *Bibliothek* bezeichnen.

»Mein Vater kommt gleich. Möchten Sie etwas zu trinken?«

Als wir dankend ablehnten, verabschiedete sich Michael Stadelmann, verliess das Zimmer und schloss die Tür hinter sich. Wir schauten uns schweigend um. Sofas, Polsterstühle und die dabei stehenden kleinen Tischchen wirkten klassisch und passten perfekt zueinander sowie zum imposanten Bücherregal. Hier hatte offensichtlich jemand gewirkt, der Wert auf eine stilvolle Einrichtung legte.

Schon bald erschien der Hausherr. Er war gross gewachsen, hatte recht üppige und ziemlich lange, graue Haare und trug eine Brille. Obschon er praktisch aus der Dusche kam, was an seinen noch etwas nassen Haaren erkennbar war, trug er einen Anzug und eine Krawatte in blau und rosa.

»Guten Tag die Herren. Mein Name ist Stadelmann. Mein Sohn hat mir gesagt, dass Sie von der Polizei sind.«

»Grüezi Herr Stadelmann«, antwortete ich und zeigte meinen Dienstausweis. »Mein Name ist Goldbacher. Und das ist mein Kollege Herr Bertoldi. Danke, dass Sie sich kurz Zeit für uns nehmen.«

»Kein Problem. Was kann ich für Sie tun?«

»Sie hatten ja vor einiger Zeit Kontakt mit Kollegen von uns, weil ein Mitarbeiter Ihres Museums verschwunden ist.«

»Ja, genau, Stefan Wicki. Gibt es da etwas Neues?«

»Nein, leider nicht. Wissen Sie, Herr Stadelmann, wir sind daran, alle pendenten Fälle hier im Kanton kurz durchzusehen um zu prüfen, ob es neue Erkenntnisse gibt. Das ist eine reine Routineangelegenheit. Der Punkt ist: Die beiden Herren, mit denen Sie damals Kontakt hatten, arbeiten nicht mehr bei uns. Herr Bertoldi und ich sind neu bei der hiesigen Kripo. Um uns ein besseres Bild zu verschaffen, haben wir uns erlaubt, kurz zu Ihnen zu kommen, um ein paar Nachfragen zu stellen.«

»Aha. Was möchten Sie denn wissen?«

»Unseres Wissens ist Herr Wicki immer noch verschwunden. Es gab bisher nie einen Leichenfund, bei dem es sich um den Vermissten handeln könnte. Aber er ist auch nicht wieder aufgetaucht. Ich nehme an, auch Sie haben nichts mehr von ihm gehört?«

»Nein, leider nicht. Es würde mich ja freuen, wenn er wohlbehalten wieder auftauchen würde. Aber ich befürchte, dass das nicht passieren wird. Ich vermute, er hat sich selbst etwas angetan. Wissen Sie, ich hatte den Eindruck, dass er depressiv war… Oder er hat Ärger mit dubiosen alten Bekannten aus seiner kriminellen Vergangenheit bekommen.«

»Gibt es denn konkrete Hinweise, dass er wieder Kontakt zum Drogenmilieu hatte?«

»Nicht dass ich wüsste. Aber man liest ja immer wieder, dass die meisten Drogensüchtigen den Ausstieg nicht schaffen. Ich befürchte, das war bei Stefan Wicki auch nicht anders.«

»Denkbar ist natürlich auch, dass Wicki Geld für Drogen brauchte. Ist vielleicht in dieser Zeit im Museum Geld gestohlen worden?«

»Nein, mit Sicherheit nicht. Ich mache ja die Buchhaltung für das Museum. Da können Sie keine fünf Rappen stehlen, ohne dass ich das bemerke.«

»Oder irgendwelches Material, das man zu Geld machen kann?«

»Was meinen Sie? Die Ausstellungsstücke im Museum? Die alten Kabinen, Seile und so weiter? Nein, ich wüsste nicht, dass da mal etwas gestohlen wurde. Ich glaube, das würde auch nicht viel Sinn machen.«

»Nichts Wertvolles dabei?«

»Nein, wirklich nicht.«

»Ich habe gehört, dass beim Seilbahnmuseum noch ein Schützenverein eingemietet ist. Kann es sein, dass dort mal etwas gestohlen wurde?«

»Meinen Sie *Waffen*?«

»Ich nehme an, Waffen sind das Wertvollste, was ein Schützenverein aufbewahrt, oder?«

»Ja, natürlich. Aber das kann nicht sein. Wissen Sie, ich bin Präsident des Schützenvereins. Wenn da etwas vorgefallen wäre, dann wüsste ich das.«

»Und es ist nicht denkbar, dass er Waffen gestohlen hat, ohne dass Sie das bemerkt haben?«

»Unmöglich! Wissen Sie, die meisten Schützen schiessen mit ihren eigenen Waffen. Der Verein besitzt nicht besonders viele Waffen. Und über die haben wir natürlich den Überblick. Wenn Sie mir nicht glauben, können Sie jederzeit vorbeikommen und sich überzeugen, dass wir über den Waffenbestand genau Buch führen und die Waffen unter Verschluss aufbewahren.«

Ich ging nicht darauf ein, sondern wechselte das Thema: »Wir suchen immer noch nach Personen, die vor dem Verschwinden von Stefan Wicki näheren Kontakt mit ihm hatten.«

»Da kann ich Ihnen nicht helfen. Ich glaube, das habe ich damals auch Ihren Kollegen schon gesagt. Mein Kontakt mit Herrn Wicki war nicht so eng. Ich bin ja auch viel älter als er.«

»Soweit ich weiss, arbeitet Ihr Sohn auch für das Seilbahnmuseum. Er ist ja etwa gleich alt wie Stefan Wicki.«

»Ja, aber ich glaube, er kann Ihnen da auch kaum weiterhelfen. Sein Kontakt mit Stefan Wicki war auch nicht so eng. Aber wir können Ihnen nachher noch fragen. Er ist noch im Haus und versucht, meinen Laptop zu reparieren.«

»Gut. Und was ist mit Ihrer Tochter? Sie hat ihn ja als vermisst gemeldet, oder?«

»Ja. Ich weiss eigentlich auch nicht, warum er gerade ihr dieses SMS geschrieben hat. Wahrscheinlich wollte er sich bei mir abmelden, ohne mich direkt zu kontaktieren. Auf jeden Fall hatte meine Tochter auch nicht gross Kontakt mit ihm. Wissen Sie, die beiden waren früher mal ein Paar. Aber das ist Jahrzehnte her. In Teenager-Zeiten. Als Wicki dann mit den Drogen anfing, hat sich Anita von ihm getrennt.«

»Arbeitet Ihre Tochter auch im Seilbahnmuseum mit?«

»Nein, nein, die ist Künstlerin. Sie malt…«

Er wurde unterbrochen durch ein Klopfen an der Tür. Michael Stadelmann streckte den Kopf, entschuldigte sich für die Störung und sagte zu seinem Vater gewandt: »Ich gehe. Das mit dem Laptop ist nicht so einfach. Ich nehme ihn mit ins Büro und versuche dort, ob ich ihn noch retten kann.«

»Wart' noch schnell, Michael«, unterbrach Ernst Stadelmann. »Die beiden Herren von der Polizei suchen immer noch nach Stefan Wicki. Gell, du weisst auch nicht, mit wem er vor seinem Verschwinden privat Kontakt hatte?«

»Nein, keine Ahnung.«

»Hat er vielleicht mal etwas darüber erzählt, was er in der Freizeit macht?«, fragte ich nach.

»Nein, ich glaube nicht. Ich kann mich an nichts erinnern.«

Nachdem sein Sohn den Raum verlassen hatte, fuhr Ernst Stadelmann fort: »Sehen Sie: Stefan Wicki war sehr verschlossen. Wir wussten alle wenig über ihn. Ich glaube, das bringt nichts, da weiterzusuchen. Sie würden Ihre Zeit wahrscheinlich besser wichtigeren Aufgaben widmen.«

»Wie meinen Sie das?«, fragte ich nach.

»Ich war ja im Ausland, aber sogar dort habe ich davon gehört. Diese *Fussball-Mafia*, die letzte Woche in der Westschweiz zerschlagen wurde. Das kann einem richtig Angst machen, wenn man sieht, wie die Ausländer-Kriminalität immer weiter ansteigt. Man müsste diese kriminellen Ausländer alle abschieben und wieder Grenz-kontrollen einführen, damit sie nicht zurück kommen können… Ich weiss, das ist nicht Ihr Job. Aber zumindest sollten Sie die Terroristen und die anderen kriminellen Ausländer jagen, statt ewig nach Leuten zu suchen, die nicht gefunden werden wollen.«

»Glauben Sie mir, Herr Stadelmann, diese Verhaftungen in der Westschweiz beschäftigen uns genauso wie Sie. Ich bin froh, dass es unseren Kollegen gelungen ist, diese Männer zu stoppen. Und falls wir Hinweise bekommen, dass Stefan Wicki Kontakte zum organisierten Verbrechen hatte, werden wir dem entschlossen nachgehen. Egal ob es sich bei diesen Kontakten um Ausländer oder um Schweizer handelt.«

»Sie müssen nur Zeitung lesen«, warf Stadelmann ein. »Diese Drogenhändler, das sind alles Ausländer. Afrikaner und Südamerikaner. Und seit wir offene Grenzen haben, wird das immer schlimmer!«

»Ich versichere Ihnen, dass wir alles tun, was wir können. Aber bezüglich Stefan Wicki geht es im Moment nur darum, dass Herr Bertoldi und ich diesen offenen Fall kennen, da wir ja beide hier neu sind.«

»Na gut«, brummte Stadelmann etwas missmutig. »Ich wünsche Ihnen auf jeden Fall viel Erfolg.«

Kurz darauf waren wir zurück im Kripo-Büro und erzählten Claudia vom Gespräch mit Stadelmann. Luca und ich waren uns einig, dass allein das Gespräch nicht unbedingt Anlass gab, Ernst Stadelmann zu misstrauen.

»Es sind mehr die Begleitumstände, die mich nachdenklich machen«, sagte ich. »Er kritisiert die Ermittlungen. Das hat zur Folge, dass die Ermittlungen eingestellt werden. Und im Nachhinein stellt sich heraus, dass Stefan Wicki mit Waffen gehandelt hat. Da fragt man sich natürlich schon, ob Stadelmann davon wusste oder gar daran beteiligt war. Aber vielleicht tun wir ihm völlig unrecht. Vielleicht war er völlig ahnungslos und es ging ihm wirklich nur darum, dass die Polizei sich mehr um kriminelle Ausländer kümmert. Die Frage ist: Lassen wir uns zu fest davon beeinflussen, dass Martin Läubli und Adrian Rickenbacher glauben, Stadelmann verheimliche etwas.«

»Stadelmann ist ein Rassist«, sagte Luca. »Mir ist er unsympathisch. Aber das macht ihn nicht zum Verbrecher. Dass er illegal mit Waffen handelt, traue ich ihm nicht zu. Dafür scheint er mir zu fest Patriot zu sein. Seine Angst vor

Überfremdung scheint mir echt. So einer verkauft doch keine Waffen an kriminelle Ausländer.«

»Wer weiss, was die Leute alles machen, wenn der Preis stimmt«, äusserte Claudia leise Zweifel.

»Aber der Mann ist Präsident eines Schützenvereins und Präsident dieser patriotischen Gruppierung«, erwiderte ich. »Ich kann mir nicht vorstellen, dass so einer Waffen an eine Mafia-Organisation verkauft.«

Wir diskutierten noch eine Weile weiter, ohne dass wir dabei viel schlauer wurden. Irgendwann fragten wir uns, ob Stefan Wicki vielleicht näheren Kontakt mit anderen Personen gehabt hatte, die Mitglieder des *PatSchüV* oder beim *Bund der Tellensöhne* waren. Wir suchten mit Hilfe von Google Informationen über die beiden Vereine, fanden aber nur wenig.

Der *PatSchüV* hatte eine sehr einfache, wenig aussagekräftige Homepage mit zwei, drei Sätzen zu den Vereinszielen. Ausserdem konnte man der Internetseite entnehmen, dass Ernst Stadelmann Vereinspräsident war. Als Kontaktpersonen waren Ernst und Michael Stadelmann aufgeführt. Beiden konnte man über ein Kontaktformular Nachrichten zukommen lassen.

Der *Bund der Tellensöhne* hatte einen ähnlich simplen Internetauftritt. Immerhin war die politische Haltung des Vereins ziemlich ausführlich beschrieben. Es fehlten aber Informationen über konkrete Aktivitäten oder Veranstaltungen. Als einzige Kontaktperson war Ernst Stadelmann aufgeführt. Ansonsten fanden wir keine Namen von Personen, die zum Beispiel im Vorstand tätig waren.

»Für einen Verein, bei dem offenbar mehrere tausend Personen mitmachen, ist das ziemlich dürftig«, fand Luca.

»Ja«, stimmte ich zu. »Wenn wir wissen wollen, ob die Waffengeschäfte und das Verschwinden von Stefan Wicki etwas mit seiner Arbeit für die beiden Vereine zu tun haben, müssen wir mehr über die Vereine und die wichtigen Köpfe herausfinden.«

»Wenn die tausende von Mitgliedern haben«, überlegte Claudia, »kennt wahrscheinlich jeder von uns ein paar, die dort mitmachen. Wir wissen es einfach nicht.«

»Gut möglich«, antwortete ich. »Da setzen wir morgen an. Ausserdem möchte ich mit Anita Stadelmann sprechen. Vielleicht weiss sie doch mehr über Stefan Wicki als ihr Vater meint. Für heute machen wir Feierabend.«

Als Claudia ihren Computer ausschalten wollte, sah sie noch ein E-Mail, das sie von Lea Zurkirchen vom Empfang erhalten hatte: »Lea und ein paar andere gehen noch ein Feierabend-Bier trinken. Sie fragt, ob wir mitkommen.«

»Ich kann nicht, ich muss noch einkaufen«, antwortete Luca.

»Was musst du denn so Dringendes einkaufen, dass nicht einmal ein Bier drin liegt?«, wollte Claudia wissen.

Luca erzählte, dass er ein Zelt kaufen müsse, da er von Freitagabend bis Sonntag mit seiner Freundin an ein Open-Air-Konzert fahre.

»Und du, Markus?«, fragte Claudia mich.

»Geh nur. Ich muss noch ein paar Telefonanrufe machen. Eventuell komme ich nach.«

Ich telefonierte etwa eine Viertelstunde lang mit Roger Fuchs von *fedpol*. Wie vereinbart, orientierte ich ihn über den Stand unserer Ermittlungen. Doch ich nutzte die Gelegenheit auch, um mich zu erkundigen, ob *fedpol* sich schon einmal mit Ernst Stadelmann oder seinen beiden Vereinen befasst hatte.

»Gib mir ein paar Minuten«, bat mich Roger Fuchs. »Ich schaue nach und rufe dich gleich zurück.«

Als Nächstes rief ich Alexandra Egger an. Ehrlich gesagt, meldete ich mich nicht nur aus Pflichtbewusstsein bei der Staatsanwältin. Ich hatte auch mehr Lust, Alexandra zu treffen, als mit den Kolleginnen und Kollegen der Kantonspolizei Bier zu trinken.

»Oh ja, ich würde gerne hören, was Stadelmann gesagt hat«, antwortete Alexandra als ich sie anrief. »Ich habe zwar nicht so viel Zeit, weil ich nachher zu meinen Eltern fahre. Aber wir brauchen ja nicht ewig. Ich muss jetzt noch schnell etwas fertig machen. Kannst du in etwa zwanzig Minuten zu mir kommen?«

»Mache ich. Ich warte noch auf einen Rückruf von *fedpol*. Danach komme ich zu dir.«

Die Wartezeit bis zum Rückruf von Roger Fuchs überbrückte ich damit, meine privaten Mails abzurufen. Dabei stiess ich auf eine Nachricht von einem Restaurant in meiner alten Heimatstadt. Dort würden in der kommenden Woche spezielle Pilzmenüs mit Eierschwämmli aufgetischt, erfuhr ich. Beispielsweise würde es Kalbskotelett mit Eierschwämmli-Cognacrahmsauce geben. Oder Eierschwämmli mit Trüffelkartoffelstock zu einem Türmchen geschichtet.

Pilze im Hochsommer? Begann die Pilzsaison nicht erst im Herbst? Ich muss zugeben, dass ich kein Pilzkenner und auch nicht unbedingt ein Pilzliebhaber bin. Deshalb brauchte ich die Hilfe von Google, um herauszufinden, dass Eierschwämme zu den frühen Pilzsorten gehörten und dass es jetzt absolut die richtige Saison war für solche Gerichte.

Es war nicht so, dass diese Erkenntnis bei mir wahnsinnig grosse Lust auf Pilze weckte. Auch hatte ich nicht vor, deswegen in meine alte Heimatstadt zu fahren. Aber dieses Mail weckte in mir das Bedürfnis, wieder mal richtig zu kochen. Nicht nur ein Stück Fleisch mit vorgewaschenem Salat. Oder Pasta mit einer Fertigsauce.

Rasch schaute ich noch ein paar Eierschwämmli-Rezepte an: Kalbsschnitzel mit Eierschwämmchen und Tomaten, dazu Nudeln als Beilage. Zucchetti-Risotto mit Eierschwämmchen. Oder Eierschwämmli-Ragout auf Majoran-Reis. Ich druckte die drei Rezepte aus und notierte mir, welche wichtigen Sachen sonst noch in meiner Küche fehlten.

Der Rückruf von Roger Fuchs unterbrach meine Überlegungen zum Nachtessen. »Wir hatten bisher weder Stadelmann noch einen der Vereine im Fokus«, informierte mich der Bundespolizist.

Ich versprach Fuchs, ihn wieder zu informieren, sobald wir neue Erkenntnisse hatten. Dann schaltete ich den Computer aus und machte mich auf den Weg zu Alexandra.

29

Donnerstag, 21. Juli, Abend

»Glaubst du, Adrian Rickenbacher hat Recht?«, fragte mich Alexandra, nachdem ich ihr vom Gespräch mit Ernst Stadelmann berichtet hatte. »Hat Stadelmann ihn über den Tisch gezogen, um die Nachforschungen zu stoppen?«

»Ich weiss es nicht. Vielleicht schon. Immerhin hatte Rickenbacher dieses Gefühl lange bevor wir die Waffen gefunden haben. Es spricht viel dafür, dass da etwas dran ist.«

»Was hattest du für ein Gefühl, als du mit Stadelmann gesprochen hast? Würdest du ihm auch misstrauen, wenn du nichts von den Waffen wüsstest und nichts von dem, was uns Adrian Rickenbacher heute Morgen erzählt hat?«

»Keine Ahnung. Wahrscheinlich nicht. Wenn ich es mir so überlege… Nichts von dem, was er gesagt hat, würde bei mir die Alarmglocken klingeln lassen. Auch nicht sein Verhalten. Er wirkte weder überrumpelt von unserem Besuch noch nervös.«

»Das heisst«, überlegte Alexandra, »falls er etwas mit den Waffengeschäften von Stefan Wicki zu tun hatte, dann lügt er gut.«

»Könnte man so sagen«, stimmte ich zu.

»Vielleicht sollte man der Tochter mal auf den Zahn fühlen. Mich irritiert, dass sie angeblich kaum Kontakt mit Wicki hatte, und trotzdem schickt Wicki sein Abschieds-SMS ausgerechnet an sie.«

»Ja, das sehe ich auch so. Wir haben vor, sie morgen zu befragen.«

»Gut.«

»Du, Alexandra«, sagte ich zögernd, »dass du Rickenbacher kontaktiert hast: Dafür bin ich dir extrem dankbar.«

Sie sah mich einen Moment lang lächelnd an, bevor sie antwortete: »Gern geschehen.«

»Das ist alles andere als selbstverständlich.«

Wieder lachte sie. »Ja, ich weiss. Aber du hast dich in eine blöde Situation hineinmanövriert, indem du das Vorgehen mit deinem Chef absprechen wolltest.«

»Ich weiss…«

»Ja. Und da dachte ich, jetzt liegt es an mir, etwas zu tun.«

»Vielen Dank. Ich glaube, ich habe diese Woche viel darüber gelernt, wie ich mit Baumann umgehen muss.«

»Schön. Ich glaube, wir sind auf dem besten Weg, ein gutes Team zu werden. Was ich an dir besonders schätze, ist die offenen Kommunikation. Mit dir fühle ich mich in meiner Rolle als Staatsanwältin ernst genommen.«

»Danke«, antwortete ich. Nun musste ich schmunzeln. »Heisst das, mein Vorgänger hat dich nicht ernst genommen?«

»So krass würde ich das nicht sagen. Aber manchmal hatte ich schon den Eindruck, dass er mich gezielt so informieren wollte, dass ich sicher das entscheide, was er wollte.«

»Der ältere, erfahrene Kommissar und die junge Staatsanwältin…«

»Genau. Aber jetzt muss ich los. Meine Mutter mag es nicht, wenn ich zu spät zum Essen komme.«

»Was gibt es?«, fragte ich, während wir uns auf den Weg zum Ausgang machten.

»Ich weiss es noch nicht. Wahrscheinlich irgendeinen Fisch mit Reis und Gemüse. Das machen sie eigentlich fast immer, wenn jemand zum Essen kommt. Und was gibt es bei dir?«

»Ich weiss es noch nicht sicher. Ich habe ein paar Ideen, aber ich muss zuerst noch einkaufen. Falls ich Eierschwämmli kriege, dann gibt es etwas mit Eierschwämmli. Sonst vielleicht ein Curry«, prahlte ich stolz.

»Tönt interessant. Kannst du richtig kochen?«, fragte sie leicht verwundert.

»Für Rührei reicht es meistens. Ab und zu sogar für ein Spiegelei«, antwortete ich ironisch.

»Dann hoffen wir mal, dass es im Supermarkt noch Eier gibt«, sagte Alexandra lachend, wünschte mir einen schönen Abend und verschwand in ihrem Auto. Ich schaute ihr einen Moment nach, bevor ich einkaufen ging.

Zum Nachtessen briet ich mir zwei Kalbsschnitzel, die ich danach noch im Ofen garte. Diese ass ich mit einer Sauce aus Eierschwämmli. Weisswein und Tomaten, zusammen mit breiten Nudeln. Ausserdem machte ich mit Toblerone eine Schüssel Mousse au Chocolat, von dem ich mir einen grossen Teil für die bevorstehenden Tage aufbewahrte.

30

Freitag, 22. Juli, kurz nach Mitternacht

Ich war nach meinem Kochabend gegen 23 Uhr mit vollem Magen ins Bett gegangen und ich hatte erst wenige Stunden geschlafen als zwischen ein und zwei Uhr mein Handy klingelte.

Zu meiner Überraschung war mein Chef Thomas Baumann am Telefon. »Goldbacher«, begann er, »ich brauche Sie und Ihr Team sofort.« Es war durch das Telefon spürbar, wie aufgewühlt er war.

»Was ist los?«

»Auf einer abgelegenen Bergstrasse in der Nähe von Falkenberg ist ein Auto von der Strasse abgekommen, den Hang hinuntergestürzt und hat Feuer gefangen. Das Auto ist vollständig ausgebrannt, der Fahrer tot…«

Nach einer kurzen Pause fügte er hinzu, dass es sich um das Auto unseres Streifenpolizisten Dominic Bader handelte.

»Und der tote Mann im Auto…?«

»Das wissen wir noch nicht sicher. Die Kollegen vor Ort sagen, die Leiche sei so stark verkohlt, dass man sie nicht so einfach identifizieren könne… Aber sie sagen, es ist gut möglich, dass er es ist.«

»Scheisse!«, sagte ich laut.

»Ja. Ich muss jetzt zur Wohnung, wo Bader mit seiner Freundin wohnt. Ich hoffe, er ist zuhause und ihm wurde einfach das Auto gestohlen… Ich sehe Sie und Ihr Team nachher bei der Unfallstelle.«

Ich klingelte zuerst meine Kriminaltechnikerin Claudia aus dem Bett, danach meinen Assistenten Luca. Luca holte ich kurz darauf zuhause ab und fuhr mit ihm zur Unfallstelle in den Bergen. Claudia musste noch im Gebäude der Kantonspolizei ihre Ausrüstung holen, weshalb sie allein fuhr und einige Minuten nach uns eintraf.

Als Luca und ich bei der Absperrung eintrafen und ich das Auto parkierte, stieg gerade Norbert Sommer, der Gerichtsmediziner, aus seinem Auto aus. Er, der sonst fast immer einen Witz oder eine ironische Bemerkung auf der Zunge hatte, wirkte bedrückt und nickte uns nur kurz und wortlos zu. Meines Wissens kannte er Dominic Bader nicht näher, aber er wusste natürlich, dass dieser Unfall für alle Polizisten vor Ort speziell war, weil wahrscheinlich ein Kollege von ihnen ums Leben gekommen war.

Norbert, Luca und ich passierten die Absperrung und folgten zu Fuss der Strasse. Etwa hundert Meter nach der Absperrung erreichten wir hinter einer Rechtskurve die Stelle, an der das Auto offenbar von der Strasse geraten war. Die beiden Streifenpolizisten waren gerade daran, die entsprechende Stelle am linken Strassenrand mit weiteren Bändern abzusperren, damit niemand dort allfällige Spuren zerstörte. Sie hatten bereits einen Scheinwerfer installiert, welcher den Strassenabschnitt sowie den steilen Abhang links davon schwach beleuchtete. Das ausgebrannte Auto konnten wir aus unserer Position noch nicht sehen.

Als die beiden Streifenpolizisten uns sahen, unterbrachen sie ihre Arbeit und kamen auf uns zu. Ich kannte die beiden vom Sehen.

»Hallo zusammen«, begrüsste uns der Ältere knapp. Beiden war die Betroffenheit deutlich anzusehen. Der Ältere berichtete uns das Wichtigste: »Kurz nach Mitternacht hat ein Autofahrer, der hier entlang gefahren ist, angerufen und einen Waldbrand gemeldet. Scheinbar hat er nicht gesehen, dass es ein Auto war, das gebrannt hat. Die Zentrale hat uns hergeschickt. Wir haben uns dann von der Strasse aus mit einem Feuerlöscher zum Brandherd abgeseilt und das brennende Auto entdeckt. Das Feuer war nicht mehr so stark. Wir konnten es problemlos löschen. Aber vorher muss es extrem stark gebrannt haben. Sieht übel aus.«

»Und es ist Dominics Auto?«, fragte ich.

»Ja. Das Auto hat sich beim Sturz wohl mehrfach überschlagen. Da sind verschiedene Teile weggeschleudert worden, darunter auch eines der Nummernschilder. Zumindest ist es eindeutig Dominics Autonummer…« Nach ein paar Sekunden Pause, fügte er hinzu: »Wahrscheinlich auch sein Auto.«

»Und der Fahrer…«, begann ich zögernd.

»Ist noch im Auto. Wie gesagt, es muss extrem stark gebrannt haben. Es ist allzu offensichtlich, dass da nichts mehr zu machen ist. Darum haben wir die Leiche noch nicht aus dem Auto geholt.«

Er stockte einen Moment. Offensichtlich erinnerte er sich daran, dass ich wohl auf etwas anderes hinauswollte, als ich nach dem Fahrer gefragt hatte. »Keine Ahnung, ob das Dominic ist. Ist nicht mehr so einfach erkennbar. Kein schöner Anblick.«

Inzwischen war Claudia eingetroffen. Sie hatte den letzten Teil des Berichts mitgehört. Da der Streifenpolizist nichts mehr hinzufügte, standen wir einen Augenblick lang schweigend zu sechst im Kreis, jeder seinen eigenen Gedanken nachhängend.

»Das Auto ist da drüben von der Strasse abgekommen?«, frage ich nach einer Weile und zeigte zu den Absperrbändern, die knapp zehn Meter von uns entfernt angebracht waren.

»Muss so sein«, meldete sich nun der jüngere Streifenpolizist. »An dieser Stelle ist der Hang besonders steil und es gibt praktisch keine Bäume. Wenn er weiter vorne oder weiter hinten von der Strasse abgekommen wäre, wäre das Auto wohl relativ rasch von den Bäumen aufgehalten worden. So tief kann ein Auto eigentlich nur an dieser Stelle fallen.«

»Gibt es Bremsspuren?«, fragte Claudia.

»Auf den ersten Blick haben wir keine gesehen«, antwortete der ältere Streifenpolizist. Aber unser Licht ist nicht besonders gut. Und jetzt bist ja du da…«

Die Strasse war asphaltiert. An beiden Strassenrändern gab es schmale Streifen mit Kieselsteinen bevor der Waldboden begann. An der mit Absperrbändern markierten Stelle folgte auf den schmalen Kieselsteinstreifen praktisch sofort der steile Abhang. Wir näherten uns der Stelle, blieben aber vorerst ausserhalb der Absperrung. Claudia hatte eine starke Lampe mitgebracht und suchte damit den relevanten Abschnitt des Strassenrands aus Distanz ab.

»Falls er stark gebremst hat, müsste man das sehen. Auf dem Asphalt nur, wenn er sehr stark gebremst hat, aber auf dem Kiesstreifen müsste man es sowieso sehen.«

»Also ich sehe nichts«, sagte Luca, der wie wir alle mit den Augen dem Lichtkegel von Claudias Lampe folgte.

»Ich auch nicht«, sagte Claudia. »Ich schaue es nachher noch von nahe an. Tut mir bitte den Gefallen und bleibt ausserhalb der Absperrung. Insbesondere auf dem Kiesbett sind allfällige Bremsspuren sehr schnell nicht mehr sichtbar.«

Mein Handy klingelte. Es war Baumann. Ich entfernte mich ein paar Schritte von der Gruppe, um ihn gut verstehen zu können.

»Und?«, fragte ich ihn. Natürlich wollte ich wissen, ob er Dominic Bader zuhause angetroffen hatte. Aber ich wollte die Frage nicht offen aussprechen. Baumann wusste auch so, was ich wollte.

»Er ist nicht zuhause. Sieht schlecht aus. Vor allem weil seine Partnerin Frau Rüegg sein Handy dort geortet hat, wo das Auto gefunden wurde.«

»Was hat sie?«, fragte ich zurück.

»Baders Handy geortet. Sie erklärt es Ihnen nachher, Goldbacher. Ich habe mit Frau Rüegg vereinbart, dass Sie nachher noch bei ihr vorbei gehen und ihre Aussage aufnehmen.«

»Was heisst nachher? Noch heute Nacht?«

»Ja. Die Frau ist verständlicherweise fix und fertig. Sie kann sowieso nicht schlafen.«

»Und wieso brauchen wir eine Aussage von ihr?«, fragte ich. »Das sieht hier eindeutig nach einem Unfall aus.

Unaufmerksamkeit, Sekundenschlaf, Bremsversagen, irgend so etwas vermute ich nach dem, was ich bisher gesehen habe.«

»Frau Rüegg zweifelt daran, dass es ein Unfall war. Sie kann sich nicht erklären, wieso Bader dorthin gefahren ist… Na ja, ich glaube nicht, dass sie Recht hat. Aber Bader war ein Mitarbeiter von uns. Wir sind es Frau Rüegg schuldig, dass wir ihrer Vermutung nachgehen.«

Er gab mir die Adresse von Frau Rüegg und fügte dann noch an: »Jetzt muss ich noch zu Baders Ex-Frau.«

»Bader ist geschieden?«, fragte ich und wusste nicht so recht, ob ich in der Gegenwarts- oder in der Vergangenheitsform über ihn sprechen sollte.

»Ja. Er hat einen Sohn, der bei seiner Ex-Frau lebt.«

Nachdem ich mich nochmals kurz am Unfallort umgeschaut und mich vergewissert hatte, dass weder Luca noch ich hier viel tun konnten, sagte ich zu meinem Assistenten: »Komm mit. Wir müssen noch zur Freundin von Dominic.«

»Puh! Müssen wir sie benachrichtigen?«

»Nein. Der Kommandant war bei ihr. Aber wir sollen noch ihre Angaben protokollieren.«

Nicole Rüegg weinte still, als sie uns die Türe öffnete. Die Freundin von Dominic Bader wirkte auf den ersten Blick einiges jünger als unser Arbeitskollege, was aber vermutlich primär daran lag, dass sie aussergewöhnlich klein war.

Nachdem wir kondoliert und ihr Kaffee-Angebot freundlich abgelehnt hatten, kam sie ziemlich schnell zur Sache: »Ich war mit meiner besten Freundin im Ausgang. Als ich nach Hause kam, wunderte ich mich, dass Dominic nicht da war. Ich habe vergeblich versucht, ihn auf dem Handy zu erreichen. Es hat geklingelt, aber er hat nicht abgenommen. Das ist aber nicht aussergewöhnlich. Er hat das Handy fast immer auf *stumm* geschaltet. Also habe ich rasch sein Handy geortet und gesehen, dass er irgendwo in der Nähe von Falkenberg ist. Da habe ich vermutet, dass er irgendeinen unerwarteten Polizeieinsatz hat und vergass, mir eine Nachricht zu machen. Ich meine, was soll er sonst dort oben? Da habe ich mir gedacht, das kann unter Umständen noch ewig dauern, und bin schlafen gegangen.«

Sie schluchzte wieder auf und neue Tränen liefen über ihre Wangen. Dann fuhr sie fort: »Aber Herr Baumann sagt, dass es gar keinen Polizeieinsatz dort gab. Und keinen Alarm für Dominic heute Abend…« Sie schaute Luca und mich ratlos an.

»Wie haben Sie sein Handy geortet?«, fragte ich.

Sie nahm ihr Smartphone und öffnete die App »*Freunde*«. Ich hatte zwar schon von solchen Apps gehört, aber noch nie selbst eine benutzt. Im oberen Teil des Bildschirms war eine Landkarte sichtbar, im unteren Teil eine Liste mit den drei Einträgen *Domi-Chäferli*, *Mami* und *Paps*. Unter dem Eintrag der Mutter stand klein »Klingental – vor 30 Sek.«, unter den anderen beiden Einträgen »Standort nicht verfügbar«. Auf der Karte zeigte ein blauer Punkt offenbar den Standort des Handys von Nicole Rüegg und ein oranger Punkt den Standort der Mutter.

»Da sehen Sie immer, wo die sind«, sagte ich. Es war eher eine Feststellung als eine Frage.

»Ja, aber das ist immer gegenseitig. Sie sehen auch, wo ich bin«, antwortete Frau Rüegg als wolle sie sich rechtfertigen. »Das geht nur, wenn beide Seiten einverstanden sind. Ich habe es vor ein paar Jahren mal eingerichtet, weil meine Mutter häufig alleine wandern geht. Aus Sicherheitsgründen, falls ihr mal etwas passiert. Aber es ist auch mit Domi praktisch, zum Beispiel wenn wir verabredet sind und einer verspätet sich, dann kann der andere...«

Sie brach ab und schluchzte erneut laut. Als sie sich wieder gefangen hatte, zeigte sie uns noch, wo sie um Mitternacht den orangen Punkt von Dominic gesehen hatte. »Irgendwo da«, sagte sie und zeigte auf die Gegend östlich von Falkenberg, ungefähr dort, wo der Unfall passiert war.

»Jetzt gibt natürlich keinen Punkt, weil da unten steht, dass der Standort nicht verfügbar ist«, ergänzte sie und fing wieder an zu weinen.

Wahrscheinlich ahnte sie, dass ich etwas beunruhigt auf den Display schaute, weil auch bei ihrem Vater »Standort nicht verfügbar« stand. Denn sie schob gleich die Erklärung nach: »Dass der Standort nicht verfügbar ist, kommt immer wieder vor. Zum Beispiel wenn jemand vorübergehend keinen Handyempfang hat. Bei meinem Vater heisst es meist, dass der Akku leer ist.«

Dann erklärte sie uns, dass sie sich nicht vorstellen könne, dass Dominic dorthin gefahren sei, wenn es nicht etwas mit seiner Arbeit als Polizist zu tun gehabt hätte. »Wir kennen niemanden dort oben. Und ich habe nie erlebt, dass er einfach plötzlich irgendwo hingefahren ist.«

Luca und ich versprachen ihr, der Sache nachzugehen.

Als wir wieder im Auto sassen, rief ich bei der Zentrale an. Lea Zurkirchen hatte Nachdienst und nahm meinen Anruf entgegen.

»Weiss eigentlich Sarah Landolt schon von der Sache mit Dominic?«, fragte ich Lea.

»Ja, wir haben sie informiert. Sie ist hier bei mir.«

»Kannst du sie fragen, ob sie eine Ahnung hat, warum Dominic dort unterwegs war? Hat er irgendetwas erzählt, was er am Abend vorhatte?«

Lea legte meinen Anruf auf die Warteschleife, wo ich mir irgendeinen Evergreen anhören musste, bis sie sich nach etwa einer Minute wieder meldete.

»Nein, sie hat keine Ahnung. Die beiden waren noch beim Feierabendbier. Ich war auch da. Er hat nicht erzählt, dass er noch Pläne hatte für den Abend.«

Ich bedankte mich und rief als Nächstes Claudia an. Sie machte sich gerade auf den Heimweg. »Für den Moment ist hier alles erledigt. Ich versuche, ein paar Stunden zu schlafen und komme noch einmal hierher, sobald es hell ist. Die Leiche ist bei Norbert in der Gerichtsmedizin. Das Auto wird im Verlauf des Tages geborgen. Die Strasse bleibt wegen der Spurensicherung und wegen der Bergung des Fahrzeugs noch bis mindestens am Mittag gesperrt.«

31

Freitag, 22. Juli, Vormittag

Am Freitagvormittag berichtete uns der Gerichtsmediziner Norbert Sommer, dass die Leiche des verunfallten Autofahrers identifiziert sei. Es handelte sich leider tatsächlich um unseren Kollegen Dominic Bader.

»Hast du irgendwelche Hinweise darauf, warum er von der Strasse abgekommen ist. Herzinfarkt oder so etwas?«, fragte ich Norbert.

»Du bist unmöglich! Hast du eine Ahnung, in welchem Zustand die Leiche ist? Das wird ziemlich schwierig. Abgesehen davon, wäre es auch schwierig, wenn er in einem besseren Zustand wäre. Die meisten Leute verunfallen einfach, weil sie unaufmerksam sind. Das siehst du der Leiche nicht an.«

Ich verstand seine Überlegung, doch ich wollte Dominics Freundin zuliebe möglichst viel tun, um die Unfallursache herauszufinden.

»Ok«, sagte Norbert schliesslich. »Ich schaue mir die Leiche noch genauer an. Ist das dringend?«

»Danke! Und: Nein, dringend ist es nicht. Mach es, sobald du Zeit hast.«

Kurz darauf erschien Claudia im Teambüro. Sie hatte die Spurensicherung abgeschlossen. Die wichtigste Erkenntnis war, dass es keine Bremsspuren gab. Wir vereinbarten, dass Claudia das völlig zerstörte Auto nach der Bergung noch untersuchen sollte, um allenfalls Hinweise auf technische Defekte zu finden. Insbesondere interessierte uns, ob die Bremsen funktionierten. Allerdings war das Auto so stark zerstört, dass unklar war, wie viele Erkenntnisse die Untersuchung des Wracks noch bringen konnte.

Claudia war völlig von der Rolle. Sie hatte viel engeren Kontakt mit Dominic Bader gehabt als Luca und ich.

»Erst gestern Abend haben wir noch zusammen ein Bier getrunken«, sagte sie deprimiert.

»Hat er viel getrunken?«, fragte ich sie.

»Nein, er hat nie viel Alkohol getrunken. Auch gestern nicht. Er ist auch nicht so lange geblieben gestern. Ich war jedenfalls noch da, als er ging.«

»Hat er gesagt, was er noch vor hatte?«

»Nein, ich glaube nicht. Zumindest habe ich nichts mitbekommen.«

»Sonderbar, dass er mitten in der Nacht da hinauf gefahren ist.«

Nach einer kurzen Pause fügte ich an: »Warten wir mal ab, ob du etwas findest, wenn du das Auto anschaust. Mehr können wir da im Moment nicht tun. Jetzt kümmern wir uns zuerst wieder um das Verschwinden von Stefan Wicki und um die gefundenen Waffen.«

Wir vereinbarten, dass Luca weitere Nachforschungen über die beiden Vereine von Ernst Stadelmann machen sollte. Ich wollte unterdessen mit Anita Stadelmann und noch einmal mit Fabian Hunkeler sprechen, um doch noch mehr über den Bekanntenkreis von Stefan Wicki herauszufinden.

Da es Claudia offensichtlich nicht gut ging und sie im Moment keine dringenden Aufgaben hatte, bat ich sie, mich zu den Befragungen zu begleiten und zu protokollieren.

Wir trafen Anita Stadelmann weder zuhause noch in ihrem Atelier an. Also telefonierte ich Fabian Hunkeler. Bei ihm hatten wir mehr Glück und wir konnten den Jugendfreund von Stefan Wicki gleich zuhause besuchen und ihn noch einmal befragen.

Das Gespräch mit Fabian Hunkeler brachte aber nicht viel. An dem Tag, an dem er mit Stefan Wicki bei Jolanda Hebeisen war, hatte er Wicki erstmals seit etwa zwanzig Jahren wieder getroffen. Und nachher hatten sie keinen Kontakt mehr. Sie hatten zwar die Telefonnummern ausgetauscht und vereinbart, sich wieder mal zu treffen. Doch bis zum Verschwinden von Wicki hatte sich keiner von beiden beim Anderen gemeldet.

Ich fragte Hunkeler, worüber er an diesem Tag mit Wicki gesprochen hatte. Immerhin hatten die beiden mehrere Stunden gemeinsam verbracht. Doch Hunkeler konnte sich nicht an Details erinnern. »Er erwähnte, dass er in diesem Seilbahnmuseum arbeitet. Aber was er sonst noch macht, ich glaube, darüber haben wir nicht gesprochen.«

Claudia und ich fuhren noch einmal zu Anita Stadelmanns Wohnung am Stadtrand. Sie war wieder nicht zuhause. Dafür trafen wir sie kurz darauf in ihrem Atelier an, das sich nur wenige hundert Meter entfernt in einem Gewerbegebiet befand.

Anita Stadelmann trug eine schwarze Bluse und schwarze Jeans. Der Kleidungsstil war wohl so, wie er in ihrem Atelier sein musste. Ausreichend korrekt, um bei allfälligen Kunden eine gute Figur zu machen, aber auch ausreichend bequem, um arbeiten zu können.

Als wir das Atelier betraten, hängte sie gerade ein Bild auf. Kunden waren keine da. Das Atelier war vielleicht etwa sechzig Quadratmeter gross. Am hinteren Ende, hinter dem Arbeitsplatz von Anita Stadelmann gab es einen Durchgang in einen zweiten Raum, von dem man aber nicht viel sehen konnte.

Anita Stadelmann schien nicht besonders erstaunt über unseren Besuch. Wahrscheinlich hatte sie schon erfahren, dass wir bereits mit ihrem Vater und ihrem Bruder gesprochen hatten.

Leider brachte das Gespräch keine neuen Erkenntnisse. Frau Stadelmann erklärte uns, sie wisse nichts darüber, mit wem Stefan Wicki befreundet gewesen sei oder mit wem er regelmässig Kontakt gehabt hatte. Sie selbst hatte viele Jahre gar keinen Kontakt zu ihm, bis sie ihm beim Klassentreffen wieder begegnet war. »Danach habe ich ihm noch die Stelle bei meinem Vater vermittelt. Aber sonst hatten wir eigentlich kaum Kontakt. Deshalb hat es mich auch so erstaunt, dass er mir dieses SMS geschickt hat. Warum ausgerechnet mir?«

»Ja, warum ausgerechnet Ihnen?«, fragte ich nach.

»Er wollte ja, dass man nicht nach ihm sucht. Aber er wollte sich nicht bei meinem Vater abmelden. Das kann ich nachvollziehen. Wenn er meinem Vater ein SMS geschickt hätte: Der hätte ihn sofort angerufen und gefragt, was los sei. Bei mir konnte Stefan eher damit rechnen, dass ich seinen Wunsch respektiere.«

Ich wartete einen Moment, doch sie sagte nicht noch mehr dazu. Stattdessen starrte sie einige Sekunden ins Leere. Wahrscheinlich hatte sie Erinnerungen an Stefan Wicki im Kopf. Vielleicht gar an die Jugendzeit, als er ihr Freund war. Jedenfalls sah man ihren Augen an, dass die Erinnerung an Stefan Wicki sie aufwühlte.

Ich fragte Anita Stadelmann noch, wer von den Museumsangestellten oder von den beiden Vereinen am ehesten Kontakt mit Stefan Wicki gehabt hatte.

»Oh, da fragen Sie die Falsche! Mit dem Museum und den Vereinen habe ich gar nichts zu tun.«

»Aber ich habe gesehen, dass Sie im Vorstand des Museums sind.«

»Ja, schon, aber das ist eigentlich nur auf dem Papier. Mehr meinem Vater zuliebe. Wissen Sie, ich bin Künstlerin. Diese Seilbahnen interessieren mich nicht besonders.«

»Ja, ich habe gehört, dass Sie Malerin sind. Sind das hier alles Gemälde von Ihnen?«, fragte ich, eher anstandshalber als dass es mich wirklich interessiert hätte.

Anita Stadelmann freute sich aber offensichtlich über meine Frage und begann sofort, Claudia und mir von ihrer Malerei zu erzählen. Tatsächlich waren die meisten Bilder im Raum von ihr. Es gab aber auch eine Ecke mit ein paar Gemälden von anderen Schweizer Künstlern.

Die Gemälde von Anita Stadelmann hätte ich als abstrakte Malerei bezeichnet. Sie selbst verwendete den Begriff *absolute Malerei*. Ich muss zugeben, dass ich nicht allzu viel damit anfangen konnte. Generell nicht mit Malerei, aber bei abstrakten Bildern hatte ich zudem schnell das Gefühl, es sehe aus, wie wenn ein Vierjähriger mit

Farben gekleckert hätte. Ganz so schlimm war es bei den Bildern von Anita Stadelmann nicht. Immerhin gefielen mir teils die Kombinationen von Formen und Farbtönen. Aber mehr auch nicht.

Claudia zeigte etwas mehr Interesse als ich, stellte zwei, drei Fragen, was Frau Stadelmann animierte, uns noch in den hinteren Raum zu führen. Dieser war mindestens gleich gross wie der Ausstellungs- und Verkaufsraum. Sie bezeichnete den Raum als ihren *Kreativraum*, weil sie meistens dort malte. Offensichtlich war es aber auch ihr Lagerraum, denn die Zahl der dort herumstehenden Bilder war ein Vielfaches grösser als die Zahl der vorne ausgestellten Bilder.

Nach einigen Minuten entschied ich, dass wir uns nun verabschieden konnten, ohne allzu unfreundlich zu wirken.

32

Freitag, 22. Juli, Nachmittag

Nach dem Mittagessen rief Alexandra auf mein Handy an: »Du, Markus, ich habe heute im Radio von diesem Verkehrsunfall gehört. Jetzt hat mir gerade jemand bei uns auf der Staatsanwaltschaft erzählt, dass das einer von der Kantonspolizei ist, der da verunfallt ist. Stimmt das?«

Nachdem ich ihr kurz über den Unfall berichtet hatte, fragte sie mich nach dem Stand der Ermittlungen betreffend Stefan Wicki. Ich berichtete über die beiden Befragungen, die ich am Vormittag mit Claudia durchgeführt hatte, und ergänzte dann: »Was Luca in der Zwischenzeit herausgefunden hat, weiss ich auch noch nicht. Wir sitzen jetzt dann gleich zusammen.«

»Könnt ihr etwa eine halbe Stunde warten? Ich würde gerne zu euch kommen und mithören.«

»Ja, klar, machen wir.« Alexandra begleitete unsere Ermittlung enger als ich mir das gewohnt war. Aber es störte mich im Moment überhaupt nicht. Sie beteiligte sich zwar an den Diskussionen, aber nicht so, dass man das Gefühl bekam, sie wolle in unsere Arbeit dreinreden.

Claudia, der es im Verlauf des Vormittags vorübergehend besser gegangen war, wirkte wieder sehr mitgenommen. Ich wusste nicht so recht, ob es primär am Schock über den Tod ihres Arbeitskollegen lag oder am Schlafmangel nach der weitgehend durchgearbeiteten Nacht. Ich schlug ihr vor, bereits jetzt Feierabend zu machen und sich zuhause zu erholen.

Sie zögerte: »Die bringen doch heute Nachmittag das Auto von Dominic. Ich wollte das doch noch anschauen.«

»Das kannst du auch nächste Woche machen.«

Sie überlegte kurz, dann stimmte sie mir zu und verabschiedete sich.

Es dauerte etwas länger als angekündigt, bis Alexandra bei uns eintraf. Als sie endlich da war, setzten sich Luca und ich mit ihr an den grossen Besprechungstisch im Kripo-Büro. Luca erzählte von seinen Nachforschungen über den *Bund der Tellensöhne* und den *PatSchüV*, den Patriotischen Schützenverein. Er hatte eine Handvoll Leute kontaktieren können, die entweder im einen oder im anderen Verein dabei waren. Die Gespräche hatten aber keine neuen Erkenntnisse geliefert: Die Befragten hatten Stefan Wicki vom Sehen her gekannt, da er vom Stellenantritt bis zu seinem Verschwinden an fast jeder Veranstaltung der beiden Vereine präsent war.

»Aber niemand konnte mir viel über ihn erzählen«, berichtete Luca etwas resigniert. »Wicki hielt sich immer im Hintergrund. Bei den Veranstaltungen hatte er meist organisatorische oder administrative Aufgaben. Niemandem ist aufgefallen, dass Wicki mit jemandem mehr als nur ober-flächlichen Kontakt hatte.«

Auch über die beiden Vereine hatte Luca nichts erfahren, das wir nicht schon wussten. Er zeigte uns drei Filme, die er auf *YouTube* gefunden hatte. Sie zeigten Sequenzen von Veranstaltungen, die der *Bund der Tellensöhne* im

Seilbahnmuseum durchgeführt hatte. Zwei Filme zeigten Referate von Ernst Stadelmann, der dritte war ein Ausschnitt aus einer Podiumsdiskussion, welche Stadelmann moderierte.

In diesem dritten Film, der aus dem Publikum heraus wahrscheinlich mit einem Handy gefilmt worden war, sah man einige Sekunden lang Stefan Wicki. Er war offensichtlich als Kellner aktiv. Jedenfalls sahen wir, wie er Getränke an einen Tisch brachte, zwei leere Flaschen mitnahm und wieder aus dem Bild verschwand.

Das, was Ernst Stadelmann in den drei Filmausschnitten sagte, bestätigte unser Bild von ihm. In einem Referat zählte er Attentate von islamischen Terroristen in Europa auf und berichtete über die zahlreichen Toten und Verletzten. Dann erläuterte er Statistiken über die zunehmende Verbreitung des Islam in der Schweiz. »Wenn wir die Zuwanderung nicht stoppen, dann werden auch immer mehr Kriminelle und Terroristen in unser Land kommen. Und sie werden unsere geliebte Schweiz zerstören«, sagte Stadelmann energisch ins Mikrophon. Nach einer kurzen Pause fügte er hinzu: »Aber ich bin optimistisch. Es gibt immer mehr Leute, die diese Gefahr erkennen. Es gibt immer mehr Leute, die den *Bund der Tellensöhne* unterstützen. Irgendwann werden wir stark genug sein. Und dann müssen diese Waschlappen, die unser Land regieren, mit ihrer Multikulti-Politik aufhören. Wir werden dafür sorgen, dass die Schweiz wieder das wird, was sie mal war! Ich danke Ihnen für Ihre Aufmerksamkeit.«

Im anderen Referat ging es nicht um Islam und Terrorismus, sondern ganz allgemein um kriminelle

Ausländer. Stadelmann sprach beispielsweise darüber, dass bei den meisten Raser-Unfällen auf unseren Strassen Ausländer oder Eingebürgerte am Steuer sassen, während die Opfer Schweizer seien. In rührenden Worten erzählte er über das Leben von Personen, die durch Raser ausländischer Nationalität getötet oder schwer verletzt worden waren.

Ich musste anerkennen, dass Stadelmann grosses rhetorisches Talent hatte. Zudem fand ich, dass er Probleme und Entwicklungen ansprach, die auch bei mir Unbehagen auslösten. Was mir hingegen nicht gefiel, war die Schwarz-Weiss-Malerei, die Stadelmann betrieb: Schweizer sind gut, Ausländer hingegen böse. Natürlich sagte er dies nicht wörtlich, aber die Haltung war deutlich spürbar. Als mir beim Betrachten der Filme der Begriff *Schwarz-Weiss-Malerei* durch den Kopf ging, musste ich kurz schmunzeln: »Er müsste sich ein Vorbild an seiner Tochter nehmen – die malt wenigstens farbig«, dachte ich.

Was mich sonst noch störte: Ich fand Stadelmann naiv. Seine Überzeugung, mit ein paar tausend Anhängern wesentliche Veränderungen bewirken zu können, wirkte allzu optimistisch auf mich.

Luca, Alexandra und ich diskutierten, ob das politische Engagement von Stadelmann relevant für unsere Ermittlungen war.

»Ich kann mir überhaupt nicht vorstellen«, sagte Alexandra, »dass Stadelmann hinter dem Waffenverkauf an Said Osman steckt. Dafür ist er zu patriotisch und zu ausländerfeindlich. Aber ich kann mir vorstellen, dass

Stefan Wicki die Waffen beim Schützenverein gestohlen hat, und Stadelmann das vertuschen wollte.«

»Und warum sollte Stadelmann einen Waffendiebstahl vertuschen?«, fragte ich.

»Vielleicht hatte er Angst vor negativen Schlagzeilen«, antwortete Alexandra. »Es gibt ja immer wieder Bestrebungen, den Waffenbesitz einzuschränken. Vielleicht glaubte er, dass es seinem Verein und seinen Schützen schadet, wenn bekannt wird, dass man so leicht Waffen stehlen kann.«

»Falls es so war«, wandte Luca ein, »muss Wicki aber noch andere Waffenlieferanten gehabt haben. Ein Teil der Waffen, die wir im Keller von Frau Hebeisen gefunden haben, war ja gestohlen. Die kann Wicki nicht dem Schützenverein geklaut haben.«

»Und dann ist noch die Frage: Was ist mit Stefan Wicki passiert?«, überlegte ich. »Nehmen wir mal an, Wicki hat beim Schützenverein Waffen gestohlen und Stadelmann hat das herausgefunden. Stadelmann wird Wicki ja sicher nicht deswegen umgebracht haben. Und falls er Wicki umgebracht hätte, dann hätte Wicki kaum vorher noch ein Abschieds-SMS geschrieben.«

Wir überlegten einen Moment. Dann äusserte Alexandra eine Vermutung: »Vielleicht hat Stadelmann Wicki rausgeworfen. Und hat gedroht, ihn anzuzeigen. Und Wicki ist untergetaucht. Oder er hat sich umgebracht.«

»Du meinst: Stadelmann weiss, warum Wicki verschwunden ist, aber er will nicht, dass wir es herausfinden, weil es seinen Vereinen schaden könnte.«

»Wäre doch möglich, oder?«, fragte Alexandra.

»Könnte sein«, meinte Luca. »Ich bin nicht völlig überzeugt, dass es so war. Aber eine bessere Erklärung habe ich auch nicht.«

»Gut«, sagte ich. »Zumindest ist das mal ein vielversprechender Ansatz. Ich würde vorschlagen, dass wir am Montag Stadelmann noch einmal auf den Zahn fühlen. Dann soll er uns auch mal zeigen, wo der *PatSchüV* seine Waffen aufbewahrt und wie er so sicher sein kann, dass keine Waffen gestohlen wurden.«

»Gute Idee«, pflichtete Alexandra bei.

»Würdest du uns allenfalls einen Durchsuchungsbefehl ausstellen, damit wir die Lagerhalle durchsuchen können, in der der Verein zuhause ist?«

Alexandra zögerte. »Sprecht doch zuerst mal mit ihm. Warten wir mal ab, was er sagt und wie kooperativ er ist. Danach können wir immer noch weitersehen.«

33

Vor etwa vier Jahren

Ernst Stadelmann hatte es zwar nicht geschafft, Regierungsrat zu werden, doch im privaten Umfeld erhielt er viel Anerkennung für seine pointierten Aussagen im Wahlkampf. Viele Freunde und Bekannte teilten seine Haltung gegenüber Ausländern.

»Endlich sagt mal einer, was alle denken«, war eine typische Rückmeldung. Oder: »Es ist ein Fluch mit der Politik. Sobald einer offen seine Meinung sagt, haut man ihm den Kopf ab!«

Auch von Fremden erhielt Stadelmann viel Lob für seine Äusserungen. Wenn er an seinem Wohnort Grabenfeld oder im Kantonshauptort unterwegs war, wenn er in einem Restaurant sass oder eine Veranstaltung besuchte: Immer wieder sprach ihn jemand an und gratulierte ihm zu seinen Aussagen. Das hielt auch lange nach seinem Rückzug aus der Politik an. Ernst Stadelmann war zwar nicht Regierungsrat geworden, aber dank seiner klaren politischen Haltung bekannt, und bei einem Teil der Bevölkerung auch beliebt.

Die Rückmeldungen bestätigten Ernst Stadelmann in seiner Überzeugung. Andererseits hatte er natürlich auch gemerkt, dass seine Meinung nicht mehrheitsfähig war und er keine Aussicht hatte, seine Vorstellungen politisch umzusetzen.

Mit jedem neuen Medienbericht über Zuwanderung, über Ausländerkriminalität und über islamischen Terror wuchsen bei Ernst Stadelmann die Befürchtungen, dass die Schweiz eines Tages zugrunde gehen würde, weil die Politik sich nicht entschlossen gegen die Überfremdung wehrte.

34

Letztes Jahr, im Januar

Stefan Wicki musste noch einmal um den Block fahren. Erst im zweiten Anlauf fand er einen Parkplatz. Inzwischen hatte er schon fast eine halbe Stunde Verspätung, was ihm ein wenig peinlich war. Andererseits war Jolanda Hebeisen, eine alte, einsame Frau, die ohnehin den ganzen Tag zuhause war. Da spielte es keine grosse Rolle, dass er etwas später eintraf als vereinbart.

Einige Wochen nachdem er zufällig seinen Jugendfreund Fabian Hunkeler getroffen hatte und mit ihm zu Jolanda Hebeisen gekommen war, hatte Stefan Wicki seine Hemmungen überwunden und seine ehemalige Nachbarin angerufen. Und nun machte er den versprochenen Besuch.

Er hatte Kuchen mitgebracht. Selbstverständlich nicht selbst gemacht, sondern in einer Konditorei gekauft. Die alte Frau servierte Tee, was Wicki nicht sonderlich begeisterte, da er eigentlich nur Tee trank, wenn er krank war.

Jolanda Hebeisen genoss es sichtlich, Besuch zu haben. Unermüdlich erzählte sie von früher. Über die Zeit, als Stefan Wicki noch mit seinen Eltern hier wohnte. Aber auch sonst vieles über vergangene Zeiten.

Die Erzählungen interessierten Stefan Wicki nur mässig. Er hörte aber freundlich zu, um Frau Hebeisen eine Freude zu machen. Schliesslich hatte sie sehr nett reagiert, als er vor ein paar Wochen mit Fabian Hunkeler zu ihr gekommen war.

»Ich glaube, ich habe noch Fotos von dir und deinen Eltern«, sagte Jolanda Hebeisen plötzlich. »Möchtest du sie sehen?«

»Ja, klar«, antwortete Stefan Wicki. Es war aber reine Höflichkeit. Eigentlich hatte er nicht die geringste Lust, die alten Bilder zu sehen.

»Die Fotos sind in einem blauen Fotoalbum. Und wenn ich mich nicht täusche, ist das Album im Keller. Irgendwo in einem der Schränke, die dort stehen. Wärst du nicht so nett und würdest es rasch holen? Weisst du, ich bin nicht mehr so gut zu Fuss.«

»Ja, klar. Ich hoffe, ich finde es.«

Jolanda Hebeisen erklärte ihrem Besucher, wo sich ihr Kellerabteil befand. Dann stand sie auf und überreichte ihm den Schlüsselbund mit zwei Schlüsseln.

»Das hier ist der Kellerschlüssel. Der andere ist für den Briefkasten.«

Stefan Wicki fand das Kellerabteil problemlos. Allerdings dauerte es eine ganze Weile bis er das Foto-album gefunden hatte. Denn im Kellerabteil hatte sich eine Menge alter Sachen angesammelt und es herrschte ein grosses Durcheinander. Ausserdem war es sehr staubig. Wicki merkte sofort, dass schon lange niemand mehr in diesem Kellerabteil gewesen war.

Er kehrte mit dem Fotoalbum zurück in die Wohnung und liess sich die alten Bilder zeigen. Erst nachdem Jolanda Hebeisen das ganze Album durchgeblättert hatte, gelang es Stefan Wicki, den Besuch zu beenden. Die alte Frau liess ihn aber erst gehen, nachdem er versprochen hatte, wieder einmal zu Besuch zu kommen.

35

Freitag, 22. Juli, Abend

Nach der Besprechung mit Alexandra verabschiedete sich Luca. Er besuchte mit seiner Freundin im Nachbarkanton ein Open-Air-Festival, das am Freitagabend begann und bis Sonntagmittag dauerte.

Ich besprach noch kurz mit Alexandra, wie wir am Montag bei der Befragung von Stadelmann und einer allfälligen Durchsuchung der Schiesshalle vorgehen wollten.

Als das geklärt war, stand Alexandra auf. Ich wünschte ihr ein schönes Wochenende und fragte sie nach ihren Plänen.

»Ich weiss noch nicht. Zuerst kaufe ich mir mal etwas fürs Nachtessen und dann schaue ich weiter. Und du?«

»Ich habe gestern sehr viel eingekauft. Vor allem tonnenweise Eierschwämmli. Da werde ich wohl noch einmal irgendetwas mit diesen Pilzen kochen.«

Alexandra blickte mich an. Einen Moment lang sah es aus, als wollte sie etwas sagen, doch dann entschied sie sich anders. Ich hatte eine Vermutung, was ihr durch den Kopf gegangen war und sagte spontan: »Falls du Eierschwämmli magst…«

Sie strahlte mich kurz an. Zumindest bildete ich mir das ein. Dann zögerte sie, vielleicht weil sie nicht sicher war, ob mein halber Satz tatsächlich als Einladung zu verstehen war.

»… dann was?«, fragte sie.

»Also, wenn du mir beim Kochen hilfst, dann darfst du auch mitessen.«

»Und es gibt heute ausnahmsweise nicht Spiegeleier?«, fragte sie lachend.

»Nein. Hast du Lust auf Eierschwämmli?«

»Warum nicht. Hast du gestern nicht noch von Curry gesprochen?«

»Ja klar, das geht auch.«

»Oder könnte man das kombinieren? Curry mit Eierschwämmli?«

»Tönt interessant«, antwortete ich. »Ich suche mal schnell im Internet nach einem Rezept.«

Eine halbe Stunde später standen Alexandra und ich in der Küche meiner Wohnung und begannen, die Pilze zu reinigen und den Reis zu waschen. Genau wie im Job funktionierte unsere Zusammenarbeit auch in der Küche bestens.

»Ich mache nicht allzu viel Reis, damit du nachher noch Appetit auf Dessert hast«, schlug ich vor. »Ich habe noch *Mousse au Chocolat* im Kühlschrank.«

»Selbst gemacht?«, frage sie. Ich hörte Skepsis in ihrer Stimme.

»Ja, gestern Abend.«

»Ich liebe *Mousse au Chocolat*«, sagte sie strahlend. »Du musst das mal mit Toblerone machen. Es gibt nichts Besseres!«

»Es *ist* mit Toblerone gemacht.«

»Im Ernst? Das muss ich sofort probieren«, sagte sie, suchte nach einem Löffel und ging damit zum Kühlschrank. Ich stand so, dass die Kühlschranktür zwischen uns war. So sah ich sie erst wieder, als sie den Kühlschrank wieder geschlossen hatte. Ich musste herzhaft lachen, weil sie noch Schokolade an der Oberlippe hatte.

Sie verstand nicht sofort, was mich so zum Lachen gebracht hatte, lachte aber ebenfalls und sagte schliesslich: »Schade um dein Mousse. Es wird den heutigen Abend nicht überleben.«

»Gut möglich«, antwortete ich. »Aber der Kommissar wird die Mörderin anhand der Spuren auf der Oberlippe problemlos überführen können.«

»Oh«, sagte sie lachend und wischte sich die Lippe mit dem Handrücken ab.

Wir brieten zuerst eine gehackte Zwiebel in Sesamöl an, gaben dann die Eierschwämme hinzu und später noch einen grossen Löffel voll Currypulver. Nachdem wir das Ganze mit Kokosmilch aufgegossen und gewürzt hatten, liessen wir es kochen bis der Jasminreis bereit war. In der Wartezeit stiessen wir mit *Sauvignon Blanc* an.

Während des Kochens und während des Essens unterhielten wir uns angeregt. Alexandra fragte mich, ob ich häufig koche und ich musste zugeben, dass es selten war, seit ich wieder allein wohnte. Sie nutzte die Gelegenheit, um mich nach meiner letzten Beziehung zu fragen. Nach anfänglichem Zögern erzählte ich, wie mit der Zeit immer grössere Differenzen entstanden waren, die schliesslich zum Bruch führten. Meiner Ex-Freundin war es immer ein Dorn im Auge gewesen, dass ich einen Beruf hatte, den sie als gefährlich einstufte. Sie war lange überzeugt, dass sie mich irgendwann dazu bewegen könnte, zu einem anderen Beruf zu wechseln. Ich hingegen hatte zu lange die Illusion, dass sie sich irgendwann damit abfinden würde, dass die Arbeit bei der Polizei nicht nur ein Beruf, sondern meine Berufung war.

Natürlich fragte ich auch Alexandra nach ihrer letzten Beziehung, über die sie mir schon bei unserem gemeinsamen Nachtessen im *Bamboo* erzählt hatte.

»Er war der Meinung«, erzählte sie über den Mann, mit dem sie die zweite Hälfte ihrer Studienzeit zusammengelebt hatte, »dass er nach der Ausbildung eine Stelle suchen konnte, wo immer er wollte. Und er war überzeugt, ich würde ihm dorthin folgen, meinen Beruf aufgeben und dort Hausfrau und Mutter spielen. Das wurde mir erst richtig klar, als sich bei uns beiden der Studienabschluss näherte.«

»Und seither?«, fragte ich spontan. Aber plötzlich fragte ich mich, ob ich zu neugierig war. Also schob ich gleich nach: »Also falls es dir zu persönlich ist, können wir das Thema wechseln.«

»Nein, nein, schon gut. Ach, Markus, es ist nicht so einfach: Ich bin schon viel zu lange Single!«

»Warum? Bist du so schwierig?«, fragte ich lachend.

Sie lachte kurz laut heraus. Dann wurde sie wieder ernst und antwortete: »Vielleicht bin ich zu wählerisch. Ich habe eine Weile lang recht intensiv über ein Onlineportal gesucht, aber die Dates waren so enttäuschend, dass ich irgendwann die Lust verlor, mich immer wieder zu ärgern.«

»Was hat dich denn geärgert?«

»Keiner dieser Männer hat sich ernsthaft für mich interessiert! Entweder haben sie nur von sich erzählt oder es gab gar kein vernünftiges Gespräch. Du kannst dir nicht vorstellen, wie viele Männer eingeschüchtert sind, wenn eine Frau einen anspruchsvollen Beruf hat.«

Wir unterhielten uns über verschiedenste Themen, auch über weniger ernste. Vielleicht war es das gemeinsame Kochen, das uns half, dass der Arbeitsalltag und unsere beruflichen Rollen irgendwann völlig in den Hintergrund rückten und wir viel unbeschwerter miteinander umgingen als sonst. Der Abend fühlte sich für mich völlig anders an als das gemeinsame Abendessen im *Bamboo* vor ein paar Tagen. Wir lachten viel und tranken reichlich. Die Weinflasche war leer, noch bevor wir uns über das Dessert hermachten.

Während wir das *Mousse au Chocolat* assen, erzählten wir uns einige peinliche Dinge, die uns in unserem Leben schon passiert waren.

»Bei einem Apéro«, berichtete ich, »sah ich eine Schale mit Nüssen und wollte eine davon essen. Ich nahm sie in den Mund, doch als ich auf sie biss, merkte ich, dass sie steinhart war. Es war keine Nuss.«

»Sondern?«

»Gleich daneben war eine zweite Schale… mit Oliven.«

»Was?«, fragte Alexandra lachend. »Du hast die Olivenkerne für Nüsse gehalten?«

»Ja. Wahrscheinlich war ich sehr hungrig.«

»Mir passieren auch immer wieder solche Sachen. Aber das Peinlichste, was mir im Moment gerade einfällt, ist schon ewig her: Es war im Gymnasium. Ich musste einen lateinischen Text ins Deutsche übersetzen. Der Text handelte von Caesar, der mit einem Schiff unterwegs war und in einen Hafen kam…«

Sie stockte und lachte. Dann fuhr sie fort: »Ich war nervös und voll auf die lateinischen Wörter konzentriert. Deshalb habe ich nicht überlegt, ob meine Übersetzung einen sinnvollen Satz gibt.«

»Was hast du denn gesagt?«

»Ich sagte: „Caesar schiffte in den Hafen." Du kannst dir das Gelächter in der Klasse nicht vorstellen! Alle haben sich gekugelt vor Lachen, ausser ich. Es hat sicher eine halbe Minute gedauert, bis ich merkte, was ich gesagt hatte.«

Wir hatten es sehr lustig und ich genoss den Abend sehr. Alexandra begann gerade mit einer weiteren peinlichen Geschichte, als mein Handy klingelte. Es war dermassen lustig, dass ich nicht die geringste Lust hatte, den Telefonanruf entgegen zu nehmen.

»Willst du nicht rangehen?«, fragte sie mich.

»Schon gut – erzähl nur weiter.«

Doch Alexandra insistierte: »Schau wenigstens nach, wer angerufen hat. Vielleicht ist ja etwas mit deinen Eltern.«

Ich ging zum Handy, schaute auf den Display. »Claudia«, sagte ich unentschlossen. Das Klingeln hatte inzwischen aufgehört.

»Du musst sie zurückrufen.«

Natürlich hatte Alexandra Recht. Also rief ich zurück und hatte eine sehr aufgeregte Claudia am Telefon: »Du,

Markus, eines der Bilder im Atelier von Frau Stadelmann: Das ist mir heute Morgen schon aufgefallen, aber ich habe nicht erkannt, warum. Aber vorhin habe ich mich an das Bild erinnert. Und da ist es mir plötzlich klargeworden: Das Bild zeigt Stefan Wicki. Erschossen. Mit einer Schusswunde im Kopf. Anita Stadelmann hat den erschossenen Stefan Wicki gemalt. Ich bin sicher: Entweder hat sie ihn selbst umgebracht, oder sie war dabei!«

Ich war völlig perplex und hatte nicht die geringste Ahnung, wovon Claudia sprach. Deshalb wusste ich nicht gleich, was ich sagen sollte. Weil ich nichts sagte, fragte Claudia: »Weisst du, welches Bild ich meine?«

»Nein. Ich kann mich auch nicht erinnern, dass es Bilder gab, auf denen jemand abgebildet ist. Waren das nicht alles abstrakte Bilder?«

»Doch, aber wenn du weisst, was das Bild zeigen soll, dann ist es sonnenklar.«

»Bist du sicher?«, fragte ich. Ich war skeptisch, versuchte es aber ein wenig zu verbergen. Immerhin hatte Claudia mehr Interesse an der Malerei gezeigt als ich.

»Ganz sicher… Du, Markus… es gibt noch etwas, was mich beschäftigt.«

»Was denn?«

»Gestern Abend war ich ja mit Lea und ein paar anderen beim Feierabendbier. Dominic war auch da… Und weil wir vorher darüber gesprochen haben, dass wahrscheinlich jeder von uns ein paar Leute kennt, die bei diesen beiden Vereinen mitmacht, habe ich beim Bier mal in die Runde gefragt…«

»Und?«

»Dominic hat gesagt, dass er in diesem Schützenverein ist…«

»Das ist nicht dein Ernst!«

»Doch. Aber er hat nichts gesagt, was uns weiterhelfen würde. Ich habe nicht mehr daran gedacht letzte Nacht. Ich war so schockiert, als wir vom Unfall erfuhren.«

Sie berichtete mir kurz über das Gespräch mit Dominic Bader. Doch das Thema, dem ich dringender nachgehen musste, war das Bild von Anita Stadelmann. Als ich nochmals danach fragte, schlug Claudia vor: »Ich kann dir grob zeichnen, wie das aussieht. Soll ich zu dir kommen?«

Das hätte mir gerade noch gefehlt: Meine Mitarbeiterin kommt in meine Wohnung, wo ich gerade ein Date mit der Staatsanwältin habe. Und schnell Alexandra rausschmeissen, bevor Claudia eintraf, wollte ich auch nicht. Also schlug ich vor, dass wir uns im Büro treffen.

Nachdem ich das Telefongespräch beendet hatte, erzählte ich Alexandra kurz, was Claudia mir über das Bild gesagt hatte.

»Ich komme mit«, sagte sie sofort.

Ich zögerte: »Und was erzählen wir Claudia? Dass du gerade zufällig bei mir zuhause bei einer *Mousse au Chocolat Party* warst?«

Alexandra prustete laut heraus. Wir legten uns schliesslich die Erklärung zurecht, ich hätte sie nach dem Telefongespräch mit Claudia zuhause angerufen und sie gebeten, mich zu begleiten.

Kurz darauf trafen wir im Kripo-Büro ein. Claudia war schon da und hatte begonnen, auf einem Blatt Papier das

Bild zu skizzieren, in dem sie die Leiche von Stefan Wicki zu erkennen glaubte.

»Als uns Frau Stadelmann durch ihren Kreativraum führte, fiel mir auf, dass sie plötzlich ein wenig erschrak«, erzählte uns Claudia. Mir war das nicht aufgefallen, doch das lag wohl daran, dass mich die Ausführungen zur Malerei nicht interessiert hatten.

»Ich glaube«, fuhr Claudia fort, »sie erschrak, als sie sah, dass dieses Bild da stand. Ich hatte, den Eindruck, dass sie versuchte, unsere Aufmerksamkeit, in eine andere Richtung zu lenken. Ich habe mir das Bild angeschaut, aber nicht sofort verstanden, was es ist. Erst als ich mich vorhin an das Bild erinnerte, war mir alles klar.«

Sie zeigte uns ihre Zeichnung und fuhr fort: »Das hier ist eine abstrakte Darstellung des Kopfs von Stefan Wicki. Der trug doch angeblich immer blaue Baseballmützen.«

»Scheint mir eine mutige Interpretation. Aber warum nicht?«, sagte ich.

Claudia fuhr unbeirrt fort: »In der Mitte des Gesichts hatte es einen leuchtend roten Punkt. Das ist sicher die Schusswunde.«

»Wie kommst du darauf?«, fragte ich skeptisch.

»Wegen diesem schwarzen Ding da links: Ich hielt es zuerst für einen Bumerang. Aber eine Pistole hat natürlich eine ähnliche Form, wenn man es mit den Details nicht so genau nimmt. Und ich bin fast sicher, dass das eine Ende dieses schwarzen Dings genau zum roten Punkt zeigte.«

Sie wartete einen Augenblick und schaute uns erwartungsvoll an. Da sie nicht nur bei mir, sondern auch bei Alexandra Zurückhaltung sah, fuhr sie fort: »Ausserdem gibt es rechts auf dem Bild das einzige Objekt, das ganz klar erkennbar ist.«

»Den Anker«, fragte Alexandra mit Blick auf Claudias Zeichnung.

»Genau. Frau Stadelmann hat ein Anker-Tattoo auf ihrem Oberarm.«

»Aber«, wandte Alexandra ein, »dann wäre es doch plausibler, dass das Bild Anita Stadelmann darstellt und nicht Stefan Wicki.«

Plötzlich fiel mir etwas ein: »Nein, erstens wegen der Baseballmütze und zweitens…« Ich holte die Akten über Stefan Wicki, blätterte kurz und zeigte den beiden Frauen dann ein Foto, auf dem Stefan Wicki ein ärmelloses T-Shirt trug. Und auch auf seinem Oberarm sah man ein Anker-Tattoo.

Trotz des Tattoo-Fotos war ich alles andere als überzeugt, dass das Bild ein Hinweis dafür war, dass Anita Stadelmann etwas mit dem Tod von Stefan Wicki zu tun hatte. »Vielleicht ist das ihre Phantasie darüber, wie er sich umgebracht haben könnte«, wandte ich ein. »Was meinst du, Alexandra?«

»Schwierig zu sagen. Ich habe weder das Bild gesehen noch mit Frau Stadelmann gesprochen. Vielleicht sollten wir ihr einen Überraschungsbesuch abstatten.«

»Ja, warum nicht«, antwortete ich. Kurz überlegte ich, ob es sinnvoll wäre, Luca oder eine Polizeistreife dabei zu haben. Doch ich wollte Luca nicht am späten Abend vom Open Air zurückbeordern. Und ich wusste, dass die Streifenpolizei wegen dem Tod von Dominic und diversen Ferienabwesenheiten einen personellen Engpass hatte.

Zudem stufte ich Anita Stadelmann nicht als gefährlich ein.
Also fuhren wir zu dritt los.

36

Am Vorabend (Donnerstag, 21. Juli)

»Kennt jemand von euch Ernst Stadelmann?« Claudia schaute neugierig in die Gesichter der Feierabend-Bier-Runde. Lea Zurkirchen vom Empfang war dabei, Sarah Landolt und Dominic Bader von der Streifenpolizei, zwei Kollegen von der Verkehrspolizei sowie eine Mitarbeiterin der Regionalpolizei, die regelmässig am Feierabend extra aus Weissgrund in die Stadt kam, um auch mal mit Kolleginnen zu plaudern, da in Weissgrund ausser ihr nur Männer arbeiteten.

»Meinst du den Politiker?«, fragte einer der Verkehrs-polizisten, nahm sein Glas und trank einen Schluck.

»Ich meine den, dem früher die Seilbahnfabrik gehört hat. Jetzt gehört ihm das Seilbahnmuseum. Und vor ein paar Jahren hat er erfolglos versucht, Regierungsrat zu werden. *Den* Ernst Stadelmann meine ich.«

»Klar kenne ich den. Vor ein paar Jahren hat man ja viel über ihn in der Zeitung gelesen.«

Die meisten anderen nickten zustimmend.

»Ich meine: Kennst du ihn persönlich?«

»Nein.« Der Verkehrspolizist nahm noch einen Schluck.

Claudia schaute in die Runde. Nach kurzem Zögern sagte Dominic Bader: »Ich kenne ihn.«

Als Claudia ihn fragend anschaute, fuhr er fort: »Ich bin in einem Schützenverein. Dort ist Stadelmann Präsident und vor allem auch Geldgeber. Ein wirklich grosszügiger

Mensch. Er hat auf dem Gelände, das früher zur Seilbahn-fabrik gehörte, eine Schiesshalle einrichten lassen: So etwas hast du noch nie gesehen. Nur das Beste vom Besten! Ich weiss nicht, ob es andere Schützenvereine in der Schweiz gibt, die eine so tolle Trainingsanlage haben!«

Er begann, die Einrichtung der Halle zu beschreiben, wurde aber rasch von Claudia unterbrochen: »Wenn du in dem Schützenverein bist, kennst du sicher auch Stefan Wicki?«

»Der, der letztes Jahr verschwunden ist? Ja, klar, vom Sehen her. Aber über den weiss ich nicht viel. Ich kann mich nicht erinnern, dass ich mal mehr als zwei, drei Worte mit ihm gesprochen hätte. Er war sehr zurückhaltend und ein etwas sonderbarer Kauz. Als ich in der Vermisst-meldung las, dass er früher drogenabhängig war, hat mich das nicht gewundert. Warum fragst du?«

»Du weisst ja von diesen Waffen, die wir in einem Keller gefunden haben…«

»Ja, die Waffen im Keller der alten Frau, die fast niemand in der Nachbarschaft kennt.«

»Genau. Wir vermuten, dass Stefan Wicki die Waffen dort deponiert hat und sie an die *Fussball-Mafia* verkaufen wollte, die vor ein paar Tagen in der Westschweiz verhaftet wurde.« Nach ein paar Sekunden schaute sie in die Runde und sagte: »Erzählt das nicht weiter. Markus will, dass der Waffenfund noch nicht öffentlich bekannt wird.«

Dann wandte sie sich wieder an Dominic: »Weisst du, wir fragen uns, ob Stadelmann irgendwie in den illegalen Waffenhandel verwickelt ist. Oder ob Wicki einen Teil der Waffen bei diesem Schützenverein gestohlen hat. Denn

Stadelmann scheint irgendwie etwas dagegen zu haben, dass die Polizei nach Wicki sucht.«

Dominic Bader blickte Claudia Weber einige Sekunden überrascht an, bevor er antwortete: »Das kann ich mir überhaupt nicht vorstellen. Ernst Stadelmann würde nie Waffen an irgendwelche Verbrecher verkaufen. Und zu allerletzt an kriminelle Ausländer. Stadelmann ist vielleicht etwas speziell, aber er ist ein aufrechter Patriot und hat das Herz am rechten Fleck!«

»Und andere Leute im Schützenverein?«

»Nein, unmöglich! Das sind alles Leute mit einer vernünftigen politischen Einstellung.«

»Aber«, bohrte Claudia nach, »wäre es denkbar, dass Wicki dort Waffen gestohlen hat?«

»Ohne dass es jemand bemerkt hat? Kann ich mir nicht vorstellen. Der Verein besitzt zwar ein paar Waffen. Wir haben auch ab und zu die Möglichkeit, mit denen zu schiessen. Aber Michael Stadelmann achtet da sehr pingelig auf alles. Er würde sofort bemerken, wenn etwas fehlen würde.«

37

Freitag, 22. Juli, später Abend

Wir sahen von draussen, dass noch Licht in der Wohnung von Anita Stadelmann war. Trotzdem wurde die Türe auch nach meinem zweiten Klingeln nicht geöffnet.

»Aufmachen, Polizei!«, rief ich laut. Sekunden später öffnete Frau Stadelmann das Fenster, blickte kurz zur Haustür und schloss das Fenster wortlos wieder. Kurz darauf wurde die Tür entriegelt.

Anita Stadelmann empfing uns mit abweisendem Blick an ihrer Wohnungstür: »Was wollen *Sie* denn mitten in der Nacht?«

Ich stellte Frau Stadelmann die Staatsanwältin vor und erklärte dann, dass noch Fragen aufgetaucht seien, die leider dringend seien.

»Bitte«, sagte sie und deutete mit einem Nicken an, wir könnten unsere Fragen gleich hier vor der Tür stellen.

»Können wir dazu in Ihr Atelier gehen?«

»Warum?«

»Eine unserer Fragen hat mit Ihrem Atelier zu tun?«

»Haben Sie einen Durchsuchungsbefehl?«

Nun schaltete sich Alexandra ein: »Frau Stadelmann, ich habe den Durchsuchungsbefehl vorbereitet. Wenn Sie darauf bestehen, dann unterschreibe ich ihn gleich jetzt. Dann dauert die Sache sicher die ganze Nacht. Sie können uns aber auch ohne Durchsuchungsbefehl freiwillig in Ihr Atelier begleiten und dort unsere Fragen beantworten.

Wenn Sie sich dafür entscheiden, sind Sie uns wahrscheinlich in einer halben Stunde wieder los.«

Ich musste mich zusammenreissen, um ein Schmunzeln zu unterdrücken. Völlig dem Lehrbuch entsprechend war das Vorgehen von Alexandra sicher nicht. Ausserdem wusste ich, dass sie natürlich keinen vorbereiteten Durchsuchungsbefehl hatte. Aber der Bluff funktionierte: Fünf Minuten später standen wir im Kreativraum des Ateliers.

An einer Wand bewahrte die Künstlerin eine grössere Zahl ihrer Gemälde auf. Es gab mehrere Reihen und in jeder Reihe waren mehrere Bilder voreinander aufgestellt, sodass man jeweils nur das Vorderste genau sehen konnte.

Claudia stutzte einen Moment. Offensichtlich sah sie das Bild nicht, das sie suchte. Dann ging sie aber zielstrebig zu einer Reihe und begann, ein Bild nach dem anderen so weit nach vorne zu kippen, dass sie jeweils das nächste Bild erkennen konnte. Schon beim dritten Bild hatte sie Erfolg. Falls Anita Stadelmann das Bild absichtlich aus dem Blickfeld entfernt hatte, hatte sie sich wenig Mühe gegeben, es gut zu verstecken. Offensichtlich hatte sie nicht damit gerechnet, dass wir danach suchen würden.

Ich zwang mich, nicht zum Bild zu schauen, sondern die Reaktion von Anita Stadelmann zu beobachten als Claudia das Bild suchte und schliesslich fand. Einen kurzen Moment lang glaubte ich, ein kleines Erschrecken wahrzunehmen. Die Reaktion war aber nicht so eindeutig, dass ich sicher war, mich nicht zu täuschen.

Als Anita Stadelmann merkte, dass ich sie beobachtete, sah sie mich trotzig an. »Und? Was ist damit?«, fragte sie.

Ich antwortete nicht gleich, sondern nahm mir Zeit, das Bild zu betrachten. Rasch verstand ich, was Claudia gemeint hatte. Es konnte durchaus sein, dass Anita Stadelmann bei diesem Bild vom Gesicht ihres Jugendfreundes inspiriert worden war. Ich versuchte innert Sekunden abzuschätzen, ob ich Claudias Interpretation des Bildes teilte oder nicht. Aber ich kam zu keinem eindeutigen Schluss: Die Idee erschien mir nicht gerade absurd, aber ich fand, dass man auch ganz andere Dinge in dem Bild sehen konnte.

Frau Stadelmann unterbrach meine Gedanken, indem sie mit leicht gereizter Stimme fragte: »Können Sie mir jetzt endlich sagen, was Sie von mir wollen? Ich bin müde und muss morgen früh aufstehen.«

Mir schien, dass es ihr unangenehm war, dass wir dieses Bild anschauten. Dass sie zu drängeln versuchte, deutete ich als Hinweis, dass Claudia auf der richtigen Spur sein könnte. Deshalb versuchte ich, sie mit einer unerwarteten Antwort aus der Reserve zu locken.

»Sie haben ihn *sehr* geliebt, nicht wahr?«, fragte ich.

Sie starrte mich entgeistert an und ich bemühte mich, nicht auf ihren Blick zu reagieren. Nach ein paar Sekunden konnte man sehen, wie die Fassade, hinter der sie sich bisher verborgen hatte, zusammenfiel: Tränen schossen in ihre Augen, sie fing heftig an zu schluchzen, wurde wackelig auf den Beinen und setzte sich schliesslich auf einen Stuhl. Dort verbarg sie ihr Gesicht hinter den Händen, allerdings kaum um ihr Weinen zu verbergen, denn das war viel zu heftig, um es verstecken zu können.

»Haben Sie ihn erschossen?«, fragte ich.

Keine Antwort.

»Erzählen Sie mir doch einfach, was passiert ist.«

Wieder keine Antwort. Sie weinte einfach weiter.

Es dauerte einige Minuten, bis sie sich halbwegs beruhigt hatte. Dann sagte sie: »Ich weiss nicht, was mit ihm passiert ist. Er konnte einfach seine Hände nicht von den Drogen und den illegalen Geschäften lassen. Ich glaube, das hat ihn das Leben gekostet. Aber das ist nur eine Vermutung. Ich weiss nicht, was mit ihm passiert ist.«

Ich blickte kurz zu Alexandra und merkte sofort, dass auch sie Frau Stadelmann nicht glaubte. In der Hoffnung, mehr aus der Künstlerin herauszubekommen, änderte ich den Tonfall, fragte aggressiver. Aber es half nichts. Anita Stadelmann beharrte darauf, nicht zu wissen, was mit Stefan Wicki passiert war.

»Es stimmt schon, dass ich bei diesem Bild an ihn dachte«, gab sie zwar zu. Doch sie fügte gleich an: »Aber das mit der Schusswunde im Kopf ist fiktiv. Es ist meine Phantasie, was passiert sein könnte. Dass zum Beispiel ein Drogenhändler ihn erschossen haben könnte.«

»Und wo ist seine Leiche?«, versuchte ich es naiv.

Doch Anita Stadelmann war auf der Hut. »Woher soll ich das wissen?«, antwortete sie mit einem giftigen Tonfall.

Als ich merkte, dass sie konsequent abblockte, entschied ich mich für ein anderes Vorgehen: »Na gut«, sagte ich, »wenn Sie uns für dumm verkaufen wollen, dann ist das Ihre Sache. In diesem Fall nehmen wir Sie jetzt mit. Dann können Sie sich bei uns in Ruhe überlegen, ob Sie uns nicht doch die Wahrheit sagen wollen.«

»Ich sage Ihnen doch die Wahrheit!«

»Ich frage Sie morgen noch einmal. Oder, wenn es sein muss, auch übermorgen. Oder nächste Woche.«

»Ich will mit meinem Anwalt reden.«

»Ist in Ordnung. Wir werden Ihnen rechtzeitig Gelegenheit geben, Ihren Anwalt anzurufen. Jetzt kommen Sie aber erst mal mit.«

»Ich muss zuerst noch auf die Toilette.«

»Das können Sie auch bei uns.«

»Nein, ich muss jetzt. Sie können mir sicher nicht verweigern, auf die Toilette zu gehen.«

»Ist gut, wenn es unbedingt sein muss. Aber sie verstehen sicher, dass ich Sie jetzt nicht einfach so allein lasse. Bitte geben Sie mir ihr Handy.«

Sie blickte mich böse an, sagte aber nichts und gab mir das Smartphone. Dann liess ich mir das WC zeigen. Kein Fenster und auch sonst nichts, was mir Kummer machen müsste.

Ich sagte zu Claudia: »Du begleitest Frau Stadelmann aufs WC. Du bleibst bei der Tür stehen. Die Tür wird nicht abgeschlossen. Sobald Frau Stadelmann auch nur ein Wort sagt oder irgendeine Bewegung macht, die sie nicht sollte, öffnest du sofort die Tür und rufst uns. Wir bleiben in der Nähe.«

Als Claudia die Toilettentür hinter sich geschlossen hatte, entfernte ich mich mit Alexandra ein paar Schritte, damit Frau Stadelmann uns nicht hören konnte.

»Dir ist schon klar«, begann Alexandra, »dass es etwas gar dünn ist, um sie zu verhaften? Ausser diesem Bild haben wir gar nichts gegen sie in der Hand. Und das Bild beweist überhaupt nichts. Selbst der schlechteste Anwalt der Welt holt sie problemlos wieder raus.«

»Klar, aber die Frau lügt. Sie deckt jemanden.«

»Ja, ich weiss, aber wie willst du ihr das beweisen?«

»Im Moment gar nicht. Ich will sie nur vorübergehend aus dem Verkehr ziehen, damit sie niemanden warnen kann. Und in der Zwischenzeit will ich ihrem Vater und ihrem Bruder nochmals auf den Zahn fühlen.«

»Gut, du hast Recht. Dann machen wir eine vorläufige Festnahme und nutzen die Zeit, um uns den Vater und den Bruder vorzunehmen. Wir müssen aber ziemlich schnell sein. Sobald Frau Stadelmann mit ihrem Anwalt gesprochen hat, weiss der Vater wahrscheinlich Bescheid.«

»Ich weiss«, antwortete ich und nahm mein Handy.

Ich rief die Zentrale an. Lea Zurkirchen hatte Nachtschicht und nahm meinen Anruf entgegen. Am liebsten hätte ich gehabt, dass ein Streifenwagen Frau Stadelmann abholt, damit ich direkt zu Ernst Stadelmann fahren konnte. Aber die einzige Streife, die in der Nacht Dienst hatte, war gerade mit einem Einbruch in Weissgrund beschäftigt.

»Aber Sarah ist hier«, sagte mir Lea. »Vielleicht kann sie dir helfen.«

•   Sarah Landolt hatte zwar frei, war aber wegen des Todes ihres Kollegen Dominic Bader immer noch ziemlich erschüttert. Sie hatte keine Lust, allein zuhause zu sitzen und war deshalb in der Zentrale der Kantonspolizei, um ihrer Kollegin Lea Gesellschaft zu leisten.

»Einen Moment«, sagte ich zu Lea und rief in Richtung WC-Tür: »Claudia, ist alles in Ordnung? Warum dauert das so lange?«

»Alles ok«, rief Claudia zurück. »Sie weint nur. Kann noch einen Moment dauern.«

Ich liess mich mit Sarah Landolt verbinden und erklärte ihr die Situation. »Kannst du hierherkommen und Frau Stadelmann zusammen mit Claudia ins Polizeigebäude bringen? Mach alles genau nach Vorschriften, aber lass dir extrem viel Zeit. Lass dir irgendwelche Ausreden einfallen. Mir ist wichtig, dass Frau Stadelmann möglichst lange nicht mit ihrem Anwalt reden kann. Und auch sonst mit niemandem.«

Eine Viertelstunde später fuhren Sarah und Claudia mit Frau Stadelmann los, während Alexandra und ich uns auf dem Weg machten, um Ernst und Michael Stadelmann zu befragen.

38

Vor zweieinhalb Jahren

Als sie Stefan Wicki erstmals nach Jahren wiedersah, klopfte das Herz von Anita Stadelmann wie wild. Stefan trug Blue Jeans, ein schlichtes, olivfarbenes T-Shirt und auf dem Kopf eine blaue Baseballkappe. Blaue Baseballkappen waren schon früher sein Markenzeichen gewesen. Der auffälligste Unterschied zu früher war der Dreitagebart. Obschon sie einwandfrei gestylt war, holte sie kurz den Spiegel aus ihrer Handtasche. Anita wollte generell einen guten Eindruck auf ihre ehemaligen Klassenkameraden machen, aber bei Stefan war ihr das besonders wichtig.

Es war die vierte Klassenzusammenkunft der ehemaligen Kantonsschulklasse. Fast zwanzig Jahre waren vergangen seit sie die Matur gemacht hatten. Zumindest die meisten von ihnen. Stefan Wicki war einer der wenigen, welche die Klasse noch vor den Abschlussprüfungen verlassen hatten. Und er hatte auch die ersten drei Zusammenkünfte der Klasse nicht besucht.

Stefan war nicht der erste Freund von Anita Stadelmann gewesen, aber ganz sicher ihre erste grosse Liebe. Sie waren damals das Traumpaar der Klasse, wenn nicht gar der ganzen Schule. Und ihre Liebe hatte, völlig untypisch für ihr Alter, jahrelang gehalten. Stefan Wicki war nicht nur die *erste* grosse Liebe von Anita Stadelmann, sondern wohl auch die bisher *einzige* grosse Liebe. Keine der Beziehungen seither war vergleichbar mit der Zeit mit

Stefan. Und so war es auch kein Zufall, dass Anita zum Zeitpunkt der Klassenzusammenkunft wieder mal Single war.

Auch wenn Anita nervös wurde, als sie Stefan wiedersah: Eine erneute Beziehung mit ihm war aus ihrer Sicht völlig ausgeschlossen. Zu weit hatte das Leben die beiden auseinandergerissen.

Anita und Stefan waren beide 18 Jahre alt gewesen und ihre Beziehung hatte schon drei Jahre gedauert, als der Unfall passierte. Die Eltern von Stefan waren auf der Autobahn unterwegs und mussten wegen einem Stau anhalten. Der Fahrer des Lastwagens hinter ihnen war unaufmerksam, bremste zu spät und zerquetschte das Auto von Stefans Eltern zwischen seinem Laster und den Autos davor. Die Mutter war auf der Stelle tot, der Vater wurde schwer verletzt ins Spital eingeliefert, wo er zwei Tage später ebenfalls starb.

Stefan war ein Einzelkind, gerade volljährig geworden, aber noch in der Ausbildung. Seine Tante, die Schwester von Stefans Vater, bot Stefan an, zu ihr und ihrer Familie in eine Agglomerationsgemeinde von Bern zu ziehen. Das tat er ein paar Monate später auch, was natürlich zur Folge hatte, dass er die Kantonsschule verlassen und in ein Gymnasium in der Bundeshauptstadt wechseln musste.

Obschon die Tante und ihre Familie alles taten, um Stefan nach dem schweren Schicksalsschlag Halt zu geben, wurde der sensible Teenager völlig aus der Bahn geworfen. Bald begann er, Drogen zu konsumieren, um mit dem Schmerz und der Trauer fertig zu werden. Und rasch nahm der Drogenkonsum ein Ausmass an, das einen geordneten Besuch der neuen Schule verunmöglichte. Nur wenige Monate vor den Maturprüfungen brach Stefan Wicki seine Ausbildung ab.

Trotz seinem Umzug in die Region Bern hielt die Beziehung zu Anita Stadelmann noch einige Monate. Sie reiste fast jedes Wochenende zu ihm nach Bern, manchmal zusätzlich am schulfreien Mittwochnachmittag. Doch Stefan war in dieser Phase so stark mit sich selbst beschäftigt, dass er die Liebe von Anita eher duldete als dass er sie schätzen oder erwidern konnte.

Als Stefan immer weiter in den Drogensumpf rutschte, trennte Anita sich von ihm. Nicht weil ihre Liebe erloschen war, sondern um sich selbst zu schützen. Und wahrscheinlich auch ein Stück weit, um die Enttäuschung darüber zu verdrängen, dass es ihr nicht gelungen war, ihrem Freund zu helfen.

Bei allem Verständnis für Stefans Trauer konnte Anita nicht nachvollziehen, dass er so vollkommen den Halt verlor und sein Leben nicht in den Griff bekam.

Das hatte sicher auch damit zu tun, dass Anita Stadelmann zu jener Zeit noch mit Leib und Seele die Tochter des Seilbahnunternehmers war und eine klare Zukunftsvision hatte: Sie hatte ihre halbe Kindheit auf dem Areal der Seilbahnfabrik verbracht und wollte unbedingt in die Fussstapfen ihres Vaters wachsen. Und das vertrug sich immer schlechter mit dem Zustand von Stefan.

Die knapp zwanzig Jahre seit dem Tod seiner Eltern waren eine schwierige Phase im Leben von Stefan Wicki gewesen.

Lange beherrschten Trauer, Verzweiflung und Drogensucht sein Leben. Am Anfang konnte er sich mit der Unterstützung seiner Tante und Gelegenheitsjobs über Wasser halten, später begann er mit Diebstählen und kleineren Einbrüchen, um die Drogen zu finanzieren. Immerhin stellte er sich dabei so geschickt an, dass er kaum einmal erwischt wurde und nie im Gefängnis landete.

Irgendwann beschloss er, von den Drogen wegkommen. Aber es brauchte mehrere Anläufe bis ihm endlich Entzug gelang, der länger als einige Tage oder Wochen anhielt. Als Stefan Wicki nun zur Klassenzusammenkunft kam, war er erstmals seit der Schulzeit, erstmals seit fast zwanzig Jahren, über längere Zeit clean.

Dass sich Stefan Wicki entschloss, erstmals an einer Klassenzusammenkunft teilzunehmen, hing mit seiner aktuellen Drogenabstinenz, seinem vergleichsweise guten Gesundheitszustand und dem zurückgewonnenen Lebenswillen zusammen. Und natürlich mit Anita Stadelmann. Er hätte es nie gewagt, sie direkt zu kontaktieren, sah aber die Klassenzusammenkunft als Chance, seine Jugendliebe endlich wieder einmal zu sehen.

Die Begrüssung zwischen Anita und Stefan fiel zurückhaltend aus, da beide unsicher waren, wie sie mit der Situation umgehen sollten. Aber bereits beim Apéro kamen sie miteinander ins Gespräch. Und als man sich später im Restaurant zum Nachtessen hinsetzte, schnappten sie sich zwei Plätze an einem Ende des langen Tisches, um halbwegs in Ruhe miteinander reden zu können.

Weder bei Stefan noch bei Anita keimten am Abend der Klassenzusammenkunft romantische Gefühle auf. Aber im Gespräch entstand rasch eine Vertrautheit und eine Art Zusammengehörigkeitsgefühl. Als sie sich am späten Abend verabschiedeten, versprachen sie sich, in Kontakt zu bleiben. Bei Stefan war das eher eine vage Hoffnung, während Anita entschlossen war, die Verbindung aufrecht zu erhalten.

Die Klassenzusammenkunft wühlte Anita Stadelmann auf. Was ihr Stefan Wicki über sein Leben seit dem Ende ihrer Jugendliebe erzählt hatte, weckte bei ihr Schuldgefühle. Hätte sie verhindern können, dass Stefan so schlimme Jahre durchleben musste, wenn sie damals mehr Geduld mit ihm gehabt hätte? Natürlich konnte sie die Zeit nicht zurückdrehen, aber Anita Stadelmann wollte Stefan Wicki wenigstens dabei unterstützen, nach dem erfolgreichen Drogenentzug wieder ein geregeltes Leben aufzubauen.

Wicki hatte ihr erzählt, dass er auf Stellensuche sei und dass sein Therapeut fand, einen Job zu finden wäre der wichtigste Schritt auf dem Weg in die Zukunft. Deshalb war Anita Stadelmann der Meinung, dass sie Stefan am besten helfen konnte, wenn sie ihm einen Job vermitteln würde.

Einige Tage nach der Klassenzusammenkunft traf Anita Stadelmann ihren Vater zum Mittagessen. Sie erzählte ihm vom Wiedersehen mit Stefan Wicki und bat ihn um Hilfe bei der Arbeitssuche für Stefan.

»Du hast doch so gute Verbindungen. Weisst du nicht jemanden, der Stefan einstellen könnte?«

»Du hast Recht, wir sollten ihm helfen. Er war wirklich ein sympathischer Kerl, zumindest bis zu diesem schrecklichen Unfall. Wollen wir ihn mal zu einem Essen im Restaurant treffen? Dann kann ich mir ein Bild machen, wie es ihm heute geht und besser abschätzen, wen ich bezüglich eines Jobs anfragen kann.«

Und nach einer kurzen Pause fügte er hinzu: »Vor allem fällt es mir leichter, ihn zu empfehlen, wenn ich selbst einen guten Eindruck habe.«

Stefan Wicki freute sich sehr, also Anita ihn anrief. Und natürlich freute er sich auch über die Hilfe bei der Stellensuche. Er lieh sich etwas Geld, um eine schönere Hose und ein Hemd für das Treffen mit Ernst Stadelmann zu kaufen. Auf die blaue Baseballkappe wollte er aber doch nicht verzichten, als er Anita und Ernst Stadelmann einige Tage später im Restaurant Silberner Bär zum Essen traf.

Nach dem Essen war Ernst Stadelmann unsicher. Er verabscheute Drogensucht, fand es aber gut, dass Stefan Wicki den Entzug geschafft hatte. Einerseits wollte er ihm helfen, andererseits war ihm klar, dass Wicki keinerlei Berufserfahrungen oder Fachkenntnisse hatte, die Stadelmann bei den Firmenchefs in seinem Bekanntenkreis hätte anpreisen können.

Als Anita zwei Tage später ihren Vater anrief und nachfragte, ob er schon Erfolg gehabt hatte, lagen zwei halbherzige und letztlich erfolglose Versuche hinter ihm.

»Das ist nicht so einfach wie du meinst«, erklärte er ihr. »Heutzutage wird kaum mehr jemand eingestellt, der nicht eine zur Stelle passende Ausbildung und Berufserfahrung hat. Ausserdem müssen die meisten Firmen sparen.«

Als er die Enttäuschung seiner Tochter spürte, fragte er: »Du, Anita, warum ist dir das so wichtig? Läuft da wieder etwas zwischen euch?«

»Du bist blöd«, konterte sie. »Da läuft gar nichts. Ich will ihm einfach helfen, weil er mir früher mal sehr viel bedeutet hat. Ausserdem fühle ich mich ein bisschen mitverantwortlich. Ich habe mich in einer Zeit von ihm getrennt, in der es ihm sehr schlecht ging.«

Einen Moment lang schwiegen beide. Dann fragte Anita: »Könnten wir ihn nicht im Seilbahnmuseum einstellen?«

Ernst Stadelmann zögerte kurz. Eigentlich gab es im Museum keine vakanten Stellen. Doch dann änderte er seine Meinung: »Ja, warum eigentlich nicht. Das ist eine gute Idee«, sagte er und lächelte zufrieden.

39

Freitag, 22. Juli, später Abend

»Zuerst zum Vater oder zuerst zum Sohn?«, fragte ich
Alexandra, nachdem Sarah und Claudia mit der verhafteten
Anita Stadelmann weggefahren waren.«

Sie entschied sich für Ernst Stadelmann und so fuhren
wir nach Grabenfeld. Das erwies sich als guter Entscheid,
denn wir trafen dort zu unserer Überraschung erneut auch
Michael Stadelmann an.

Wir wurden diesmal nicht in die Bibliothek geführt,
sondern in einen grossen, offenen, etwas verwinkelten
Wohnbereich. Dieser umfasste in verschiedenen Bereichen
einen grossen Esstisch, einen Bereich mit Sofa, Sesseln und
grossem Fernseher, sowie einen Büro-Arbeitsbereich mit
Laptop, Drucker und so weiter.

Diesmal entschied ich mich für ein direkteres Vorgehen
und sagte den beiden Männern: »So, meine Herren, jetzt
lassen wir die Spielchen! Wir wissen inzwischen ziemlich
viel über die illegalen Geschäfte von Stefan Wicki. Und *Sie*
wussten auch davon. Hören Sie auf, uns für dumm
verkaufen zu wollen!«

Es war offensichtlich, dass unser später Besuch und
meine Aussage bei den beiden Männern eine gewisse
Nervosität auslösten. Also beschloss ich, noch einen oben
drauf zu setzen. Zu Ernst Stadelmann gewandt sagte ich:
»Wir haben mit Ihrer Tochter gesprochen«

»Und? Was hat sie gesagt?«, antwortete er. Er bemühte sich zwar, entspannt zu wirken, doch ich konnte seine Nervosität fühlen.

»Sie ist jetzt bei uns im Polizeigebäude und macht dort ihre Aussage.«

Auch Michael Stadelmann wirkte nervös. Er suchte Blickkontakt mit seinem Vater, doch dieser wich dem Blick aus. Es war allzu offensichtlich, dass wir auf der richtigen Fährte waren. Die Beiden wussten etwas über Stefan Wicki, was sie uns nicht sagen wollten. Ich fragte mich, ob sie in die illegalen Waffengeschäfte verwickelt waren oder zumindest davon gewusst hatten. Oder ob sie Stefan Wicki dabei geholfen hatte, unterzutauchen.

Aufgrund der überraschend grossen Nervosität unserer Gesprächspartner überlegte ich kurz, ob es unvorsichtig gewesen war, ohne Verstärkung hierher zu kommen. Zwar hatte ich für den Notfall meine Dienstwaffe dabei, aber dennoch erwog ich einen Moment lang, die Befragung aus Sicherheitsgründen abzubrechen. Andererseits: Im Moment waren wir auf dem besten Weg herauszufinden, was mit Stefan Wicki geschehen war. Sobald Ernst Stadelmann wusste, dass seine Tochter nicht ausgesagt hatte, würden wir wohl wieder auf eine Mauer des Schweigens treffen. Also entschied ich mich, die Befragung fortzusetzen.

»Stefan Wicki hat gestohlene Waffen verkauft«, sagte ich, um zu beweisen, dass wir mehr wussten als wir bisher gesagt hatten. Und dann schob ich eine Behauptung hinterher, die ich nicht beweisen konnte: »Sie beide haben davon gewusst.«

Ernst und Michael Stadelmann schauten sich kurz an. Beide wirkten verunsichert. Doch der Vater fing sich sofort wieder und riss sofort die Initiative an sich: »Was sagen Sie? Mit Waffen gehandelt? Im Ernst? Wie kommen Sie auf die absurde Idee, dass wir davon gewusst haben? Natürlich, im Nachhinein haben wir schon gedacht, dass es naiv war, einen Drogensüchtigen einzustellen. Seit Wicki verschwunden ist, vermuten wir, dass er in irgendwelche krummen Geschäfte geraten ist. Aber das mit den Waffen höre ich zum ersten Mal.«

»Wir haben das Waffenlager von Stefan Wicki gefunden«, meldete sich nun Alexandra zu Wort. »Hat er die Waffen bei Ihnen im Schützenverein gestohlen?«

»Was haben Sie mit den Waffengeschäften von Stefan Wicki zu tun?«, schob ich nach, bevor die Beiden reagieren konnten.

Michael Stadelmann wirkte unsicher und nervös, aber sein Vater reagierte rasch und selbstsicher: »Selbstverständlich haben wir *nichts* mit diesen illegalen Waffengeschäften von Stefan Wicki zu tun. Ich nehme an, Sie wissen, mit wem Sie es zu tun haben, Herr…«

»Goldbacher.«

»Genau, Herr Goldbacher, und Frau…«

»Egger.«

»Genau, Herr Goldbacher und Frau Egger. Ich nehme an, Sie wissen, mit wem Sie es zu tun haben. Ich bin nicht irgendein drogenabhängiger Krimineller. Ich war früher einer der bedeutendsten Unternehmer dieses Kantons. Und jetzt bin ich Präsident beim *Bund der Tellensöhne*. Das ist eine der wichtigsten patriotischen Organisationen der

263

Schweiz. Wir haben tausende von Anhängern im ganzen Land. Wir wehren uns aktiv dafür, dass die Schweiz mit ihren Traditionen erhalten bleibt.«

Er hielt kurz inne, dann fuhr er fort: »Klar, wir haben einen Fehler gemacht, weil wir diesem drogensüchtigen Waffenschieber vertraut haben. Aber statt uns deswegen auf die Nerven zu gehen, sollten Sie uns lieber in Ruhe unsere Arbeit machen lassen. Oder noch besser: uns unterstützen. Wissen Sie, eines Tages werden Sie zu mir kommen und mir danken. Denn ich werde dafür sorgen, dass die Überfremdung der Schweiz aufhört. Und ich werde dafür sorgen, dass aus der Schweiz nicht ein islamisches Land wird.«

Noch einmal eine Sekunde Pause, dann beendete er seine Ansprache mit der Aussage: »Aber das werde ich nur schaffen, wenn Sie mich in Ruhe arbeiten lassen. Wissen Sie, Frau Egger und Herr Goldbacher: Die Zukunft der Schweiz hängt an einem dünnen Faden. Ich nehme nicht an, dass Sie diejenigen sein wollen, die diesen Faden durchschneiden.«

40

In den letzten vier Jahren

Zwei Jahre nach dem Verkauf seines Seilbahn-Unternehmens war Ernst Stadelmann immer noch unzufrieden mit seinem Leben. Es fehlte ihm weiterhin eine neue Aufgabe, die ihn im Alltag herausforderte und interessierte. Bis sich an einem Freitagabend sein Leben veränderte.

Ernst Stadelmann war an die Geburtstagsfeier eines Freundes eingeladen. Der 60. Geburtstag von Niklaus von Grafenberg, der ebenfalls Unternehmer war, aber im Gegensatz zu Stadelmann immer noch aktiv im Geschäft. Gegen hundert Personen waren an einem heissen Früh-sommerabend im Garten der Villa des Gastgebers in Sonnenberg versammelt. Ein bekannter Fernsehkoch hatte die Gäste den ganzen Abend lang mit erlesensten Fleisch-stücken und Gemüse vom Grill verwöhnt.

Am sehr späten Abend – die meisten Gäste waren längst auf dem Heimweg – sassen die Gastgeber und die verbliebenen Besucher in zwei Gruppen an den Holztischen im Garten: die Frauen mit der Gastgeberin und die Männer mit dem Jubilar an der Spitze. Gesprächsthema der Männergruppe war ein Anschlag islamischer Terroristen, der wenige Tage zuvor verübt worden war und die ganze westliche Welt schockiert hatte.

Die acht Männer in der Gesprächsrunde, allesamt erfolgreiche aktive oder bereits pensionierte Geschäftsleute, waren fassungslos bezüglich der Brutalität des Anschlags und verzweifelt darüber, dass es offenbar kein Mittel gab, solche Gewalttaten zu verhindern.

»Eigentlich sind unsere Politiker schuld an all dem«, sagte einer. »Die holen all diese Ausländer hierher und wundern sich dann darüber, dass die sich nicht mit unserer Kultur vertragen.«

»Und wenn ausnahmsweise mal ein Politiker das Problem beim Namen nennt, wird er gleich als Rassist beschimpft. So wie du damals, als du Regierungsrat werden wolltest, nicht wahr Ernst?«

»Ja genau«, antwortete Ernst Stadelmann. »Dabei bin ich nun wirklich kein Rassist. Wenn ihr wüsstet, wie viele Ausländer bei mir in der Firma gearbeitet haben. Die Allermeisten tipptoppe Arbeiter. Gegen die habe ich nie etwas gehabt. Sie müssen einfach fleissig sein und sich bei uns integrieren. Und natürlich dürfen es nicht allzu viele sein. Zu viele erträgt unser Land nicht.«

»Unsere Politiker sind halt alle Waschlappen und Weicheier«, sagte von Grafenberg, der Gastgeber. »Statt dass sie die Probleme angehen, schauen sie weg und reden alles schön. Wenn ich das in meiner Firma so machen würde, wären wir längst pleite.«

Niemand in der Männerrunde widersprach. Entweder waren die anderen alle der gleichen Meinung oder sie schwiegen, um einer Auseinandersetzung auszuweichen.

Noch später in dieser Sommernacht waren am Männertisch nur noch drei Personen übriggeblieben: Der Gastgeber, Niklaus von Grafenberg, Mehrheitsaktionär einer grossen Lebensmittelfabrik am Rand der Kantonshauptstadt, Alex Bernet, Geschäftsleitungsmitglied der Kantonalbank des Nachbarkantons, sowie Ernst Stadelmann.

Die Diskussion drehte sich weiter um Anschläge von islamischen Terroristen in westlichen Ländern sowie um den Umgang der Politik mit Terroristen, kriminellen Ausländern und auch anderen Ausländern.

»Es ist zum Verzweifeln«, sagte Stadelmann. »Eigentlich ist es ja so offensichtlich, wie man mit diesem Pack umgehen muss. Man muss die richtig hart anfassen. Klare Forderungen stellen. Wer sich nicht anpassen will, fliegt raus! Da darf es keine Rolle spielen, ob bei denen in der Heimat Bürgerkrieg ist oder sonst etwas. Wenn sie sich hier nicht anpassen und auch nicht in ihre Heimat zurück wollen, dann sollen sie sich halt ein anderes Land suchen. Das ist nicht unser Problem.«

Bankdirektor Bernet äusserte grosse Sorgen um die Zukunft der Schweiz: »Unser Land wird daran zugrunde gehen, dass sich die Politik nicht gegen die Überfremdung wehrt. Das wird immer schlimmer mit der Zuwanderung und der Ausländer-Kriminalität. Ihr werdet sehen: Über kurz oder lang wird die Schweiz im Chaos versinken, es gibt einen Bürgerkrieg und plötzlich sind die Islamisten an der Macht.«

»Das glaube ich auch«, sagte der Lebensmittelfabrikant von Grafenberg. »Und ich bin überzeugt, dass das schneller geht als wir uns vorstellen können. Wenn niemand etwas dagegen tut, ist es schon in wenigen Jahren so weit.«

»Aber was willst du dagegen tun?«, fragte Ernst Stadelmann. »Ich habe es ja versucht. Aber wenn du in diesem Land offen sagst, was zu tun ist, dann hast du ja nicht mal eine Chance, Regierungsrat zu werden.«

Eine Weile sassen die drei Männer schweigend am Tisch und starrten in den Nachthimmel. Jeder machte sich seine Gedanken zum Thema, bis schliesslich der Gastgeber das Schweigen brach: »Damit sich etwas ändert, muss sich ein richtiger Widerstand formieren. Es braucht Leute, die nicht einfach mehrheitsfähige Politik machen, sondern sich wehren, wenn etwas falsch läuft. Es braucht Leute, die so sind, wie damals der Wilhelm Tell: Engagiert, mutig und nicht einfach angepasst!«

Die anderen beiden waren begeistert. Ja, genau, Typen wie den Wilhelm Tell brauchte es, um die Schweiz zu retten. Und rasch wuchs in den drei Männern die Überzeugung, dass sie selbst solche Typen waren. Gemeinsam wollten sie Widerstand dagegen leisten, dass die Schweiz schleichend von Zuwanderern und unentschlossenen Politikern zerstört wurde. Gemeinsam wollten sie das tun, was nötig war, um das Land in eine bessere Zukunft zu führen.

Aber was genau musste man tun? Was konnte man tun, um nicht so zu scheitern, wie Ernst Stadelmann bei seiner Regierungsrats-Kandidatur gescheitert war? Es war nicht einfach, darauf eine Antwort zu finden. Schliesslich hatte Stadelmann eine Idee: »Vielleicht müsste man sich einfach im Stillen auf den Moment vorbereiten, in dem das Chaos ausbricht. Vielleicht muss man einfach dann bereit sein, wenn das System und die Demokratie zusammenbrechen. Irgendwann kommt der Moment, in dem die Leute erkennen, dass es mit der konsensorientierten Politik nicht mehr funktioniert. Und dann sind sie froh, wenn Männer wie wir bereit sind, die Schweiz zu retten.«

»Wie stellst du dir das denn vor?«, wollte der Bankdirektor wissen, aber anstelle von Stadelmann antwortete von Grafenberg.

»Das ist eine super Idee! Wir gründen einen Verein mit all den Leuten, die entschlossen sind, die Schweiz vor den ausländischen Kriminellen und Terroristen zu retten. Wir müssen einfach sehen, dass wir bereit sind, sobald es ernst wird. Der Moment wird kommen, wo die Leute jubeln, wenn wir mit unserem Verein in der Schweiz die Macht übernehmen.«

»Tönt ja gut«, äusserte sich Bernet etwas skeptisch, »aber glaubt ihr, dass wir uns einfach so gegen all die Zauderer und die Ausländer durchsetzen können, wenn es soweit ist?«

»Du hast Recht«, antwortete Stadelmann. »Wenn es ernst wird, wird es sicher ungemütlich. Da brauchen wir neben ein paar strammen Vereinsmitgliedern auch noch ein paar Soldaten, die für Ruhe und Ordnung sorgen. Zumindest so lange, bis sich Armee und Polizei auf unsere Seite stellen.«

In der folgenden Stunde konkretisierten die drei Männer ihre Idee: Sie wollten eine patriotische Gruppierung gründen, um Gleichgesinnte um sich zu scharen. Diese

Gruppierung sollte aber keine politische Partei sein und auch nicht politisch aktiv werden. Vielmehr war es ein einfacher Verein. Und dass man beabsichtigte, mit diesem Verein eines Tages die Macht in der Schweiz zu übernehmen, musste man ja nicht jedem auf die Nase binden.

Und als Ergänzung zum Verein brauchte es eine bewaffnete Gruppierung. Männer mit der gleichen patriotischen Gesinnung und der Bereitschaft, im entscheidenden Moment auch mit Waffengewalt dafür zu sorgen, dass sich die patriotischen Kräfte durchsetzen.

Noch in der gleichen Nacht gründeten die drei Männer gemeinsam zwei Vereine: Den wichtigeren der beiden Vereine nannten sie »*Bund der Tellensöhne*«. In diesem Verein sollten sich Gleichgesinnte finden.

»Wir müssen ein Netz von Menschen aufbauen, die uns und unsere Überzeugungen teilen. Menschen, die ebenfalls unzufrieden damit sind, wie die Politik mit der Bedrohung umgeht«, sagte Stadelmann.

»Aber wir müssen aufpassen«, wandte der Lebensmittelfabrikant ein. »Wenn zu früh bekannt wird, dass wir die Macht in der Schweiz übernehmen wollen, dann wird es Widerstand geben. Das eigentliche Ziel unseres Bundes muss geheim bleiben. Das dürfen nur ganz wenige, absolut zuverlässige Leute kennen.«

»Wichtig ist«, warf der Banker ein, »dass die Leute, die uns unterstützen, nicht Mitglieder unseres Vereins werden, sondern nur Gönner. Wenn sie Mitglieder sind, dann müssen wir sie zu Generalversammlungen einladen, sie können den Vorstand wählen und überall mitreden.«

»Dann hat unser *Bund der Tellensöhne* halt nur drei Mitglieder – uns drei«, schlug Stadelmann vor. »Wir sind gleichzeitig die einzigen Mitglieder und der Vorstand. Und alle anderen sind Gönner.«

»Gut, das machen wir so«, sagte der Lebensmittelfabrikant. Zu Stadelmann gewandt fügte er an: »Und du, Ernst, solltest Präsident sein. Du bist pensioniert und hast mehr Zeit als wir, um das Projekt voranzutreiben. Mach einfach, was nötig ist, und wenn du Geld brauchst, gibst du uns Bescheid.«

Ausserdem wurde in der gleichen Nacht ein zweiter Verein gegründet. Die Idee dazu kam von Ernst Stadelmann: »Wir brauchen eine Gruppe von bewaffneten Männern, eine Art kleine Geheimarmee, die in der Chaos-Phase für Ruhe und Ordnung sorgt, bis wir mit dem *Bund der Tellensöhne* die Macht übernommen haben und Ruhe eingekehrt ist. Das braucht eine kleine, schlagkräftige und zuverlässige Truppe. Die brauchen natürlich Waffen und Ausbildung. Am besten machen wir zur Tarnung einen zweiten Verein für unsere Soldaten.«

»Ein Schützenverein«, sagten der Banker und der Lebensmittelfabrikant fast gleichzeitig.

»Gute Idee! Wir gründen einen Schützenverein. Wenn ein Schützenverein Schiessübungen veranstaltet oder Waffen kauft, dann macht sich niemand Gedanken.«

Nach kurzem Brainstorming einigten sich die drei Gründer auf den Namen »*Patriotischer Schützenverein*«. Es war nicht der Name an sich, der ihnen besonders gut gefallen hatte, aber zu diesem Namen liess sich eine

Abkürzung bilden, die bei allen drei Männern Anklang fand: *PatSchüV*.

Ernst Stadelmann blühte richtig auf und entwickelte Ideen für die Geheimorganisation und die Geheimarmee: »Der grösste Teil meines alten Fabrikgeländes gehört ja jetzt dem Seilbahnmuseum. Aber für das Museum brauchen wir nur einen kleinen Teil davon. Wir haben eine grosse, ungenutzte Fabrikhalle. Daraus könnten wir eine Trainingshalle für den *PatSchüV* machen.« Die anderen beiden waren sofort einverstanden.

In den Tagen nach der Geburtstagsfeier bei Niklaus von Grafenberg war Ernst Stadelmann energiegeladen wie schon seit Jahren nicht mehr. Die Vorstellung, nach dem Verkauf seines Seilbahnunternehmens und der gescheiterten Regierungsrats-Kandidatur doch noch etwas Bedeutendes auf die Beine zu stellen, verlieh ihm ungeahnte Kräfte. Innert kürzester Zeit skizzierte er, wie die beiden Vereine organisiert sein sollten, um ihre Aufgaben zu erfüllen, ohne dass die wahren Ziele öffentlich bekannt wurden.

Eine glückliche Fügung des Schicksals war für Stadelmann, dass zu jener Zeit die Leiterin des Seilbahnmuseums schwanger war und den Wunsch geäussert hatte, nach dem Mutterschaftsurlaub mit reduziertem Pensum weiterzuarbeiten. Nun bot Stadelmann ihr an, dass sie die Leitung des Museums behalten könne. Er selbst würde ihr die Buchhaltungsaufgaben abnehmen, sodass sie die Leitung des Museums auch mit einem tieferen Arbeitspensum wahrnehmen könne. Die Museumsleiterin war mehr als zufrieden mit diesem Angebot, denn für sie waren die

Finanzthemen immer mehr notwendiges Übel als Leidenschaft gewesen.

Ernst Stadelmann hatte nun freie Hand und konnte die Konten und die Buchhaltung des Seilbahnmuseums für seine Zwecke nutzen. Mit Gönnerbeiträgen seiner Freunde an das Seilbahnmuseum finanzierte er den Umbau der alten, nicht genutzten Fabrikhalle zu einem modernen Schiesskino und versteckten Waffenlager. Der *PatSchüV*, der patriotische Schützenverein, mietete die Halle beim Seilbahnmuseum.

Auch der *Bund der Tellensöhne* mietete regelmässig Räume für Veranstaltungen auf dem Gelände des Seilbahnmuseums. Und weil das Seilbahnmuseum offiziell Sponsor beider Vereine wurde, konnte Ernst Stadelmann mit fiktiven Rechnungen relativ einfach Geld zwischen den drei Organisationen hin und her transferieren.

Natürlich stellte sich Ernst Stadelmann insgeheim vor, wie es wäre, eines Tages als grosser Retter der Schweiz dazustehen. Vielleicht würde er eines Tages Präsident einer neu formierten Schweiz. Aber das war nicht seine primäre Motivation. Er war überzeugt, einen wichtigen Beitrag zu leisten, um eines Tages die Schweiz zu retten. Die Schweiz, die in seinen Augen geradewegs auf ein grosses Desaster zusteuerte. Wenn er dazu beitragen konnte, das Desaster zu verhindern, dann war das allen Einsatz wert. Er selbst musste nicht unbedingt selbst eines Tages an der Spitze einer neuen Regierung stehen.

Es gab noch eine weitere, durchaus persönliche Motivation für Ernst Stadelmann. Das Projekt war eine

Chance, seinem Sohn Michael doch noch eine wichtige Lebensaufgabe zu übertragen: Michael Stadelmann wurde von seinem Vater zum Chef der Geheimarmee ernannt. Es brauchte keine grosse Überzeugungsarbeit, denn Michael teilte nicht nur die kritische Haltung seines Vaters gegenüber Ausländern, sondern auch dessen Flair für Militär und Waffen.

Formell wurde Michael Stadelmann beim Seilbahnmuseum angestellt. Offiziell war er, im Rahmen der Sponsoring-Leistungen des Museums, weitgehend damit beschäftigt, den *Bund der Tellensöhne* und den *PatSchüV* administrativ und organisatorisch zu unterstützen. Effektiv bestand seine Aufgabe aber primär darin, auf allen möglichen legalen und illegalen Wegen Waffen zu beschaffen. Möglichst ohne aufzufallen. Ausserdem organisierte er den Trainingsbetrieb des *PatSchüV* im Schiesskino.

Kosten für illegale Waffenkäufe verbuchte Ernst Stadelmann als Ausgaben des Seilbahnmuseums für den Kauf von Ausstellungsstücken oder als Material für den Betrieb des Museums. Indem er andererseits Einnahmen aus Vermietungen an den *Bund der Tellensöhne* und den *PatSchüV* verbuchen und unter seinen Unterstützern problemlos auch Gönnerbeiträge für das Seilbahnmuseum generieren konnte, verhinderte er, dass das Seilbahnmuseum ein grosses Defizit machte. Und da Ernst Stadelmann Ende Jahr jeweils den voraussichtlichen Jahresverlust mit einem Gönnerbeitrag aus seinem Privatvermögen deckte, machte das Museum weder Gewinn noch Verlust und blieb schuldenfrei.

So konnte Stadelmann verhindern, dass sich das Steueramt oder andere Ämter näher für das Seilbahnmuseum interessierten: Dass man mit einem Museum kein Geld verdienen kann, erstaunte niemanden. Weil das Museum dank Gönnerbeiträgen auch keinen Verlust machte und Stadelmann die Sozialversicherungsbeiträge der Angestellten zuverlässig abrechnete, war das Museum für die Behörden völlig uninteressant.

Ernst Stadelmann sorgte dafür, dass auch die beiden Vereine immer Jahresabschlüsse hatten, in denen sich Aufwand und Ertrag ungefähr die Waage hielten. So hatten auch der *Bund der Tellensöhne* und der *PatSchüV* weder Schulden noch relevantes Vermögen und sorgten nirgends für Aufsehen.

Die Kombination von Seilbahnmuseum und zwei Vereinen erwies sich als ideales Konstrukt, um die Hauptaktivitäten, den Aufbau einer Organisation mit geheimem Ziel und einer Geheimarmee im Verborgenen zu halten.

Selbst die Angestellten des Seilbahnmuseums ahnten nicht, welche Ziele die beiden Vereine verfolgten, welche auf dem Gelände aktiv waren. Etwas Gerede gab es eigentlich nur, als Michael Stadelmann eine Anstellung im Museum erhielt, aber praktisch nie vor Ort war. Doch Ernst Stadelmann reagierte geschickt, indem er an der nächsten Teamsitzung der Museums-Angestellten erklärte: »Die beiden Vereine als Mieter zu haben, ist überlebenswichtig für unser Museum. Allein von den Eintritten der Museumsbesucher könnten wir niemals überleben. Die beiden

Vereine bringen uns gute Mieteinnahmen, ohne dass sie grosse Kosten verursachen. Um sie langfristig hier zu halten, unterstützen wir sie logistisch und administrativ. Das ist Michaels Aufgabe. Er bekommt zwar seinen Lohn vom Museum, arbeitet aber vor allem für die beiden Vereine. Aber unter dem Strich lohnt sich das für uns. Mehr noch: eigentlich haben wir gar keine andere Wahl, wenn wir langfristig bestehen wollen.«

Damit war das Thema erledigt. Die Mitarbeiter des Museums tuschelten zwar noch ab und zu, dass Michael Stadelmann wohl deutlich weniger arbeite als er sollte. Aber alle wussten, dass für ein Mitglied der Besitzerfamilie andere Massstäbe galten, und so machte sich niemand allzu grosse Gedanken.

Im Verlauf der Zeit wuchsen der *Bund der Tellensöhne* und der *PatSchüV*. Ernst Stadelmann organisierte Veranstaltungen, an denen er und andere Mitglieder über die Überfremdung der Schweiz und die Islamisierung der westlichen Welt referierten. Im Anschluss an die Referate liessen man alte Schweizer Bräuche aufleben, sah alte Schweizer Filme oder unterhielt sich angeregt über schlechte Erfahrungen mit Einwanderern.

Stadelmann vermied es geschickt, den *Bund der Tellensöhne* allzu politisch werden zu lassen. Wurde die Frage aufgeworfen, was man tun könne, um die unerwünschten Entwicklungen zu stoppen, antwortete er beispielsweise: »Wir müssen natürlich die Parteien und Politiker wählen, die sich für die Traditionen der Schweiz einsetzen und sich gegen die Überfremdung wehren. Aber im Moment sind wir noch zu schwach, um viel zu bewirken. Wenn wir mehr Schweizer davon überzeugen, sich für das Land, seine Werte und seine Traditionen zu wehren, werden wir eines Tages genügend Macht haben. Es geht nicht von heute auf morgen. Seid engagiert, aber auch geduldig! Wir sind auf dem richtigen Weg!«

Vier Jahre nach seiner Gründung zählte der *Bund der Tellensöhne* fast 7'000 Gönnerinnen und Gönner. Und mehrere hundert nahmen regelmässig an Veranstaltungen des Vereins teil. Aber nur ganz wenige wussten, was die geheimen Ziele des Vereins waren. Stadelmann baute einen geheimen inneren Kreis auf, der neben ihm und seinem Sohn noch vierzehn weitere Personen umfasste. Die vierzehn waren allesamt von Stadelmann sorgfältig ausgewählt, zu hundert Prozent verschwiegen und vertrauenswürdig. Mit ihnen besprach Stadelmann, wie man vorgehen müsse, sobald Zuwanderung und Kriminalität für genügend Chaos gesorgt hatten und ihre Zeit gekommen war.

Die Männer des inneren Kreises waren überzeugt, eines Tages mit einer Art Staatsstreich die Macht im Land übernehmen zu können. Man musste nur zur richtigen Zeit bereit sein. Stadelmanns Überlegung war: »Wir werden sehr schnell tausende von Anhängern haben, weil sich die meisten Gönner des Vereins hinter uns stellen werden. Das wird die anderen aufrechten Schweizer auch überzeugen. Das Land wird in unserer Hand sein, bevor die verweichlichten Konsens-Politiker richtig gemerkt haben, was passiert. Und ich bin überzeugt, das gibt einen Flächenbrand quer durch die ganze Schweiz!«

Trotz rasch wachsender Gönnerzahlen wurde der *Bund der Tellensöhn*e von Politik, Medien und Öffentlichkeit kaum wahrgenommen. Das lag primär daran, dass der Verein nicht öffentlich um Gönner oder für seine Veranstaltungen warb, sondern lediglich dank Mund-zu-Mund-Propaganda wuchs. Der Verein machte keinerlei Öffentlichkeitsarbeit, nahm nie öffentlich Stellung zu politischen Fragen und hatte lediglich eine sehr banale, nichts sagende Internetseite.

Natürlich kam es immer wieder vor, dass Journalisten oder Politiker von Gönnern an eine Veranstaltung mitgenommen wurden. Aber niemand war besonders überrascht von dem, was er dort sah oder hörte. Die Veranstaltungen wirkten wie ein harmloses Treffen von Gleichgesinnten: Wer die hier vertretenen Ansichten bezüglich Zuwanderung nicht teilte oder zu extrem fand, der schüttelte zwar den Kopf, machte sich aber kaum weitere Gedanken. Denn es war nicht erkennbar, dass mehr hinter dem Verein steckte.

Auch der *PatSchüV* wuchs stetig. Durch eine enge Verzahnung mit dem *Bund der Tellensöhne* sorgten Vater und Sohn Stadelmann dafür, dass man sich im Verein nur wohlfühlte, wenn man ihre Weltanschauung zumindest in groben Zügen teilte. Ausserdem konnten interessierte Neulinge nur an Schiesstrainings des *PatSchüV* teilnehmen, wenn sie von Schützen des Vereins dazu eingeladen wurden.

Der *PatSchüV* war für ein gewisses Segment von Schützen attraktiv, weil die in die alte Fabrikhalle eingebaute moderne Infrastruktur ein abwechslungsreiches Schiesstraining ermöglichte. Schiessen im *PatSchüV* war ganz anders als in traditionellen Schützenvereinen: Beispielsweise gab es Parcours durch Hausattrappen, welche eher an Computerspiele erinnerten als an normale Schiessstände. Die Stadelmanns achteten aber darauf, keine »Spieler« in ihrer Schiessanlage zu haben, sondern nur Schützen, welche die Übungen konzentriert und ernsthaft absolvierten.

Jedes Schiesstraining im *PatSchüV* stand unter einem Motto, das von Ernst und Michael Stadelmann ausgewählt wurde. Diese Mottos hiessen z.B. »Scharfschütze stoppt Selbstmordattentäter«, »Einsatzkommando befreit Geiseln« oder »Angriff auf die Kommandozentrale der Terroristen«. Ernst Stadelmann wählte die Mottos gezielt so, dass sich die Schützen als Eliteeinheit fühlten.

Auch im *PatSchüV* wusste fast niemand, wozu der Verein wirklich vorgesehen war. Ab und zu machte Ernst Stadelmann Andeutungen, allerdings bewusst sehr zurückhaltend. Beispielsweise sagte er seinen Schützen einmal bei der Nachbesprechung einer Übung: »Ich bin stolz auf euch! Diese Präzision, diese Entschlossenheit, diese Konzentration, die ich während der Übung gesehen habe. Das ist sehr beeindruckend. Und wenn ich daran denke, wie sich die Lage in Europa verändert, wie es immer mehr Kriminalität und Terror gibt, dann glaube ich, dass die Zukunft der Schweiz von Leuten wie euch abhängt. Eines Tages wird es Kämpfer wie euch brauchen, um die Ordnung im Land aufrecht zu erhalten und die Schweiz vor Terroristen zu schützen.«

Der Lebensmittelfabrikant von Grafenberg und der Bankdirektor Bernet, die Mitgründer der beiden Vereine, hielten sich im Hintergrund. Zwar trafen sie sich ab und zu mit Ernst Stadelmann und liessen sich in groben Zügen über die Entwicklung der Vereine orientieren. Bei Veranstaltungen zeigten sie sich nur selten, aber sie unterstützten beide Vereine regelmässig mit beträchtlichen Geldbeträgen aus ihrem Privatvermögen. Damit waren sie es, die zusammen mit Ernst Stadelmann die Waffenbeschaffungen und Trainings des *PatSchüV* zu einem grossen Teil finanzierten, denn die übrigen Gönnerbeiträge hätten dazu bei weitem nicht ausgereicht.

41

Vor drei Jahren

Wenn er es sich hätte aussuchen können, hätte Dominic Bader an jenem Samstagabend lieber gearbeitet. Doch der Streifenpolizist der Kantonspolizei hatte frei und auch sonst keine gute Ausrede. So konnte er sich nicht davor drücken, seine Freundin Nicole Rüegg an eine Hochzeit zu begleiten. Es war eine Cousine von Nicole, die im Nachbarkanton heiratete. Selbst Nicole kannte nur eine Handvoll der gut hundert Gäste, Dominic Bader keinen einzigen.

Es war nicht nur, dass Bader es anstrengend fand, Stunden in einer so grossen Gesellschaft zu verbringen, von der er niemanden kannte. Hinzu kam, dass er Hochzeiten hasste, weil sie ihn an das Scheitern seiner eigenen Ehe erinnerten. Auch wenn er mit Nicole Rüegg seit einiger Zeit wieder eine Freundin hatte, war der Schmerz nicht ganz gewichen. Seit der Scheidung hatte sich der Kontakt mit seinem Sohn schleichend reduziert, weil der Sohn immer häufiger die vereinbarten Treffen absagte. Bader war überzeugt, dass seine Ex-Frau schlecht über ihn redete und der Sohn ihn deswegen immer seltener sehen wollte.

Wenn an einer Hochzeit wieder alle über das bezaubernde Paar und ewige Liebe redeten, fiel es Dominic Bader schwer, seine Desillusionierung bezüglich Ewigkeit von Liebe und Beziehungen für sich zu behalten.

Deshalb war der Polizist ausgesprochen froh, als er beim Nachtessen einen Tischnachbarn hatte, mit dem er sich sofort gut verstand und mit dem er auch rasch interessante Gesprächsthemen fand.

Bruno, der am grossen runden Tisch rechts neben Dominic sass, zeigte grosses Interesse an Dominics Beruf als Streifenpolizist. Er wollte viel über den Alltag, die Ausbildung und das Schiesstraining wissen.

Im Verlauf des Gesprächs erfuhr Dominic Bader, dass Bruno passionierter Schütze und in einem Schützenverein aktiv war. »Weisst du, das ist nicht ein normaler, traditioneller Schützenverein«, erklärte Bruno. »Wir schiessen nicht in einem normalen Schiessstand, sondern haben eine Trainingshalle mit einem modernen Schiesskino und Anlagen, die man flexibel zu immer neuen Trainingsbahnen umgestalten kann. Das macht wirklich Spass!«

»Wo ist denn diese Trainingshalle?«, wollte Dominic wissen.

»Das ist ganz in der Nähe von dort, wo du arbeitest. Ausserhalb von Silbertal. An der Strasse Richtung Grabenfeld, dort wo das Seilbahnmuseum ist.«

»Ich weiss, wo das Museum ist. Aber dass es dort eine Schiesshalle gibt, wusste ich nicht.«

Bruno erzählte über den Schützenverein, die Schiesstrainings, Vater und Sohn Stadelmann und den *Bund der Tellensöhne*. »Weisst du«, ergänzte er, »ich finde ja auch, dass wir viel zu viele Ausländer haben und so. Aber das politische Geschwätz von denen im Verein interessiert mich ja nicht so. Ich bin vor allem wegen den Schiessübungen dabei. Da geht richtig die Post ab. Es ist ein bisschen wie damals in der Grenadier-RS. Einfach viel moderner und nicht ganz so militärisch.«

Mit dieser Aussage verstärkte er das Interesse des Polizisten noch mehr, denn auch Dominic Bader hatte die Rekrutenschule bei den Grenadieren absolviert. Und auch er hatte diese Zeit in bester Erinnerung. Und er hatte sich schon das eine oder andere Mal gewünscht, etwas attraktivere Schiesstrainings absolvieren zu können als es bei der Kantonspolizei möglich war.

»Die sind etwas zurückhaltend bei der Aufnahme neuer Schützen«, erklärte Bruno. »Ich glaube, sie wollen nur Leute, die charakterlich dazu passen. Aber das ist bei dir sicher kein Problem. Wenn du willst, kann ich dich mal vorstellen.«

Zehn Tage später besuchte Dominic Bader zusammen mit Bruno eine Veranstaltung des *Bundes der Tellensöhne*. Es gab vier kurze Referate zum Thema *Ausländer-Kriminalität*.

Der erste Referent war Journalist bei einer bekannten Schweizer Wochenzeitung und berichtete über zwei Männer, die zur Zeit des Balkankrieges als junge Flüchtlinge in die Schweiz gekommen waren. Gemeinsam war beiden, dass sie schon als Jugendliche und junge Erwachsene immer wieder wegen Diebstählen und kleinen Betrügereien verhaftet wurden, jedoch nie lange ins Gefängnis mussten. Bei beiden waren es inzwischen Dutzende von Straftaten und zusammengezählt mehrjährige Gefängnisstrafen. Zwar hatten die Wohnkantone die Verlängerung der Aufenthaltsbewilligungen verweigert, doch lebten beide Männer weiterhin in der Schweiz. Der eine wehrte sich seit Jahren durch alle Rechtsinstanzen gegen die Ausweisung. Der andere lebte seither illegal im Land.

Der zweite Referent, ein in der Öffentlichkeit wenig bekannter Nationalrat aus der Ostschweiz, erläuterte anhand von Kriminalitäts-Statistiken, wie enorm hoch der Anteil der Ausländer an den in der Schweiz verurteilten Verbrecher war. Seine Schlussfolgerung war, dass es in einer Schweiz ohne kriminelle Ausländer fast keine Kriminalität geben würde.

Danach war Ernst Stadelmann an der Reihe: Er zeigte einer Liste aller Terrorattacken mit islamischem Hintergrund, die es in den letzten zwölf Monaten in Europa und Nordamerika gegeben hatte. Zu jedem Ereignis hatte er die Zahl der Todesopfer und Verletzten aufgelistet. Ausserdem erläuterte er anhand von Bevölkerungsstatistiken die Zunahme der Ausländer in der Schweiz.

Ein pensionierter Polizist aus Zürich war der letzte Referent. Er berichtete über den aussichtslosen Kampf der Polizei gegen die Drogenhändler. Alle im Raum spürten die enorme Frustration des Polizisten, weil auch Verhaftungen und Beschlagnahmungen von Drogen nie zu einer wirklichen Verbesserung der Situation geführt hatten.

Nach den vier Referaten und einer kurzen Pause leitete Ernst Stadelmann eine Podiumsdiskussion mit den drei externen Referenten.

Dominic Bader gewann einen positiven Eindruck von der Veranstaltung, dem *Bund der Tellensöhne* und von Ernst Stadelmann. Bader gefiel, dass die Probleme offen angesprochen wurden. Gut nachvollziehen konnte er den Frust des Zürcher Polizisten, auch wenn er bei seinem Job auf dem Land kaum mit solchen Problemen konfrontiert war.

Nach der Veranstaltung gelang es Bruno, Dominic Bader mit Ernst und Michael Stadelmann bekannt zu machen. Ernst Stadelmann unterhielt sich eine Weile angeregt mit Bader und stellte ihn danach dem Referenten aus Zürich vor.

Bader nutzte die Gelegenheit für ein Gespräch mit dem Berufskollegen aus der Grossstadt. Nach etwa zehn Minuten klopfte ihm Bruno schmunzelnd von hinten auf die Schulter: »Ich habe die Zusage, dass du mal zu einem Schiesstraining des *PatSchüV* mitkommen kannst.«

Bald darauf war Dominic Bader Schütze beim *PatSchüV*. Er gehörte zwar nicht zu den besonders Aktiven im Verein, nahm aber doch einigermassen regelmässig an Übungen teil und nutzte das Schiesskino auch ab und zu in seiner Freizeit. Ihm gefiel, dass er in den Anlagen des *PatSchüV* sehr abwechslungsreich trainieren konnte. Ausserdem schätzte es Dominic Bader, dass Michael Stadelmann immer wieder mit unterschiedlichsten Gewehren und Pistolen im Schiesskino auftauchte und den anwesenden Schützen Gelegenheit gab, diese Waffen auszuprobieren.

Bader nahm auch noch zwei, drei Mal an Veranstaltungen des *Bundes der Tellensöhne* teil. Zwar fand er einige Leute dort etwas sonderbar, aber er teilte deren kritische Haltung gegenüber der steigenden Zahl von Ausländern in der Schweiz. Und vor allem waren die Treffen ein Ort, wo man mit ihm übereinstimmte, dass die Polizei zu wenig

Mittel und Kompetenzen habe für einen effizienten Kampf gegen kriminelle Ausländer.

Bei Vereinstreffen des *Bundes der Tellensöhne* oder bei Schiessübungen des *PatSchüV* hörte zwar Dominic Bader ab und zu Aussagen von Ernst Stadelmann, die beiden Vereine würden eines Tages die Schweiz retten, doch er belächelte das als Phantasie eines alten Mannes. Er sah im Schützenverein nicht eine illegale Privatarmee, sondern einen banalen Freizeitverein. Das lag nicht zuletzt daran, dass er keine Ahnung hatte, wie viele Waffen in den abgesperrten Teilen der alten Fabrikhalle gelagert wurden.

42

Freitag, 22. Juli, kurz vor Mitternacht

»Sehen Sie nicht, dass unsere geliebte Schweiz langsam vor die Hunde geht?«, fragte Ernst Stadelmann Alexandra und mich. »Unsere über Jahrhunderte entstandene Kultur, unsere Traditionen: Das alles geht langsam verloren. Wenn Sie in der Stadt einkaufen gehen, dann sehen Sie dort schon mehr Frauen mit Kopftuch als normale Schweizer Frauen. Und das nicht nur in Zürich, Basel oder Genf, sondern auch schon in unserem kleinen Kantonshauptort. Wenn wir nicht etwas dagegen unternehmen, dann werden Sie, Frau Staatsanwältin, bald schon verschleiert zur Arbeit gehen müssen. Falls Sie als Frau überhaupt noch arbeiten dürfen.«

Er wartete zwei, drei Sekunden, um seine Aussagen auf uns wirken zu lassen, und fügte dann an: »Ich bin daran, eine Bewegung aufzubauen, die aus der Schweiz wieder das machen wird, was sie mal war. Bitte verstehen Sie, dass ich mich da nicht um das Schicksal jedes Kleinkriminellen kümmern kann.«

Ich war verwirrt: Was wollte Ernst Stadelmann uns damit sagen? Wollte er uns nur überzeugen, den Fokus unserer Arbeit zu verändern und die Ausländer-Kriminalität stärker ins Visier zu nehmen? Oder war das nur ein Vorwand, um uns davon abzuhalten, weiter nach Stefan Wicki zu suchen? Oder interpretierte ich zu viel in seine Aussage hinein und er wollte einfach in Ruhe gelassen werden.

Ich blickte kurz zu Alexandra, weil ich nicht sicher war, ob ich antworten sollte oder ob sie das übernehmen wollte. Doch sie setzte bereits zu einer Antwort an. Unbeeindruckt sagte sie: »Selbstverständlich anerkennen wir, dass Sie sich so für die Schweiz einsetzen. Und nichts liegt uns ferner als Ihr Engagement zu behindern. Aber wir haben einen gesetzlichen Auftrag. Dazu gehört es, dass wir diese Waffendiebstähle und das Verschwinden von Stefan Wicki seriös untersuchen. Egal, ob Sie das nötig finden oder nicht, Herr Stadelmann: Es ist Ihre Pflicht, uns dabei zu unterstützen.«

Ernst Stadelmanns Blick drückte eine leichte Resignation aus. Offenbar war er enttäuscht, Alexandra mit seinen Worten nicht überzeugt zu haben.

»Also«, sagte er, »dann kauen wir das alles noch einmal durch. Stellen Sie Ihre Fragen, dann können wir Ihnen noch einmal sagen, dass wir nicht wissen, mit wem Wicki Kontakt hatte. Und dass wir auch nicht wissen, wohin er verschwunden ist oder was mit ihm passiert ist.«

Bevor wir eine Frage stellen konnten, stand Michael Stadelmann auf und sagte: »Ich muss kurz aufs WC. Fangen Sie nur schon an mit Ihren Fragen. Alles, was ich über Stefan Wicki weiss, weiss mein Vater auch.«

»Kein Problem, wir warten bis Sie zurück sind«, antwortete ich.

Während wir warteten, spürte ich das Vibrieren meines Handys: Offensichtlich hatte ich eine Nachricht erhalten. Da Michael Stadelmann noch nicht zurück war, nutzte ich die Wartezeit, um die Nachricht zu lesen.

»Habe die Leiche von DB untersucht«, hatte mir der Gerichtsmediziner Norbert Sommer geschrieben. DB stand offensichtlich für Dominic Bader. »Er hatte«, las ich weiter, »eine Schusswunde im linken Oberschenkel. Wegen der Brandverletzungen war das nicht auf Anhieb erkennbar.«

Alexandra hatte offenbar auf mein Handy geschielt, denn genau in dem Moment, in dem Michael Stadelmann das Zimmer wieder betrat, sagte sie halblaut zum mir: »Was hatte Dominic? Eine Schusswunde im Bein? Dann war das vielleicht gar kein Unfall…«

Alexandra blickte mich verwirrt an. Sie war genauso überrascht wie ich. Gleichzeitig bemerkte ich, dass auch Vater und Sohn Stadelmann überrascht waren. Offensichtlich überrascht über das, was Alexandra gerade gesagt hatte. Oder vielleicht eher alarmiert als überrascht.

Blitzschnell zog Michael Stadelmann eine Pistole aus seiner Jacke und richtete sie auf uns. Noch bevor ich reagieren konnte, knallte es. Ich spürte, dass die Kugel nur um Millimeter an meinem Kopf vorbeigeflogen war. Nach dem zweiten Schuss hörte ich Alexandra rechts von mir aufschreien.

Scheisse! Wir hatten die Gefahr nicht rechtzeitig erkannt. Vielleicht lag es daran, dass wir beide an diesem Abend reichlich getrunken hatten. Bis ich meine Waffe endlich gezogen und schussbereit hatte, war Michael Stadelmann um eine Ecke in einen anderen Teil des verwinkelten Wohnbereichs verschwunden.

Natürlich hätte ich ihm folgen können, doch ich nahm an, dass er sich so postiert hatte, dass er auf mich schiessen konnte, sobald ich an die Ecke kam.

Also schaute ich zu Alexandra. Sie drückte ihre rechte Hand an eine Stelle unterhalb der linken Schulter. Offenbar war sie dort getroffen worden. Sie blutete stark.

Ich blickte kurz zu Ernst Stadelmann. Er sass reglos und offensichtlich schockiert in seinem Stuhl. Offensichtlich hatte auch er das nicht erwartet, was in den letzten Sekunden geschehen war.

Ich blickte wieder zu Alexandra. Sie krümmte sie sich neben mir, wimmerte vor Schmerz und blutete immer stärker. Diese wunderbare Frau hatte gerade begonnen, mir wirklich etwas zu bedeuten, und jetzt das! Ich hatte grosse Angst, dass sie neben mir sterben würde.

Jetzt ging es erstmal darum, Alexandra aus dem Schussfeld zu bringen. Gleich rechts von uns war eine Tür, die offensichtlich in ein anderes Zimmer führte. Ich schoss zwei Mal an die Ecke, wo Michael Stadelmann verschwunden war, dann packte ich Alexandra, stiess die Tür auf und stürzte mich mit ihr in den Raum. Halb auf Alexandra liegend, drehte ich mich um und stiess mit dem rechten Fuss die Türe zu.

Durchs Fenster drang genügend Licht, sodass ich sofort den Lichtschalter fand und Licht machen konnte. Glücklicherweise steckte ein Schlüssel im Schloss. Ich schloss sofort ab.

Um uns vor allfälligen Schüssen durch die Tür zu schützen, zog ich Alexandra zur Seite weg. Sie schrie laut auf. Meine rabiate Rettungsaktion hatte uns zwar für den Moment in Sicherheit gebracht, aber den Zustand von Alexandra verschlimmert. Ihr halber Oberkörper war von Blut überströmt. Einen Moment sass ich hilflos neben ihr.

Dann zog ich mein Hemd aus und drückte es auf ihre Wunde, um den Blutverlust zu reduzieren.

Scheisse! Wir brauchten Hilfe und zwar sofort! Und blöderweise war mir mein Handy runtergefallen als Michael Stadelmann auf uns geschossen hatte.

»Hast du dein Handy hier?«, fragte ich Alexandra verzweifelt. Sie stöhnte, griff sich an die Hosentasche, hatte aber nicht die Kraft, es selbst herauszuziehen.

Ich nahm das Handy, fragte sie nach dem Code, rief die Zentrale an und erklärte Lea Zurkirchen in drei Sätzen, was passiert war. Sie versprach mir, sofort eine Ambulanz sowie Verstärkung loszuschicken.

Nachdem ich den Anruf beendet hatte, hörte ich durch die Tür, dass Vater und Sohn Stadelmann hitzig diskutierten. Michael Stadelmann sagte zu seinem Vater: »Los, komm schon! Wir müssen sofort abhauen!«

Doch Ernst Stadelmann wollte nicht fliehen. »Wir können nicht einfach davonrennen wie Kriminelle«, antwortete er. »Wir kämpfen für die richtige Sache. Da kann man nicht einfach abhauen! Wir haben einflussreiche Leute auf unserer Seite. Die werden dafür sorgen, dass man versteht, dass wir das alles machen mussten.«

»Du spinnst! Ich will nicht mein ganzes Leben im Gefängnis verbringen. Wenn du nicht mitkommst, dann haue ich alleine ab!«

Einen Moment war es still, dann hörte ich Schritte, aber keine Stimmen mehr. Irgendwo wurde eine Türe geöffnet. Ich vermutete, dass Michael Stadelmann versuchte zu fliehen, sein Vater aber noch im Haus war.

Kurz überlegte ich, ob ich Michael Stadelmann aufhalten konnte, ohne Alexandra und mich in Gefahr zu bringen. Aber solange ich nicht ganz sicher war, dass Michael Stadelmann das Haus verlassen hatte, wollte ich unsere Zimmertür nicht öffnen. Eine Alternative gab es nicht, denn das Zimmerfenster war vergittert.

Ich nahm noch einmal das Handy von Alexandra und informierte Lea Zurkirchen über den Fluchtversuch von Michael Stadelmann. Gerade als ich den Anruf beendet hatte, hörte ich, wie ein Auto gestartet wurde. Michael Stadelmann fuhr also weg.

Nur Augenblicke später hörte ich die Stimme von Ernst Stadelmann an unserer Zimmertür: »Brauchen Sie Hilfe?«

»Frau Egger ist verletzt. Sie blutet stark«, antwortete ich.

»Soll ich einen Krankenwagen rufen?«

»Das haben wir schon gemacht.«

»Lassen Sie mich rein! Ich helfe Ihnen!«

Ich wollte nicht in eine Falle tappen. Deshalb hielt ich meine Dienstwaffe schussbereit, als ich die Türe öffnete. Aber Ernst Stadelmann schien keine Gefahr zu sein. Als er die blutende Staatsanwältin am Boden liegen sah, sagte er: »Ich hole etwas, das wir auf die Wunde tun können.«

Kurz darauf später kam er zurück mit Tüchern, einer Erste-Hilfe-Box und einem Hemd.

»Ziehen Sie das an«, sagte er als er mir das Hemd in die Hand drückte. Mein eigenes Hemd lag ja blutgetränkt auf der Wunde von Alexandra.

Wir wussten beide nicht recht, was uns die Erste-Hilfe-Box im Moment nützte und beschränkten uns darauf, Tücher auf die Schusswunde zu drücken.

Es waren wohl nur wenige Minuten, die es dauerte, bis endlich die Sirene der Ambulanz zu hören war. Die Zeit erschien mir jedoch länger, da Ernst Stadelmann unablässig redete. Er versuchte, mir klar zu machen, was seine Pläne mit dem *Michael Tellensöhne* und dem *PatSchüV* waren. Vor allem versuchte er, mich davon zu überzeugen, dass die Zukunft der Schweiz von diesen beiden Vereinen abhing.

»Wir mussten Wicki und Bader ausschalten. Wir konnten nicht zulassen, dass jemand die Zukunft der Schweiz gefährdet«, sagte er. »Wenn es nicht anders geht, muss man manchmal kleine Opfer in Kauf nehmen.«

43

Vor zweieinhalb Jahren

Ernst Stadelmann liess Stefan Wicki eine Woche Einarbeitungszeit, um das Seilbahnmuseum kennenzulernen. Bereits in der zweiten Woche wurde er fast nur noch in der alten Lagerhalle eingesetzt, um den *PatSchüV* zu unterstützen. Wicki unterstützte Vater und Sohn Stadelmann bei der Vorbereitung und Durchführung einer grossen Schiessübung im Schiesskino des *PatSchüV*. Ausserdem wurde er an einem Abend als Helfer eingesetzt, als der *Bund der Tellensöhne* im Seilbahnmuseum eine Podiumsdiskussion veranstaltete.

Ernst Stadelmann beobachtete seinen neuen Angestellten sehr genau. Und weil er ein gutes Gefühl hatte, lud er Stefan Wicki am Freitag von dessen zweiter Arbeitswoche zum Mittagessen ein. Dabei fühlte er Wicki auf den Zahn und versuchte sich ein Bild von dessen politischer Haltung und Zuverlässigkeit zu machen.

Schliesslich entschied Stadelmann, es mit Wicki zu versuchen. Beim Kaffee nach dem Essen bot er ihm das Du an und begann, Wicki so weit wie nötig in die verborgenen Aktivitäten einzuweihen.

»Das, was ich dir jetzt erzähle, Stefan«, begann er, »muss unbedingt unter uns bleiben.«

Stefan Wicki blickte den ehemaligen Seilbahn-Unternehmer verwirrt an, ohne zu antworten.

»Weisst du, der *PatSchüV* ist nicht nur ein Schützen-verein. Der *PatSchüV* hat noch ein geheimes Waffenlager, von dem nur ganz wenige Leute wissen. Natürlich wollen wir nichts Illegales mit den Waffen machen. Wir haben sie beschafft und lagern sie für den Fall, dass die Schweiz eines Tages bedroht ist und es mutige Leute braucht, welche die Polizei und das Militär dabei unterstützen, die Freiheit zu verteidigen.«

Was er erzählte, entsprach zwar nicht exakt seinen Vorstellungen. Aber es tönte viel harmloser als die Wahrheit, nämlich dass der *Bund der Tellensöhne* und der *PatSchüV* mit einer Art Staatsstreich die Macht im Land übernehmen sollten.

»Das finde ich gut«, sagte Stefan Wicki. Es war nicht so, dass er Stadelmanns politische Haltung bis ins Extrem teilte, aber grundsätzlich fand er auch, es habe zu viele Ausländer im Land und es könne nicht so weitergehen. Vor allem aber spürte Wicki, was Stadelmann von ihm hören wollte. Und da es Stefan Wicki wichtig war, die Stelle zu behalten, sagte er das, was von ihm erwartet wurde.

»Wir können das Seilbahnmuseum nur betreiben, weil der *PatSchüV* dem Museum grosszügig Miete für die alte Lagerhalle zahlt. Im Gegenzug unterstützen Michael und ich den *PatSchüV* so gut wir können.«

»Ja, das habe ich gemerkt. Mir hat es diese Woche sehr gut gefallen. Das Schiesskino ist toll. Und die grosse Schiessübung fand ich sehr interessant.«

»Weisst du, Stefan: Im Museum brauchen wir deine Hilfe vor allem, um schwere Ausstellungsstücke zu transportieren. Da sind wir froh, um zwei zusätzliche starke

Arme. Aber das gibt ja nicht ständig etwas zu tun. Deshalb wäre ich froh, wenn du – genau wie Michael – in erster Linie den *PatSchüV* unterstützen könntest.«

»Ja klar, das mache ich gerne.«

»Weisst du, wir möchten das geheime Waffenlager noch vergrössern. Michael braucht Unterstützung bei der Beschaffung der Waffen. Ich denke, du könntest eine grosse Hilfe für ihn sein.«

»Schön. Freut mich zu hören. Ich werde mir Mühe geben.«

Noch am gleichen Nachmittag informierte Ernst Stadelmann seinen Sohn Michael über seinen Plan. Michael war überhaupt nicht erfreut. Er hatte Stefan Wicki schon vor zwanzig Jahren nicht gemocht, als sie beide noch im Teenager-Alter und Stefan der Freund von Michaels Schwester Anita war.

»Ich traue Stefan nicht«, versuchte er zu argumentieren, doch sein Vater liess sich nicht beeinflussen.

»Wenn es ernst wird, werden wir hunderte oder gar tausende von Waffen brauchen. Du kommst mit der Beschaffung der Waffen einfach nicht rasch genug voran. Ich habe Stefan eingestellt, damit er dich dabei unterstützt.«

Auch wenn Michael Stadelmann über seinen Gehilfen nicht gerade begeistert war: Es blieb ihm nichts anderes übrig, als Stefan Wicki zu akzeptieren. Gemeinsam beschafften sie Waffen und Munition, gelegentlich auch mal etwas Sprengstoff. Einfach alles, was leicht erhältlich war und bei einem Staatsstreich nützlich sein könnte.

Tatsächlich trug das Engagement von Stefan Wicki dazu bei, die Beschaffung zu beschleunigen. Denn Wicki hatte aus seiner Zeit als Drogensüchtiger Kontakte zu verschiedenen Drogendealern – und zwei von ihnen vermittelten ihm nun Kontakte zu Personen, die illegal mit Waffen handelten.

Michael Stadelmann freute sich, seinem Vater regelmässig über die Fortschritte bei der Beschaffung der Waffen berichten zu können. Selbstverständlich erzählte er nicht, wie gross das Verdienst von Stefan Wicki war, aber sowohl ihm selbst als auch seinem Vater war bewusst, wie stark Wicki an der erfreulichen Entwicklung beteiligt war.

Damit die Beschaffung der Waffen nicht allzu viel kostete, kauften Michael Stadelmann und Stefan Wicki nicht nur bei legalen und illegalen Waffenhändlern ein, sondern nutzten auch günstige Gelegenheiten, Waffen zu stehlen. Dabei erwiesen sich die Erfahrungen von Stefan Wicki aus jahrelanger Drogenbeschaffungs-Kriminalität als grosser Vorteil. Wicki konnte aus seinen Erfahrungen während der Drogensucht gut einschätzen, wie riskant ein Diebstahl war. Er erkannte gut, ob und wie sich ein Diebstahl gefahrlos realisieren liess.

Der grösste Coup gelang den beiden völlig unerwartet an einem Dienstagvormittag in einer kalten Januarwoche. Ein Drogendealer hatte Stefan Wicki den Kontakt zu einem Drogensüchtigen vermittelt, der bei einem Einbruch eine Pistole gestohlen hatte und diese nun verkaufen wollte. Stefan Wicki und Michael Stadelmann hatten den Mann in

Winterthur getroffen und ihm die Pistole für einen Spottpreis abgekauft.

Als die beiden wieder losfuhren, meldete Stadelmann, er müsse noch auf die Toilette. Also machten sie Halt beim Bahnhof Oberwinterthur. Während Stadelmann die Bahnhofstoilette aufsuchte, beobachtete Wicki vom Parkplatz aus eine Gruppe von etwa einem Dutzend Soldaten der Schweizer Armee, die zu Fuss den Bahnhof erreichte.

Nach Konsultation der Abfahrtszeiten der Züge deponierten die Soldaten ihr schweres Gepäck neben dem Bahnhofsgebäude und gingen zum Bahnhofsladen, der gut fünfzig Meter entfernt lag. Offensichtlich mussten sie eine Weile auf den Zug warten. Draussen war es kalt, im Bahnhofsladen hingegen war es warm und man konnte dort auch Bier kaufen.

Einige der Soldaten nahmen ihre Sturmgewehre mit in den Laden, aber sieben liessen ihre Waffen beim Gepäck zurück, obschon sie das Materiallager vom Laden aus nicht sehen konnten. Was sollte schon passieren? Bei dieser Kälte war eh fast niemand draussen.

Als Michael Stadelmann zum Auto zurückkam, hatte Stefan Wicki den Diebstahl bereits geplant.

»Siehst du die Waffen dort?«

»Ja. Wo sind die Soldaten?«

»Dort drüben im Laden. Ich gehe jetzt zum Gebüsch dort drüben. Von dort kann ich die Waffen und den Laden sehen. Du fährst mit dem Auto zum Materiallager und lädst die Gewehre in den Kofferraum. Falls ich mir eine Zigarette anzünde, stoppst du sofort und fährst los. Nach Hause, ohne auf mich zu warten!«

Michael Stadelmann hasste es, von Stefan Wicki herumkommandiert zu werden. Doch die Idee war genial und die Gelegenheit günstig. Also folgte Stadelmann dem Vorschlag seines Gehilfen. Wicki musste sich keine Zigarette anzünden, denn keiner der Soldaten verliess den Laden bis Michael Stadelmann alle Gewehre eingeladen hatte. Wicki kehrte zum Wagen zurück und die beiden fuhren ungesehen davon.

Der Waffendiebstahl am Bahnhof Oberwinterthur wurde nie öffentlich bekannt. Die Armeeführung, der Nachrichtendienst des Bundes und die Bundespolizei *fedpol* beschlossen gemeinsam, die Sache geheim zu halten, um die Bevölkerung nicht zu beunruhigen. Alle beteiligten Soldaten wurden mit der Androhung drakonischer Strafen zu Geheimhaltung verpflichtet. Insbesondere die Armeespitze war ausgesprochen erleichtert, dass der Vorfall nicht öffentlich bekannt wurde, da er der Armee einen beträchtlichen Imageschaden gebracht hätte.

Der spektakuläre Diebstahl in Oberwinterthur war für Stefan Wicki ein grosses Erfolgserlebnis, über das er sich längere Zeit freuen konnte. Er war nicht der Typ, der so etwas herumerzählen musste. Der stille Triumph genügte ihm. Es tat ihm aber auch gut, dass er seit diesem Coup mehr Anerkennung von Michael Stadelmann spürte.

Doch das emotionale Hoch hielt nicht ewig. Irgendwann tauchten depressive Momente auf. Zuerst vereinzelt, dann immer häufiger. Es beschäftigte ihn, dass er das Gefühl hatte, sein grosses Ziel nicht zu erreichen. Er hatte den schweren Drogenentzug überstanden, weil er wieder ein *normales* Leben führen wollte. Weg von Drogen und Kriminalität. Nun war er drogenfrei und hatte sogar einen anständig bezahlten Job. Nur leider war die Anstellung beim Seilbahnmuseum eine Täuschung. In Wirklichkeit verdiente er sein Geld wieder als Krimineller.

Er nahm einige Anläufe, um eine andere Stelle zu finden. Allerdings erfolglos.

So wuchs seine Unzufriedenheit und immer häufiger geriet er in depressive Phasen. Und irgendwann kam der Moment, wo er sich wieder Drogen beschaffte, um dem tristen Dasein einen Moment zu entfliehen.

Stefan Wicki war fest entschlossen, nicht wieder »richtig« abhängig zu werden. Er konsumierte nicht regelmässig, sondern nur noch in den schlimmsten Phasen. Das klappte erstaunlich gut.

Trotzdem hatte er ein Problem: Auch gelegentlicher Drogenkonsum kostete Geld. Er merkte bald, dass er ein Zusatzeinkommen brauchte.

Eines Tages, als er mit Michael Stadelmann Waffen ins versteckte Lager brachte, kam ihm eine Idee: Der *PatSchüV* führte nur über die legal erworbenen Waffen Buch. Alle illegal erworbenen und gestohlenen Gewehre und Pistolen wurden getrennt gelagert und niemand hatte einen genauen Überblick über die Zahl der Waffen. Er könnte doch ab und zu eine Waffe abzweigen und verkaufen.

Tatsächlich gelang es ihm völlig problemlos, ab und zu etwas mitlaufen zu lassen. Er versteckte die Waffen in seiner Wohnung und begann über einen befreundeten Drogenhändler, erste Waffen zu verkaufen.

Dieser Drogenhändler verhalf Stefan Wicki zu einem besseren Absatzkanal: Er verschaffte ihm Zugang zum *Pi Cove Market*, einem Darknet-Marktplatz. Hier, im versteckten Teil des Internet, begann Stefan Wicki, weitere Abnehmer für seine Waffen zu suchen.

Samstag, 23. Juli, nach Mitternacht

Ich holte die Sanitäter bei der Haustür ab und führte sie zu Alexandra. Nach einer kurzen Untersuchung hoben die beiden Sanitäter die blutende Staatsanwältin auf eine Trage und brachten sie zu ihrem Fahrzeug. Ich marschierte nebenher und hielt ihre Hand.

»Wir fahren ins Kantonsspital. Kommen Sie mit?«, fragte mich der Ältere der beiden Sanitäter, während sie Alexandra ins Ambulanzfahrzeug schoben.

Ich war einen Moment unschlüssig. Eigentlich wollte ich unbedingt bei Alexandra bleiben. Andererseits war da noch Ernst Stadelmann. Und im Moment konnte ich ohnehin nichts für Alexandra tun.

»Ich komme später nach«, antwortete ich und liess sie losfahren.

Während das Ambulanzfahrzeug losfuhr, fühlte ich einen Kloss im Hals. Ich machte mir grosse Sorgen um Alexandra. Ausserdem fühlte ich mich schuldig, sie in diese Situation gebracht zu haben.

Eigentlich erwartete ich Unterstützung durch eine Polizeistreife. Aber da keine Kollegen auftauchten, ging ich zurück zu Ernst Stadelmann, um ihn allein zu verhaften.

Ich fand ihn im Wohnzimmer, wo er gerade telefonierte. Als ich hinzukam, sagte er: »Und bitte beeil dich!«

Er blickte auf, sah mich und sagte dann ins Telefon: »Ich muss jetzt Schluss machen. Wir sehen uns. Und: danke!«

Ich wartete kurz ab, ob er mir etwas darüber sagen wollte, mit wem er telefoniert hatte. Als er nichts sagte, teilte ich ihm mit, dass ich ihn verhafte.

Ernst Stadelmann leistete zwar keinen körperlichen Widerstand, begann aber wieder, seine Standpunkte zu erklären und sich zu rechtfertigen. Auch dass ich ihn ein zweites Mal darauf aufmerksam machte, dass er das Recht hatte zu schweigen, hielt ihn nicht auf.

»Verstehen Sie nicht? Wir mussten die Leute aufhalten, die unsere Ziele gefährdeten. Unser Land ist ernsthaft bedroht! Wir befinden uns sozusagen im Krieg. Da muss man ab und zu etwas machen, was in Friedenszeiten ein Verbrechen wäre. Aber im Kriegszustand geht es nicht anders.«

Ich war fassungslos! Dieser Mann, der auf mich noch vor Kurzem einen recht vernünftigen Eindruck gemacht hatte, plante einen Staatsstreich. Einen Staatsstreich! In der Schweiz! Und er war auch jetzt noch überzeugt. Überzeugt, richtig gehandelt zu haben. Und überzeugt, dass er mit seinem Vorhaben erfolgreich sein würde.

Als Stadelmann merkte, dass er mich mit seiner Argumentation nicht überzeugen konnte, änderte er seinen Tonfall: »Sie sind ein Landesverräter, Goldbacher! Sie können mich zwar jetzt verhaften. Aber ich habe genügend einflussreiche Freunde. Ich werde schneller wieder freikommen als Sie bis zehn zählen können. Und danach werde ich dafür sorgen, dass Sie entlassen werden und nie mehr eine Stelle finden!«

Ich spedierte ihn unsanft ins Auto und fuhr los.

45

Letztes Jahr, Ende Januar

Michael Stadelmann war alles andere als begeistert darüber, dass ihm Stefan Wicki als Gehilfe für die Waffenbeschaffung zur Seite gestellt worden war. Aber es war offensichtlich, dass es seitdem besser voran ging. Wicki hatte aus seiner Zeit als Drogensüchtiger Kontakte, welche den illegalen Kauf von Waffen massiv erleichterten. Und es war unvermeidlich, auch auf illegalem Weg Waffen zu beschaffen. Denn wenn man versucht hätte, allzu viele Waffen auf legale Weise zu kaufen, wäre das rasch aufgefallen. Und auffallen wollten der *Bund der Tellensöhne* und der *PatSchüV* auf keinen Fall.

Je mehr Michael Stadelmann bewusst wurde, dass er von Stefan Wicki abhängig war, desto mehr bemühte er sich, eigene Kontakte aufzubauen und unabhängig von Wicki Waffen zu beschaffen.

An einem sonnigen Wintertag traf sich Stadelmann mit einem Drogendealer, der ihm eine SIG Sauer Pistole zum Kauf angeboten hatte. Eigentlich wäre es eine kurze, einfache Sache gewesen. Doch als Stadelmann einen kurzen Blick auf die Waffe warf, wurde er stutzig: Am Pistolenlauf fielen ihm vier Kerben auf. Diese vier Kerben sah er nicht zum ersten Mal. Er war sich sicher, genau diese Pistole schon einmal in der Hand gehabt zu haben. Er hatte sie nicht nur in der Hand gehabt, sondern schon einmal gekauft.

Michael Stadelmann erinnerte sich, dass ihm die Pistole aufgefallen war, als er sie gemeinsam mit Stefan Wicki einem Hehler abgekauft hatte. Denn die vier Kerben am Lauf waren so angeordnet, dass man sie mit etwas Fantasie als den Buchstaben M interpretieren konnte. M wie Michael. Er hatte sich damals gefragt, ob jemand die Kerben absichtlich angebracht hatte, oder ob es Beschädigungen waren.

Für Stadelmann war sofort klar, dass es nicht eine zweite Waffe mit gleichen oder ähnlichen Kerben, sondern zweifelsfrei die genau gleiche Pistole war. Und da er nur Waffen gekauft, aber nie eine verkauft hatte, musste irgendeine Schweinerei im Gange sein. Und eigentlich gab es nur eine Möglichkeit, wer für diese Schweinerei verantwortlich sein konnte: Stefan Wicki!

»Von wem hast du die Waffe?«, fragte er den Dealer.

»Berufsgeheimnis«, antwortete dieser kühl.

Stadelmann insistierte. Zuerst vergeblich. Doch als er anbot, den doppelten Preis für die Pistole zu zahlen, erfuhr er, wie der Verkäufer ausgesehen hatte: »Ein mittelgrosser Mann um die vierzig, schlank, blaue Baseballmütze.«

»Bingo«, entfuhr es Michael Stadelmann. Er kannte einen, der fast immer eine blaue Baseballmütze trug: Stefan Wicki.

Auf dem Rückweg rief er vom Auto aus auf Wickis Handy an.

Stefan Wickis Handy klingelte. Er schaute auf den Display, wunderte sich und drückte die grüne Taste. Bevor er irgendetwas sagen konnte, legte Michael Stadelmann los:

»Ich muss dich sofort sehen! Bist du zuhause?« Nur diese zwei kurzen Sätze. Keine Begrüssung, keine Erklärung.

Stefan merkte sofort, dass etwas nicht in Ordnung war. Es brauchte gar keine weitere Erklärung. Michael musste etwas gemerkt haben.

»Shit«, dachte er. Sein Herz raste. Ihm war sofort klar: Wenn Michael jetzt in seine Wohnung kam, war er geliefert. Stefan Wicki überlegte fieberhaft, wie er aus der Situation herauskommen konnte. Gleichzeitig musste er rasch antworten, wenn er keinen Verdacht erregen wollte.

»Nein, ich bin unterwegs. Ich rufe dich an, sobald ich zurück bin.«

Ohne Verabschiedung drückte er die rote Taste seines Mobiltelefons. Eine bessere Antwort war ihm in seiner Panik nicht eingefallen. Ihm war völlig klar, dass er damit sein Problem nicht gelöst hatte. Er hatte lediglich etwas Zeit gewonnen.

Er überlegte, wie Michael ihm auch die Schliche gekommen war. Aber er fand keine Antwort. Vielleicht täuschte er sich ja und er war gar nicht in Gefahr. Es hatte keinen Sinn, sich weiter den Kopf darüber zu zerbrechen. Er musste jetzt einfach so schnell wie möglich die Waffen aus seiner Wohnung wegbringen. Er brauchte ein sicheres Versteck. Einen Ort, an dem Michael Stadelmann sicher nicht suchen würde. Und wo auch sonst niemand die Waffen finden konnte.

Es dauerte ein paar Minuten, dann hatte er eine Idee. Ja genau, das könnte klappen!

Im Altpapier suchte er nach einem Prospekt. Irgendeine Werbung, auf der nicht sein Name und seine Adresse

aufgedruckt waren. Er fand einen Prospekt eines Reisebüros. Auf dem Titelbild sah man ein Kreuzfahrtschiff
sowie einen Eisberg und eine karge Küstenlandschaft.

Er ging mit den beiden mit Waffen und Munition
gefüllten Stoffsäcken und den Reisebüro-Prospekt zu
seinem Auto und fuhr los. Unterwegs hielt er kurz bei einer
Konditorei und kaufte zwei Stück Schwarzwälder Torte.
Wenige Minuten später war er beim Haus, in dem Jolanda
Hebeisen wohnte. Bevor er klingelte, warf er den Prospekt
in den Briefkasten.

»Ja?«, tönte es aus der Gegensprechanlage.

»Grüezi Frau Hebeisen. Ich bin's, Stefan Wicki. Sie
haben doch gesagt, ich solle sie wieder mal besuchen.«

Die alte Frau wunderte sich ein wenig. Sie hatte nicht mit
Stefan Wicki gerechnet. Immerhin war es eine Weile her,
seit er sie zwei Mal innert kurzer Zeit besucht hatte.
Ausserdem wirkte er ein wenig nervös auf sie. Aber Jolanda
Hebeisen freute sich über den Besuch und machte sich nicht
gross Gedanken.

»Schauen Sie, was ich mitgebracht habe«, sagte Stefan
und zeigte ihr die weisse Kartonschachtel mit dem
aufgedruckten Firmenlogo der Konditorei.

»Oh wie schön! Die machen die besten Torten.«

»Bevor ich es vergesse: Es hat noch Post in Ihrem Briefkasten. Geben Sie mir doch den Schlüssel. Dann gehe ich
schnell runter und bringe Ihnen die Post hoch.«

Stefan Wicki war erleichtert als er sah, dass der Kellerschlüssel immer noch zusammen mit dem Briefkasten-

schlüssel am Schlüsselbund hing. Er holte die beiden Stoffsäcke mit den Waffen aus dem Auto und brachte sie ins Kellerabteil von Jolanda Hebeisen. Beinahe hätte er vergessen, auf dem Weg nach oben noch den Prospekt aus dem Briefkasten zu holen.

»Nur Werbung«, sagte er, als er zurück in der Wohnung war und legte den Prospekt des Reisebüros auf den Tisch.

Jolanda Hebeisen warf einen Blick auf das Kreuzfahrtschiff auf der Titelseite. »Früher bin ich ja viel Schiff gefahren. Ich war auf jedem Schweizer See. Also natürlich nur dort, wo Schiffe fahren. Einmal sind wir in einen Föhnsturm geraten und mussten sofort ans Ufer. Das Schiff konnte nicht mehr weiterfahren und alle mussten mit dem Zug weiter. Ich glaube, das war auf dem Vierwaldstättersee. Oder war es der Bodensee?«

Stefan Wicki interessierte sich im Moment nicht besonders für die Schifffahrts-Erinnerungen der alten Frau. Ihm ging die Frage durch den Kopf, ob Michael Stadelmann seinen Waffendiebstahl bemerkt hatte. Er bemühte sich aber, freundlich zu wirken und Interesse zu zeigen. Aber bald nach dem Kuchenessen verabschiedete er sich von Jolanda Hebeisen.

»Ich komme wieder mal vorbei«, versprach er.

»Gerne«, antwortete sie und lächelte.

Eigentlich hatte Stefan Wicki geplant, Michael Stadelmann anzurufen, sobald er zuhause ankam. Aber er war in Panik. »Wenn er mich so sieht, weiss er, dass etwas faul ist«, sagte er zu sich selbst und beschloss, den Anruf aufzuschieben bis er etwas ruhiger war.

Aber die Ruhe stellte sich nicht ein. Nach einer Weile beschloss er, etwas gegen seine Angst zu tun. In seinem Schlafzimmer hatte er noch Kokain versteckt. Dieses löste er nun in Wasser auf und injizierte es sich. Es war mehr als er sich gewohnt war, aber er war ja auch in einer aussergewöhnlichen Situation.

Sehr schnell wich seine Angst einer euphorischen Stimmung: Er hatte die Waffen ja gut versteckt. Michael konnte die Waffen nicht finden und ihm nichts beweisen. Er war Michael überlegen. Michael war ein unbrauchbarer Taugenichts, der nur dank seinem Vater reich war. Er, Stefan, hatte Michael erfolgreich hereingelegt.

Doch die Euphorie hielt nicht lange an. Bald kehrten Zweifel und Angst zurück und mischten sich mit einer allgemeinen Hoffnungslosigkeit über seine Lebenssituation. Zudem fühlte er sich extrem müde seit die euphorisierende Wirkung des Kokains verschwunden war.

»Ich muss Michael anrufen, aber zuerst ruhe ich mich noch ein paar Minuten aus«, sagte er sich und sank in einen langen, tiefen Schlaf.

Als Stefan Wicki wieder aufwachte, brauchte er einen Moment, um sich wieder genau an alles zu erinnern, was vor dem Einschlafen geschehen war. Er nahm sein Handy und stellte erschreckt fest, dass er den ganzen Abend und die ganze Nacht durchgeschlafen hatte. Inzwischen war es 8:30 Uhr am nächsten Morgen.

Michael hatte drei Mal angerufen. Stefan beschloss, nicht zurückzurufen, sondern zur Lagerhalle zu fahren, in der das Schiesskino und das geheime Waffenlager des

PatSchüV untergebracht war. Stefan war sicher, dass er Michael dort antreffen würde.

Als er bei der Lagerhalle ankam, war diese verschlossen. Stefan ging hinüber zum nahe gelegenen Seilbahnmuseum und fand Michael dort im Pausenraum zusammen mit zwei Museumsangestellten.

»Guten Morgen miteinander«, stammelte Stefan. »Sorry, Michael, ich habe gestern ganz vergessen, dich zurückzurufen.«

»Komm, wir müssen rüber ins Schiesskino«, antwortete Michael ruhig. Aber nachdem sie die Lagerhalle betreten hatte, wurde er laut: »Wo warst du?«

»Ich war unterwegs. Als ich nach Hause kam, habe ich nicht mehr an deinen Anruf gedacht.«

»Ich habe noch mehrmals angerufen.«

»Ja, ich weiss. Ich hab's erst vorhin gesehen. Wahrscheinlich habe ich irrtümlich den Klingelton ausgeschaltet. Auf jeden Fall habe ich nichts gehört.«

»Ich war gestern Abend noch bei dir zuhause und habe geklingelt.«

»Wirklich? Ich habe nichts gehört. Ich war müde und ging früh schlafen. Was gab es denn so Dringendes?« Stefan bemühte sich, unbekümmert zu klingen. Doch als Michael die SIG Sauer Pistole aus einer Schublade nahm, war der Schreck in seinem Gesicht nicht zu übersehen.

»Was ist damit?«, versuchte er den Ahnungslosen zu mimen.

»Ich habe sie gestern gekauft.«

»Und?«

»Ich habe die gleiche Pistole schon einmal gekauft. Sie hat auffällige Kerben am Lauf. Die sind mir damals aufgefallen. Ich habe sie gleich wiedererkannt.«

Stefan Wicki wurde bleich, versuchte aber, sich herauszureden: »Wahrscheinlich gibt es mehrere Exemplare mit gleichen oder ähnlichen Kerben.«

»Der Typ, der sie mir verkauft hat, hat sie einem Mann mit blauer Baseballmütze abgekauft.«

»Meinst du jetzt, ich hätte die Pistole hier gestohlen und verkauft? Spinnst du eigentlich?« Er versuchte, den Entsetzten zu spielen, doch das gelang ihm nicht besonders überzeugend.

»Wie viele Waffen hast du schon geklaut?«

»Du bist verrückt! Das würde ich nie tun!«

»Nimmst du sie von hier mit, wenn ich nicht da bin? Wo bewahrst du sie auf? In deinem Auto? Oder zuhause?«

»Willst du nachschauen?« Stefan war froh, dass sich das Gespräch in diese Richtung wendete. Er hoffte, Michael würde sich beruhigen, wenn er keine Waffen fand.

Michael Stadelmann steckte die Pistole ein, nickte Stefan auffordernd zu und ging zu Stefans Wagen.

Zwei Stunden später kehrten sie gemeinsam in die Lagerhalle zurück. Michael hatte im Auto, in der Wohnung und im Kellerabteil von Stefan gesucht. Vergeblich. Doch beruhigt hatte er sich keineswegs.

»Gib zu, dass du die Pistole geklaut hast!«

»Du spinnst. Du hast ja jetzt gesehen, dass ich keine Waffen zuhause habe.«

»Der Typ, der mir die Pistole verkauft hat, hat dich genau beschrieben.«

»Meinst du, ich bin der Einzige in der Schweiz, der eine Baseballmütze trägt?«

Michael merkte, dass er so nicht weiterkam. Er war unglaublich wütend. Nach einigen Sekunden Pause sagte er: »Gib mir deine Schlüssel für die Halle und für das Museum!«

»Was willst du damit?«

»Du beklaust uns! Du hast hier drin nicht mehr zu suchen! Ich informiere meinen Vater. Er wird dich rausschmeissen.«

»Ach, der kleine Michael! Wenn er ein Problem hat, dann ruft er den Vater zu Hilfe.«

Stefan merkte sofort, dass er zu weit gegangen war. Doch es war zu spät. Die Bemerkung liess bei Michael die Sicherungen durchbrennen. Er holte die SIG Sauer Pistole aus seiner Jackentasche und schoss, bevor der vor Schreck erstarrte Stefan Wicki reagieren konnte. Er traf die Stirn. Stefan Wicki war sofort tot.

Nun war Michael Stadelmann starr vor Schreck. Das hatte er nicht geplant. Überhaupt nicht.

Er bedauerte keine Sekunde, dass Stefan tot war. Aber er wusste, dass er selbst nun ein Problem hatte. Und er hatte keine Ahnung, was er tun sollte.

Es dauerte ein paar Minuten, bis er sich so weit gefasst hatte, dass er das Naheliegendste tun konnte: Er rief seinen Vater an: »Kannst du sofort ins Waffenlager kommen? Es ist dringend.«

»Was ist passiert?«, fragte Ernst Stadelmann als er ange-kommen war und den toten Stefan Wicki sah.

»Ich musste ihn erschiessen! Er hat Waffen geklaut und verkauft.«

»Bist du verrückt?«

»Ich musste es tun. Es ging nicht anders. Er hätte uns verraten.«

»Und was willst du jetzt tun? Wie stellst du dir das vor? Was willst du der Polizei erzählen?«

»Ich weiss doch auch nicht«, antwortete Michael Stadelmann kleinlaut.

Der Vater dachte nach. »Er muss verschwinden. Und niemand darf ihn finden«, sagte er halblaut. Er schwieg einen Moment, dann fügte er hinzu: »Gut, ich weiss, was wir machen.«

Als die telefonisch herbeigerufene Tochter Anita eine halbe Stunde später im Waffenlager des *PatSchüV* eintraf, hatte sie keine Ahnung, was sie dort erwarten würde. Ihr Vater hatte ihr lediglich gesagt, sie müsse unbedingt sofort in die alte Lagerhalle kommen.

Anita Stadelmann wusste in groben Zügen, was ihr Vater und ihr Bruder mit dem *Patriotischen Schützenverein* und dem *Bund der Tellensöhne* beabsichtigten. Sie machte sich aber wenig Gedanken darüber, weil sie es als harmlose, illusorische Spinnerei abtat.

Politik interessierte sie kaum, aber sie sah durchaus ein paar positive Aspekte in den beiden Vereinen: Ihr Vater hatte sich seit deren Gründung sehr positiv verändert. Er war wieder aktiv, engagiert und interessiert. Ab und zu zeigte er sogar etwas Interesse an ihrer Malerei. Offensichtlich tat es ihm gut, endlich wieder eine Aufgabe zu haben, für die er Feuer und Flamme war. Auch ihr Bruder Michael war wieder zugänglicher, seit er sich beim *PatSchüV* engagierte. Und nicht zuletzt hatte Anita Stadelmann es den beiden Vereinen zu verdanken, dass ihr Jugendfreund Stefan Wicki einen Job hatte.

Es traf Anita völlig unvorbereitet, als sie Stefan nun am Boden liegen sah. Mit einer Schusswunde im Gesicht. Offensichtlich tot. Anita schrie auf, stürzte zur Leiche, sank in die Knie und umklammerte den Körper von Stefan Wicki.

»Er hat Waffen bei uns gestohlen. Als Michael ihn zur Rede gestellt hat, ist er ausgerastet. Zum Glück ist Michael ihm zuvorgekommen, sonst wäre Michael jetzt tot«, erklärte Ernst Stadelmann seiner Tochter. Natürlich entsprach nicht alles den Tatsachen, aber er musste die Wahrheit etwas zurechtbiegen, da er die Unterstützung seiner Tochter brauchte.

»Hat er wirklich Waffen gestohlen?«

»Ja, Waffen und Munition. Leider. Ich hätte mir so gewünscht, dass er es doch noch in ein normales Leben schafft. Aber leider war er nicht zuverlässig.«

»Aber ihr könnt ihn doch deswegen nicht einfach erschiessen! Ihr hättet ihn ja auch einfach entlassen können!«, schrie Anita ihren Vater und ihren Bruder an.

Ernst Stadelmann antwortete ruhig. Er hatte mit einer solchen Reaktion gerechnet und etwas Zeit gehabt, sich vorzubereiten: »Er hatte Waffen und Munition. Ich weiss nicht, was er damit vorhatte. Er war eine Gefahr für uns und für andere. Und natürlich konnten wir auch nicht einfach zur Polizei gehen, denn es ist ja auch nicht alles ganz legal, was wir hier machen. Es tut mir leid, Anita, aber Michael hatte wirklich keine andere Wahl.«

»Jetzt verstehe ich«, schleuderte ihm Anita entsetzt entgegen. »Es geht dir gar nicht darum, ob Stefan eine Gefahr war. Ihr habt ihn getötet, um dieses bescheuerte illegale Geheimprojekt zu schützen!«

»Davon verstehst du nichts! Das ist kein bescheuertes Projekt! Der *Bund der Tellensöhne* und der *PatSchüV* sind die wichtigsten Organisationen des Landes. Wir haben tausende von Mitgliedern und wir werden die Schweiz vor dem Untergang retten!«

Anita Stadelmann weinte still. Sie wollte den Streit mit ihrem Vater nicht weiter eskalieren lassen. Es nützte ja doch nichts. Und vor allem machte es Stefan nicht wieder lebendig. Nach einigen Minuten Stille fragte sie: »Und was wollt ihr jetzt machen?«

»Michael und ich werden die Leiche verschwinden lassen. Aber wichtig ist, dass die Polizei nicht nach Stefan sucht. Ich habe mir da etwas überlegt. Wir schicken ein SMS von Stefans Handy an dein Handy. Im SMS teilt Stefan dir mit, dass er untertaucht und dass du ihn nicht suchen sollst. Und in ein paar Tagen gehst du mit deinem Handy zur Polizei, zeigst das SMS und sagst, dass du dir Sorgen um Stefan machst.«

»Und warum sollte ich das tun?«

»Dann wird Stefan offiziell als vermisst gelten. Aber die Polizei wird nicht nach ihm suchen.«

»Du spinnst! Ich gehe sicher nicht zur Polizei und lüge die an.«

»Anita! Bitte mach wenigstens ein Mal im Leben das, was ich dir sage! Du musst das tun! Sonst landet dein Bruder im Gefängnis. Und du und ich auch.«

»Warum ich? Ich habe mit euren Geschäften nichts zu tun!«

»Meinst du, die Polizei glaubt dir, dass du vom illegalen Waffenlager hier nichts gewusst hast? Nein, das würde nicht nur Michael treffen, sondern auch dich und mich.«

Nach einer kurzen Pause fügte er an: »Ich bin schon alt. Ich will nicht im Gefängnis sterben!«

Mit diesem letzten Satz brach Ernst Stadelmann den Widerstand seiner Tochter endgültig. Zu dritt überlegten sie, wie der Text der Kurznachricht formuliert sein sollte. Danach nahmen sie das Handy von Stefan und schickten eine Nachricht an Anita: »Mir geht es nicht gut. Muss einen Ort finden, wo ich zur Ruhe komme. Bitte suche mich nicht. Und sag deinem Vater, dass ich nicht zur Arbeit komme. Danke.«

Danach entfernten sie die SIM-Karte aus dem Handy und zerstörten das Handy und die SIM-Karte. Dann schickte Ernst Stadelmann seine Tochter weg. Er fand es besser, sie bei der Entsorgung der Leiche nicht dabeizuhaben.

Vater und Sohn Stadelmann wickelten den Körper von Stefan Wicki in Decken ein und brachten ihn mit dem Auto zu einer abgelegenen Ecke des alten Fabrikgeländes. Mit Hilfe eines alten Baggers machten sie ein Loch, in dem sie die Leiche verschwinden liessen.

46

In der Nacht vorher (Nacht vom 21. zum 22. Juli)

Als Dominic Bader nach dem Feierabend-Bier nach Hause kam, war er zunächst überrascht, dass seine Freundin Nicole Rüegg nicht da war. Nach ein paar Augenblicken fiel es ihm aber wieder ein: Sie hatte ihm gesagt, dass sie sich mit einer Freundin treffen würde. »Es wird wahrscheinlich spät«, hatte sie ihm gesagt.

Weil Dominic Bader allein zuhause war, hatte er Zeit, um nachzudenken. Das Gespräch am Stammtisch ging ihm nicht aus dem Kopf. Genau gesagt, das was Claudia Weber über Ernst Stadelmann gesagt hatte. Bader fragte sich, ob er blauäugig gewesen war. Konnte es sein, dass der Schützenverein gar nicht das war, für das ihn Bader gehalten hatte? War es möglich, dass da nicht nur rechtschaffene Patrioten dabei waren? Wurden unter dem Deckmantel des Schützenvereins tatsächlich illegale Waffengeschäfte getätigt?

Bader erinnerte sich, dass er bei Schiessübungen ab und zu die Gelegenheit bekommen hatte, mit unterschiedlichen Waffen zu schiessen. Ohne sich grosse Gedanken zu machen, war er davon ausgegangen, dass diese Waffen entweder dem Verein oder einzelnen Vereinsmitglieder gehörten. Und selbstverständlich war er davon ausgegangen, dass sie alle legal erworben worden waren und vorschriftsgemäss aufbewahrt wurden. Hatte er sich wirklich getäuscht? Getäuscht in Ernst Stadelmann, den er wirklich bewunderte? Oder in anderen Mitgliedern des Schützenvereins?

Eigentlich war sich Dominic Bader sicher, dass er sich nicht getäuscht hatte. Trotzdem wollte er sich kurz in der alten Lagerhalle umsehen, in welcher der *PatSchüV* zuhause war. Er packte seine Dienstwaffe und sein Handy und stieg ins Auto. Bevor er losfuhr, überlegte er kurz, seine Freundin mit einem SMS zu informieren, dass er noch weg ging. Doch dann sagte er sich, er werde wohl ohnehin früher als Nicole zuhause sein, und legte das Handy wieder weg. Als Dominic Bader losfuhr, rutschte sein Handy unter den Sitz, ohne dass er es bemerkte.

In der Schiesshalle angekommen, nahm er die Dienstwaffe und machte in der Kurzdistanz-Box ein paar Schiessübungen. Ausser ihm waren noch drei andere Schützen dort. Aber da alle Gehörschütze trugen, begrüsste man sich nur mit Handzeichen und sprach nicht miteinander.

Nach ein paar Minuten unterbrach er seine Schiessübungen, sicherte die Pistole und steckte sie ein. Er ging zur Toilette und schlenderte dann in der Anlage umher. Um nicht aufzufallen, tat er so, als lese er die verschiedenen Plakate an den Wänden.

In einem unbeobachteten Moment versuchte er, einige Türen zu öffnen, die er noch nie offen gesehen hatte. Eine war unverschlossen. Dominic Bader trat leise ein und schloss die Tür hinter sich.

Er stand am Anfang eines etwa drei Meter breiten Flurs, der etwa zwanzig Meter geradeaus führte und an einer Wand endete. Auf der rechten Seite gab es mehrere Türen. Dominic Bader war überrascht, hinter dieser Tür einen so langen Gang mit angrenzenden Räumen zu finden. Er war bisher davon ausgegangen, dass derjenige Teil, den er kannte, praktisch die ganze Fläche der Halle umfasste. Hinter den verschlossenen Türen hatte er lediglich kleine Abstellräume erwartet. Zumindest führten diejenigen Türen, die er schon offen gesehen hatte, nur in kleine Kammern, in denen der Verein Material aufbewahrte.

Der Flur wurde durch Deckenleuchten schwach beleuchtet. Fenster gab es nicht. Bader entfernte seinen Gehörschutz, aber ausser dem Schiesslärm aus den verschiedenen Schiessständen war nichts zu hören. Er ging zur ersten Türe, fand sie jedoch verschlossen, ebenso die zweite. Die dritte Tür jedoch liess sich öffnen. Ganz leise öffnete er sie einen Spalt breit, schaute hinein und horchte. Es brannte Licht, aber in dem kleinen Teil des Raums, den er sehen konnte, war niemand. Und es war kein Geräusch zu hören.

Einen ganz kurzen Moment zögerte Dominic Bader. Das Licht war ein Hinweis, dass jemand im Raum sein könnte. Aber da er nichts hörte, vermutete er, dass der Raum leer war und jemand das Licht nicht gelöscht hatte. Er beschloss, einzutreten und sich umzusehen. Falls jemand im Raum war, dann wäre das ja kein Drama. Ihm würde schon irgendeine Ausrede einfallen. Also trat er ein und schloss die Tür hinter sich.

Als er sich umsah, stockte ihm der Atem. Überall Waffen! Ein Gewehr neben dem anderen war da aufgereiht. In mehreren nebeneinander aufgestellten Gewehrrechen, und dort jeweils auf zwei Ebenen übereinander. Das mussten mehrere hundert Gewehre sein.

Als er weiter nach rechts blickte, sah er Gestelle, in denen sich Dutzende, wenn nicht hunderte von Pistolen befanden. Und kistenweise Munition.

Genauer konnte sich Dominic Bader das alles aber nicht ansehen, denn noch weiter rechts, praktisch hinter der Tür, weshalb er es erst jetzt sah, standen ein Tisch und vier Stühle. Und auf einem der Stühle sass Michael Stadelmann.

Beide Männer waren völlig überrascht. Dominic Bader war überrascht, ein riesiges Waffenlager anzutreffen. Michael Stadelmann hatte nicht damit gerechnet, dass plötzlich Dominic Bader den Raum betrat. Normalerweise schloss Michael Stadelmann jede Türe wieder hinter sich ab, wenn er das geheime Waffenlager betrat. Er musste wohl mit den Gedanken kurz woanders gewesen sein, als er gekommen war.

Beide Männer merkten sofort, dass ihr Zusammentreffen ein ziemlich grosses Problem war. Michael Stadelmann wusste, dass Dominic Bader Polizist war. Und Bader merkte sofort, dass ihn seine Entdeckung in Gefahr brachte.

Stadelmanns Vorteil war, dass er früh bemerkt hatte, dass jemand die Tür öffnete. Ausserdem war ihm viel schneller klar, wie er das Problem lösen musste. Bader war einen Augenblick unschlüssig zwischen Flucht, Deeskalation und Griff zur Waffe. Diesen Augenblick nutzte Michael Stadelmann: Er ergrifft die vor ihm liegende Pistole und schoss bevor Bader schussbereit war. Kein besonders guter Schuss: Er traf den Oberschenkel Baders. Aber da Bader die Pistole aus der Hand fiel, war das Duell entschieden.

Michael Stadelmann nahm eine Rolle Klebeband und fesselte Dominic Bader damit. Er klebte ihm den Mund zu, damit der Polizist nicht nach Hilfe rufen konnte. Als Bader keine Gefahr mehr darstellte, öffnete Stadelmann vorsichtig die Tür. Offensichtlich hatte er vergessen, die Tür von der Schiesshalle zum geheimen Waffenlager abzuschliessen. Wenn Bader reingekommen war, konnten auch andere reinkommen. Insbesondere falls jemand den Schuss gehört hatte.

Aber Michael Stadelmann hatte Glück: Der Flur war leer, die Tür zur Schiesshalle zu. Er konnte in Ruhe abschliessen und war allein mit Bader. Der Schuss schien niemandem aufgefallen zu sein. Das war auch nicht besonders erstaunlich in einem Gebäude, in dem mehrere Personen an verschiedenen Orten Schiessübungen machten und jeder einen Gehörschutz trug.

Nachdem Michael Stadelmann die Tür abgeschlossen und sich ein wenig vom Schrecken erholt hatte, rief er seinen Vater an. Dieser stand eine Viertelstunde später bei ihm im Waffenlager und stauchte seinen Sohn gehörig zusammen: »Wie kann man so blöd sein wie du? Habe ich dir nicht gesagt, dass du *nie* vergessen darfst, diese Türe abzuschliessen? Ist dir klar, was das bedeutet? Bader ist *Polizist*!«

»Ich weiss. Deshalb habe ich ja sofort reagiert.«

»Du bist ein Trottel! Wir sind geliefert! Es ist sicher kein Zufall: Zuerst kommen diese Kriminalpolizisten und fragen nach Wicki. Und jetzt schnüffelt Bader hier herum. Die sind uns auf der Spur! Wahrscheinlich hat die Polizei Bader bei uns eingeschleust. Und du Trottel lässt die Tür offen.«

»Die Tür war nicht offen. Ich habe nur vergessen, sie abzuschliessen«, antwortete Michael Stadelmann kleinlaut. Doch sein Vater reagierte nicht.

Ernst Stadelmann stand ruhig da, aber in seinem Inneren brodelte es. Die Nachlässigkeit seines Sohnes konnte das Ende seiner beiden Vereine bedeuten. Das Wichtigste, was er in seinem Leben aufgebaut hatte, war in Gefahr!

Innerlich fluchte Ernst Stadelmann darüber, dass er Michael in das Projekt einbezogen hatte. Es wäre alles so gut gelaufen. Aber die Probleme hatten schon letztes Jahr begonnen, als Michael seine Wut nicht in den Griff bekommen und völlig unnötigerweise Stefan Wicki erschossen hatte. Und mit seiner heutigen Nachlässigkeit, durch die Dominic Bader das Waffenlager entdeckt hatte, drohte alles aus dem Ruder zu laufen. Verzweifelt suchte Ernst Stadelmann nach einem Ausweg, um den Schaden in Grenzen zu halten.

»Wenn wir Glück haben«, überlegte er laut, »ist Bader auf eigene Faust hier und niemand weiss, dass er hierhergekommen ist.«

»Wollen wir ihn fragen?«, schlug Michael vor.

»Idiot! Meinst du, er sagt uns die Wahrheit?«

Michael traute sich nicht, zu antworten.

»Falls jemand wusste, dass er hier herumschnüffeln wollte«, überlegte Ernst Stadelmann weiter, »dann wäre er sicher nicht allein hier. Ich habe draussen keine Polizei gesehen. Und die wären sicher längst in der Halle, wenn ihr

Lockvogel so lange wegbleibt… Wahrscheinlich haben wir Glück und er ist auf eigene Faust hergekommen.«

»Und jetzt?«

Langsam reifte ein Plan im Kopf von Vater Stadelmann: »Wenn Bader einfach verschwindet, dann haben wir morgen oder übermorgen die Polizei hier… Nein, so geht es nicht. Es geht nur, wenn man seine Leiche findet und jeder glaubt, dass er verunfallt ist…«

Dominic Bader lag auf der linken Seite. Seine Hände waren mit viel Klebeband hinter seinem Rücken zusammengebunden. Auch die Beine waren mit Klebeband verschnürt. Und auf der Höhe des Mundes hatte Michael Stadelmann das Klebeband auch mindestens fünf Mal um den Kopf gezogen, damit Bader sicher nicht schreien konnte.

Er konnte sich zwar kaum bewegen und hatte von der Schusswunde im Oberschenkel starke Schmerzen, doch natürlich hörte Dominic Bader, was Vater und Sohn Stadelmann besprachen. Als ihm klar wurde, dass Ernst Stadelmann ihn töten wollte, versuchte er noch einmal verzweifelt, seine Hände zu befreien. Ausserdem bewegte er seinen Kopf so heftig wie möglich, um das Klebeband zu lockern und schreien zu können.

Doch Michael Stadelmann reagierte sofort. Er machte zwei Schritte zum Polizisten und kickte mit seinem rechten Fuss mit voller Kraft in den Bauch von Bader. Dieser stöhnte unter seinem verklebten Mund auf und krümmte sich vor Schmerz. Michael Stadelmann wartete einen Moment, dann trat er noch einmal zu. Diesmal etwas weniger heftig, dafür gezielt auf die Schusswunde am Oberschenkel.

Bader krümmte sich erneut, dann erschlafften seine Bewegungen.

Einen Moment war es still im Raum, dann sagte Ernst Stadelmann zu seinem Sohn: »Es muss wie ein Verkehrsunfall aussehen!«

»Aber er hat eine Schusswunde.«

»Wir lassen ihn in seinem Auto einen Abhang hinunterstürzen und zünden danach das Auto an. Wenn er im Auto verbrennt, wird niemand die Schusswunde bemerken.«

Michael Stadelmann versuchte vergeblich, sich die praktische Umsetzung vorzustellen. »Aber wie…«, begann er, zögerte dann aber.

»Wir müssen ihn vorher töten!«

»Erschiessen wir ihn?«

»Nein. *Eine* Schusswunde genügt. Wir müssen das Risiko so klein wie möglich halten. Keine weitere Schusswunde. Ideal ist, wenn er erstickt.«

»Aber wie…«

»Durch den Mund kann er ja jetzt schon nicht atmen. Kleb den Kopf einfach weiter zu bis er durch die Nase auch keine Luft mehr bekommt.«

Während Michael Stadelmann den Kopf von Dominic Bader mit Klebeband umwickelte, machte dieser wilde Bewegungen, um irgendwie Luft zu bekommen. Aber je mehr er sich wehrte, desto entschlossener klebte Michael Stadelmann. Dominic Bader hatte keine Chance.

Als Dominic Bader starb, waren längst alle Schützen nach Hause gefahren. Michael Stadelmann legte die Leiche auf den Rücksitz von Baders Wagen und deckte sie zu. Sein Vater fuhr mit seinem eigenen Auto. Zuerst fuhren sie nach Süden zu einer Tankstelle am Stadtrand. Dort füllten sie einen Benzinkanister und fuhren nach Norden in die Berge. Das Handy von Dominic Bader unter dem Sitz bemerkte Michael Stadelmann nicht.

Ernst Stadelmann wusste, wo er eine geeignete Stelle finden würde, um den Unfall zu inszenieren. Kurz vor Falkenberg bog er nach rechts auf eine Nebenstrasse ab. Bald erreichte er den Strassenabschnitt, wo es vom Strassenrand steil in ein Tal hinunter ging. Allerdings war es nicht ganz einfach, in der Dunkelheit eine Stelle zu finden, an der das hinunterstürzende Auto nicht durch Bäume aufgehalten wurde.

Als Vater und Sohn endlich fündig wurden, stellten sie Baders Wagen am Rand des Abhangs ab, legten die Leiche auf den Fahrersitz und liessen das Auto hinunterrollen.

Es klappte alles perfekt: Das Auto überschlug sich mehrmals und blieb am Fuss des rund zwanzig Meter hohen Abhangs liegen. Michael Stadelmann stieg mit dem Benzinkanister und Streichhölzern den Hang hinunter und schüttete das Benzin durch ein zerbrochenes Fenster. Dann nahm er ein Streichholz, warf es ebenfalls durchs Fenster und rannte los. Während das Auto in Flammen aufging, stieg er in sicherer Entfernung wieder hinauf zur Strasse.

»Das könnte funktionieren«, sagte sein Vater trocken, während sie zurück zur Schiesshalle fuhren, um die Spuren im Waffenlager zu beseitigen.

47

Samstag, 23. Juli, nach Mitternacht

Es war gar nicht so einfach, den verhafteten Ernst Stadelmann von Grabenfeld in die Stadt zu bringen. Die Sorge um Alexandra lenkte mich so ab, dass ich mich kaum aufs Autofahren konzentrieren konnte. Immerhin erreichte ich das Gebäude der Kantonspolizei unfallfrei.

»Ist Sarah nicht bei dir?«, fragte Claudia, die mich beim Eingang erwartete.

»Nein, wieso?«

»Sie ist zu dir nach Grabenfeld gefahren, nachdem du angerufen hast.«

»Sonderbar, ich habe sie nicht gesehen.«

Wir brachten Ernst Stadelmann in einen der Befragungsräume direkt neben unserem Teambüro und begannen mit den Formalitäten.

»Ich sage nichts mehr ohne meinen Anwalt«, erklärte uns der Verhaftete.

»Kein Problem. Sie können nachher einen Anwalt anrufen«, antwortete ich kühl.

»Nicht nötig. Der ist schon unterwegs hierher!«

Jetzt wusste ich, mit wem Stadelmann telefoniert hatte, während ich zusammen mit den Sanitätern Alexandra in den Rettungswagen gebracht hatte.

Einige Minuten später wurden wir durch einen Anruf von der Zentrale unterbrochen.

» Sarah hat sich gemeldet. Sie verfolgt den jungen Stadelmann«, berichtete mir Lea.

»Gut.«

»Noch etwas, Markus: Ich habe den Chef von Alexandra informiert. Er hat mir versprochen, dass er ihre Eltern anruft.«

»Oh, danke, Lea. Das hätte ich fast vergessen.«

Ich liess Claudia kurz mit Stadelmann allein und rief ins Kantonsspital an. Dort erhielt ich aber nur die Auskunft, Alexandra werde operiert. Mehr könne man im Moment noch nicht sagen.

Ich wollte unbedingt so schnell wie möglich zum Kantonsspital fahren. Allerdings gab es da zwei Männer, die unseren Arbeitskollegen Dominic Bader brutal ermordet und letztes Jahr auch Stefan Wicki getötet hatten. Den einen hatte ich verhaftet, der andere war auf der Flucht. Es gab mehr als genug Arbeit, die getan werden musste.

Gerade als ich mit Claudia darüber sprechen wollte, was wir in welcher Reihenfolge tun mussten, meldete sich Lea Zurkirchen telefonisch bei mir. »Der Anwalt von Herrn Stadelmann ist bei mir«, sagte sie.

Beim Empfang im Erdgeschoss erwarteten mich zwei ältere Herren. Der eine war bis auf wenige graue Haare kahl und trug ein weisses Hemd mit Krawatte. Der andere hatte dichtes Haar in diversen weiss-gräulichen Schattierungen und war mit einem hellgrauen Anzug noch formeller gekleidet. Der Anzugträger kam auf mich zu und stellte sich vor: »Guten Abend. Inderbitzin ist mein Name. Ich bin der Anwalt von Herrn Stadelmann.«

Ich stellte mich ebenfalls vor und blickte dann zu Inderbitzins Begleiter.

»Mein Name ist von Grafenberg«, erklärte dieser. »Ich bin ein Freund von Ernst Stadelmann. Eigentlich ist Herr Inderbitzin *mein* Anwalt. Herr Stadelmann hat mich angerufen und mich gebeten, ihm einen Anwalt zu besorgen.«

Aha, dachte ich. Niklaus von Grafenberg, einer der Gründer des *Bundes der Tellensöhne* und des *PatSchüV*.

Bevor ich mir überlegen konnte, wie ich auf die Anwesenheit von Grafenbergs reagieren sollte, forderte mich Anwalt Inderbitzin auf: »Können Sie uns sagen, was Herrn Stadelmann vorgeworfen wird?«

Ich zögerte kurz. Dann sagte ich: »Ja, klar, wenn Sie Herrn Stadelmann vertreten, dann werde ich Sie selbstverständlich informieren. Kommen Sie doch mit.« Und zu von Grafenberg gewandt, fügte ich an. »Würden Sie bitte hier warten. Hier drüben hat es Stühle und um die Ecke steht eine Kaffeemaschine, falls Sie Durst haben.«

»Wir können Herrn von Grafenberg mitnehmen«, wandte Inderbitzin ein. »Sie können ihn als Mitarbeiter von mir betrachten.«

»So einfach geht das nicht. Nach dem, was Herr Stadelmann bisher gesagt hat, gehe ich davon aus, dass ich Herrn von Grafenberg zumindest als Zeugen befragen muss.«

Inderbitzin verstand offensichtlich, dass ich mit dem Wort »*zumindest*« sagen wollte, dass von Grafenberg nach meiner Einschätzung auch in die Geschichte verwickelt sein könnte. Er reagierte sofort und forderte seinen Begleiter auf:

»Niklaus, wart doch kurz hier. Ich höre mir mal an, was Herr Goldbacher zu sagen hat.«

Ich brachte Inderbitzin in ein Befragungszimmer und orientierte ihn in groben Zügen über das, was mir Stadelmann erzählt hatte. Insbesondere auch darüber, dass von Grafenberg zu den Gründern und Geldgebern der beiden Vereine gehörte.

»Das ist natürlich eine ganz andere Konstellation«, sagte der Anwalt. »Ich bin nicht sicher, ob ich als langjähriger Anwalt von Herrn von Grafenberg die Verteidigung von Herrn Stadelmann übernehmen kann…«

Er überlegte kurz, bevor er fortfuhr: »Wissen Sie, Herr Goldbacher, ich kann mir beim besten Willen nicht vorstellen, dass Herr von Grafenberg etwas von all diesen Sachen gewusst hat. Sonst wäre er ja kaum mit mir hierher-gekommen. Ich schlage Ihnen Folgendes vor, Herr Goldbacher: Ich empfehle Herrn von Grafenberg, dass er sich jetzt gleich von Ihnen befragen lässt. Und ich verfolge das als Anwalt von Herrn von Grafenberg mit. Dann schauen wir mal, was dabei herauskommt. Und wahrschein-lich werde ich danach Herrn Stadelmann einen anderen Anwalt empfehlen.«

In der Befragung reagierte Niklaus von Grafenberg glaubhaft überrascht darüber, dass Ernst und Michael Stadelmann zwei Menschen getötet haben sollten. Von Grafenberg behauptete nicht nur, nichts von den Tötungen zu wissen, sondern stritt auch ab, vom illegalen Waffenlager gewusst zu haben.

»Wissen Sie«, erklärte er Claudia und mir in Anwesenheit seines Anwalts, »ich habe bei der Gründung dieser Vereine mitgemacht und die Vereine finanziell unterstützt, weil ich die politische Haltung von Ernst Stadelmann teile. Ich fand es gut, dass endlich mal jemand gegen diese vielen Ausländer vorgeht. Aber ich war immer der Überzeugung, dass das alles im legalen Rahmen ist.

Natürlich wollten wir ein Netzwerk von patriotischen Schweizern aufbauen und auch Schützen mit der richtigen Gesinnung dabei haben. Aber meine Vorstellung war, dass wir vielleicht irgendwann einmal Polizei und Armee unterstützen können, falls diese Kriminellen und Terroristen die Schweiz ins Chaos stürzen. Ich war der Meinung, dass das vielleicht irgendwann nötig ist. Ich meine, die Polizei ist ja immer unterdotiert und die Armee wird ständig verkleinert…

Aber ich bin völlig schockiert zu hören, dass Ernst Stadelmann mit den beiden Vereinen einen Staatsstreich geplant haben soll.«

»Was wollte Stadelmann? Wollte er wirklich die Schweizer Regierung stürzen?«, fragte mich Claudia, nachdem wir die Befragung von Niklaus von Grafenberg beendet hatten. Sie hatte erst jetzt erfahren, was hinter den Taten von Ernst und Michael Stadelmann steckte. »Glaubte er wirklich, dass er mit seiner Privatarmee die Macht übernehmen könnte?«

»Er ist überzeugt, die schweigende Mehrheit der Bevölkerung hinter sich zu haben. Er glaubt, dass die Mächtigen nicht die wahren Interessen des Volkes vertreten.

Und er denkt, wenn er die Wende anstösst, dann stehen bald alle auf seiner Seite.«

»Der ist doch verrückt!«, sagte Claudia mit einer Mischung von Unglauben und Entsetzen in der Stimme.

»Ja, das finde ich auch. Aber immerhin hat er tausende von Anhängern für seine Vereine gefunden. Die teilen zumindest seine Haltung gegenüber Ausländern.«

»Ja, aber die meisten wussten nicht, was Stadelmann vorhatte«, wandte Claudia ein. Sie überlegte einen Moment, dann fragte sie mich: »Glaubst du, von Grafenberg sagt die Wahrheit? Wusste er wirklich nicht, was Stadelmann plante?«

»Schwierig zu sagen«, antwortete ich. »Vielleicht ist er ein guter Lügner. Ich kann mir aber auch vorstellen, dass er einfach Geld gegeben und sich nicht gross dafür interessiert hat, was Stadelmann genau macht.«

»Oder er hat es geahnt und einfach weggeschaut.«

»Ja, auch möglich. Wahrscheinlich werden wir es nie genau erfahren. Ich vermute, dass er bei dieser Aussage bleiben wird und wir keine Protokolle, Mails oder Ähnliches finden werden, mit denen wir beweisen können, dass er mehr wusste.«

»Wahrscheinlich hast du Recht«, sagte Claudia etwas resigniert. »Am Ende kommt er ungeschoren davon. Dabei ist er genauso rassistisch wie Vater und Sohn Stadelmann.«

»Ja, die sind alle so unglaublich überzeugt, dass die Schweiz wegen den Ausländern in Gefahr ist. Ein Stück weit kann ich ihre Sorge ja schon nachvollziehen. Aber absurd wird es natürlich, wenn Vater und Sohn Stadelmann behaupten, die Schweiz vor kriminellen Ausländern zu schützen und dann selbst damit begonnen, diejenigen zu töten, die sie als ihre Feinde ansehen.«

»Von Grafenberg ist wahrscheinlich einfach eine Spur geschickter«, vermutete Claudia. »Er macht sich nicht selbst die Finger schmutzig und schaut, dass man ihm nichts beweisen kann. Aber im Stillen steht er hinter Stadelmann. Da bin ich mir ziemlich sicher.«

Wir wurden durch einen Anruf unterbrochen.

»Wir haben Michael Stadelmann verhaftet«, erklärte mir die Streifenpolizistin Sarah Landolt. Ihre Genugtuung war unüberhörbar.

»Super!«, antwortete ich und fragte: »Was heisst *wir*?«

»Martin Läubli und ich. Wir sind in Tellingen. Wir bringen Stadelmann gleich zu euch.«

48

Etwas früher in dieser Nacht

Der Tod ihres Arbeitskollegen Dominic Bader beschäftigte Sarah Landolt stark. Unzählige Tage und Nächte hatte sie gemeinsam mit Bader gearbeitet. Auch wenn sie ihn nicht besonders gut gemocht hatte: Durch die enge Zusammen- arbeit war eine Verbindung entstanden, sodass es sich für Sarah Landolt anfühlte, als hätte sie einen Familien- angehörigen verloren.

Sarah Landolt konnte nicht einschlafen, stand wieder auf und merkte, dass es ihr schwerfiel, allein zuhause zu bleiben. So entschloss sie sich, zum Polizeigebäude zu fahren und ihrer Kollegin Lea Zurkirchen, welche Nacht- dienst in der Zentrale hatte, Gesellschaft zu leisten.

Eigentlich war Sarah Landolt nicht im Dienst, aber nur wenige Minuten nachdem sie bei Lea Zurkirchen einge- troffen war, wurde sie bereits gebraucht. Da die Streife, die Nachdienst hatte, mit einem Einbruch in Weissgrund beschäftigt war, fuhr Sarah zum Atelier von Anita Stadelmann. Zusammen mit der Kriminaltechnikerin Claudia Weber brachte sie die vorläufig festgenommene Künstlerin ins Polizeigebäude.

Als sie die Formalitäten mit Anita Stadelmann hinter sich gebracht hatten, machte Sarah Landolt Tee für Lea, Claudia und sich. Gerade als sie mit drei Tassen auf einem Tablett zur Zentrale kam, folgte der nächste Anruf. Als Sarah den ernsten Blick von Lea sah, blieb sie mit dem

Tablett in den Händen stehen. Doch Lea erklärte nichts, als sie den Anruf beendete, sondern telefonierte gleich weiter. Sie ignorierte die fragenden Blicke der beiden Kolleginnen und beorderte eine Ambulanz nach Grabenfeld.

»Was ist los?«, fragten Sarah Landolt und Claudia Weber gleichzeitig, als Lea fertig telefoniert hatte.

»Nicht jetzt!«, unterbrach Lea und kontaktierte die Polizeistreife. Als Lea Zurkirchen den beiden in Weissgrund beschäftigten Streifenpolizisten die Lage erklärte, erfuhren auch Sarah und Claudia endlich, was in der Villa von Ernst Stadelmann passiert war. Und ausserdem erfuhren sie, dass der Tod von Dominic Bader kein Unfall war.

»Mist. Die sind immer noch in Weissgrund«, erklärte Lea Zurkirchen ihren Kolleginnen am Ende des Gesprächs mit den Streifenpolizisten. »Das dauert ewig, bis die in Grabenfeld sind!«

Sarah stellte das Tablett mit den drei Teetassen ab, drehte sich um und rief ihren Kolleginnen zu: »Ich fahre nach Grabenfeld! Gebt mir noch durch, wo genau die Villa ist!«

Sarah Landolt sprintete zu den Streifenwagen. Sie war weg, bevor sich Claudia Weber hätte überlegen können, auch mitzufahren.

Als Claudia Weber von Lea Zurkirchen erfuhr, dass Michael Stadelmann fliehen wollte, kam ihr eine Idee: Sie rief zuerst Martin Läubli und danach auch noch Luca Bertoldi an.

Obschon es bereits nach Mitternacht war, sass Martin Läubli noch vor dem Fernseher, als sein Handy klingelte. Er stellte den Ton leise und nahm sein Mobiltelefon zur Hand. Als er sah, dass seine frühere Teamkollegin Claudia Weber anrief, war er mehr als erstaunt.

»Hallo Claudia, was willst denn du mitten in der Nacht?«, fragte er.

Claudia erzählte ihm hastig, was in den letzten Minuten vorgefallen war und kam dann zu ihrem eigentlichen Anliegen: »Du wohnst ja unten in Tellingen: Wenn Michael Stadelmann fliehen will, dann fährt er höchstwahrscheinlich bei dir vorbei. Kannst du versuchen, ihn aufzuhalten?«

Martin Läubli reagierte blitzschnell. Er packte seine Dienstwaffe sowie die Jacke mit der Aufschrift »Polizei«, rannte die knapp zweihundert Meter zum Polizeiposten von Tellingen und holte dort seinen Dienstwagen.

Am Ortsausgang, wo ein gut beleuchteter Fussgängerstreifen die Hauptstrasse überquerte, stellte Läubli sein Fahrzeug quer auf die Fahrbahn. Aus dem Kofferraum des Polizeiautos nahm er zwei kleine Abschrankungen, die er vor und hinter seinem Wagen aufstellte, um auch den Rest der Strasse behelfsmässig abzusperren.

Sarah Landolt hatte die Stadt verlassen und fuhr auf der Hauptstrasse in Richtung Grabenfeld, als ihr ein Geländewagen in hoher Geschwindigkeit entgegenkam. Erst nachdem sie das Auto gekreuzt hatte, wurde ihr klar, dass dies der fliehende Michael Stadelmann sein musste. Sie zögerte einen Moment, doch dann entschied sie sich, nicht nach Grabenfeld weiterzufahren, sondern den Geländewagen zu verfolgen.

Gerade als Martin Läubli die Strassensperre fertig eingerichtet hatte, näherten sich zwei Autos, die in Richtung Unterland unterwegs waren. Beide fuhren höchstens minim schneller als die erlaubten 50 Stundenkilometer, bremsten als sie das Polizeiauto sahen und näherten sich langsam. Läubli überzeugte sich, dass der gesuchte Michael Stadelmann nicht in einem der Autos sass. Dann schob er eine Abschrankung weg und liess sie passieren.

Als sich zwei Minuten später wieder ein Auto näherte, ahnte Martin Läubli, dass es diesmal ernst wurde. Das Geländefahrzeug fuhr mit mindestens 80 durchs Dorf.

Als der Fahrer die Strassensperre sah, bremste er nicht etwa ab, sondern beschleunigte und raste auf den Polizisten zu, der vor einer der kleinen Abschrankungen stand.

In diesem Moment kam Martin Läubli die lange Erfahrung bei der Kriminalpolizei zugute. Er wartete bis das Auto nahe genug war, dann schoss er zwei Mal gezielt auf die Reifen, bevor er sich mit einem kurzen Sprint und einem Sprung hinter sein Polizeiauto in Sicherheit brachte.

Michael Stadelmann gab Gas und versuchte, die Sperre mit Gewalt zu durchbrechen. Vielleicht wäre ihm das gelungen, wenn Martin Läubli nicht seinen linken Vorderreifen getroffen hätte. So verlor Stadelmann die Herrschaft über sein Fahrzeug und krachte mit hoher Geschwindigkeit in eine Strassenlaterne.

Dank der Airbags wurde Michael Stadelmann nicht ernsthaft verletzt. Doch als er sich vom ersten Schock erholt hatte, standen bereits Martin Läubli und Sarah Landolt neben seinem Auto und richteten ihre Waffen auf ihn.

49

Samstag, 23. Juli, nach Mitternacht

Während ich noch einmal beim Kantonsspital anrief, sah ich vor meinem geistigen Auge wieder die Bilder der stark blutenden Alexandra. Ich bildete mir ein, die Schusswunde deutlich oberhalb des Herzens gesehen zu haben, doch selbst wenn ich Recht hatte, konnte sie lebensbedrohlich verletzt sein.

Dann sah ich vor mir Bilder vom früheren Abend, als wir gemütlich miteinander gekocht hatten. Doch diese Bilder wurden wieder verdrängt von Erinnerungen an die schlimme Schussverletzung.

Leider gab es keine Neuigkeiten: Sie werde immer noch operiert, man könne noch nichts sagen. Die Frau am Telefon versprach mir, sie werde der operierenden Ärztin ausrichten, sie solle mich anrufen. Das ging mir alles zu lange! Ich musste so schnell wie möglich ins Kantonsspital!

Doch vorerst wurde das dadurch verhindert, dass Sarah Landolt mit dem verhafteten Michael Stadelmann bei mir eintraf. Zu meiner Überraschung wurde sie nicht von Martin Läubli begleitet, sondern von meinem Assistenten Luca Bertoldi, der mit kurzen Hosen und einem bunten T-Shirt ganz anders aussah als ich es mir gewohnt war.

»Claudia hat mich angerufen und von einer Schiesserei erzählt«, sagte er, als er meinen verblüfften Blick sah. »Da bin ich gleich losgefahren. Als ich nach Tellingen kam, war dort die Strasse gesperrt. Und Sarah und Martin waren gerade dabei, Stadelmann zu verhaften.«

»Ist Martin auch hier?«, fragte ich.

»Nein, er ist in Tellingen geblieben, hat seine Kollegen aus dem Bett geklingelt und räumt jetzt dort die gesperrte Strasse. Da liegt noch ziemlich viel Blech von Stadelmanns Auto herum.«

Wir erledigten die dringendsten Formalitäten. Dann wollte Luca mit der Befragung von Michael Stadelmann beginnen, doch ich winkte ab. Als mein Assistent mich verwirrt ansah, erklärte ich: »Den sperren wir jetzt erst mal ein. Die Befragung eilt nicht. Zuerst fahre ich ins Kantonsspital. Ich will wissen, wie es Alexandra geht.«

Doch dazu kam es wieder nicht, denn in diesem Moment erhielt ich einen Anruf von Martin Läubli. »Du, Markus«, begann er, »bei mir an der Strassensperre steht einer, der sagt, er müsse unbedingt vorbei. Der plustert sich hier auf wie ein Vogel! Behauptet, er sei Chef bei einer Kantonalbank. Und er sagt, hier laufe eine politisch motivierte Aktion gegen den ehrenwerten Herrn Stadelmann. Er müsse sofort zur Kantonspolizei und dafür sorgen, dass Stadelmann nicht wegen seiner kritischen Haltung schikaniert werde.«

»Was hast du ihm gesagt?«

»Noch nichts. Ich wollte dich zuerst fragen, was ich mit ihm machen soll.«

»Weisst du, wie er heisst?«

»Bernet.«

»Habe ich fast vermutet. Den muss ich ohnehin dringend befragen. Kannst du ihn hierher bringen?«

»Soll ich ihm sagen, dass du ihn befragen willst? Kann ich ihn verhaften, falls er nicht mitkommen will?«

»Er wollte ja zu uns. Sag ihm doch einfach, der Verantwortliche werde ihm gerne Auskunft geben. Dann kommt er sicher freiwillig mit.«

Alex Bernet stellte sich als Geschäftsleitungsmitglied bei der Kantonalbank des Nachbarkantons und als Gründungsmitglied beim *Bund der Tellensöhne* sowie beim *PatSchüV* vor. Die Befragung verlief sehr ähnlich wie zuvor bei Niklaus von Grafenberg. Auch Bernet war sichtlich schockiert, als er erfuhr, dass Michael und Ernst Stadelmann zwei Menschen getötet hatten. Und auch er behauptete, weder von diesen Taten noch von illegalen Waffenkäufen oder Plänen für einen Staatsstreich gewusst zu haben.

Luca, der im Verlauf der Befragung erfahren hatte, was genau passiert war und was Stadelmann geplant hatte, war genauso fassungslos wie zuvor auch Claudia und ich.

»Ich bin sicher«, sagte er, »dass Bernet, von Grafenberg und wahrscheinlich noch einige andere gewusst haben, dass Ernst Stadelmann einen Staatsstreich plante. Die wussten nicht nur davon, sondern haben das unterstützt. Und zumindest haben sie geahnt, dass Wicki nicht einfach so verschwunden ist. Alle haben weggeschaut und geschwiegen, aber wir werden ihnen das nicht beweisen können.«

»Ja, sieht so aus«, antwortete ich deprimiert. »Ausser gegen Vater und Sohn Stadelmann haben wir gegen niemanden etwas in der Hand.«

»Genau. Alle anderen spielen jetzt die Überraschten und distanzieren sich.«

Ich spürte eine grosse Leere und Erschöpfung. Zwar hatten wir zwei Männer verhaftet, die zwei Morde begangen und einen Staatsstreich vorbereitet hatten. Doch so wie es aussah, würden die meisten Mitwisser, Mitläufer und Geldgeber ungeschoren davonkommen. Zudem hatte die Geschichte unserem Kollegen Dominic Bader das Leben gekostet und unsere Staatsanwältin lag noch immer mit einer Schusswunde im Operationssaal. Es fiel mir schwer, Genugtuung über die Verhaftungen aufzubringen.

Luca schien meine Gedanken lesen zu können. Er blickte mir in die Augen und sagte: »Jetzt fahr endlich ins Spital! Wir kümmern uns hier um den Schreibkram. Aber gib uns Bescheid, sobald Alexandra operiert ist.«

Als ich im Kantonsspital eintraf, war Alexandra immer noch im Operationssaal. Ich wurde in einen Wartebereich geführt, wo ein Mann sass, den ich nicht kannte. Es stellte sich heraus, dass es Alexandras Chef, der Oberstaatsanwalt, war. Das traf mich völlig unvorbereitet.

Kaum hatten wir uns vorgestellt, näherten sich bereits zwei weitere Personen: eine Frau und ein Mann, beide zwischen sechzig und siebzig Jahre alt. Der Frau sah ich sofort an, dass es die Mutter von Alexandra sein musste.

Zögernd stellte ich mich vor und erklärte, dass ich dabei gewesen war, als Alexandra angeschossen wurde. Ich erzählte den Eltern und dem Oberstaatsanwalt in groben Zügen, was passiert war, liess dabei allerdings unerwähnt, dass ich bereits den ersten Teil des Abends mit Alexandra verbracht hatte. Und ich verschwieg auch die Schuldgefühle, die mich plagten, weil ich die Gefahr unterschätzt hatte, in die ich Alexandra gebracht hatte.

Danach sassen wir noch einige Minuten schweigend da, jeder in seine eigenen Gedanken vertieft. Dann endlich tauchte die Ärztin auf. Als sie unsere sorgenvollen Gesichter sah, sagte sie, ohne sich vorzustellen: »Es ist alles in Ordnung. Sie hat zwar ziemlich viel Blut verloren, aber sonst keine besonders gravierenden Verletzungen.«

Peter Grau

Spurlos verschwunden

Taschenbuch, 220 Seiten

ISBN: 978-3-7412-8152-5

Ivana Gobec geht joggen und kehrt nicht mehr zurück. Die Suchaktionen der Polizei bleiben erfolglos. Niemand hat die junge Frau gesehen. Kurz darauf bricht Beat Furrer, Geschäftsleitungsmitglied einer Versicherung, zu einer Geschäftsreise auf. Er kommt aber nie am Zielort an.

Zwei Personen verschwinden innert kurzer Zeit in einem kleinen Schweizer Bergkanton. Alles nur Zufall?

Der neue Leiter der Kriminalpolizei, Markus Goldbacher, ist bereits in seiner ersten Arbeitswoche gefordert, denn beide Vermissten bleiben spurlos verschwunden.

»Die unerwarteten Wendungen der Geschichte überraschen sowohl den Kommissar als auch den Leser.« (Glattaler)

»Der Autor versteht es, den Leser mitzunehmen. Einen Durchhänger im Spannungsbogen gibt es nicht.« (Zolliker Bote)